젊은 베르테르의 슬픔

Die Leiden des jungen Werthers

세계문학전집 25

젊은 베르테르의 슬픔

Die Leiden des jungen Werthers

요한 볼프강 폰 괴테

박찬기 옮김

민음사

차례

가련한 베르테르의 이야기에 관해서 내가 찾아낼 수 있는 모든 것을 열심히 모아서 여기 여러분들 앞에 내어놓습니다. 여러분은 그런 내게 감사하시리라 믿습니다. 여러분이 베르테르의 정신과 성품에는 감탄과 사랑을, 그의 운명에는 눈물을 아끼지 않으리라 생각합니다. 바로 베르테르의 슬픔에서 위안을 얻으십시오. 그대가 운명 때문에 또는 그대 자신의 잘못으로 절친한 친구를 찾지 못한다면 부디 이 조그마한 책을 그대의 친구로 삼아주십시오.

아아, 이렇게 벅차고 이다지도 뜨겁게 마음속에 달아오르는 감정을 재현할 수 없을까?
종이에 생명을 불어넣을 수 없는 것일까?
그리고 그대의 영혼이 무한한 신의 거울인 것처럼,
종이를 그대 영혼의 거울로 삼을 수 없을까?

1권

1771년 5월 4일

홀쩍 떠나온 것이 나는 얼마나 기쁜지 모른다! 친구여! 인간의 마음이란 대체 어떤 것일까! 내가 그렇게도 사랑하고, 헤어지길 섭섭해했던 자네 곁을 떠나와서 이렇게 기쁨을 느끼고 있다니! 그래도 자네는 이런 나를 용서해 주리라 믿어. 그 밖의 사람과 나의 교제 관계는 마치 나 같은 인간의 마음을 괴롭히려고 운명이 일부러 마련해 놓은 것이 아닐까? 하지만 가련한 레오노레만은 정말 안됐어! 그러나 나의 책임은 아니지. 내가 그녀의 여동생이 지닌 독특한 매력에 이끌려 흐뭇해하고 즐거워하는 사이에 딱하게도 레오노레의 가슴속에 나에 대한 사랑의 불꽃이 타오른 것을 난들 어찌할 수 있었겠나? 그렇긴 하지만, 나에게는 전혀 책임이 없었을까? 혹시 내가 그녀의 애정을 부추긴 것은 아니었을까? 그녀가 웃어대곤 했는데, 나는 혹시 그녀의 그런 점을 즐기고 있었던 것이 아니었을까? 그리고 또 나는……. 아아, 이렇게 자신에 대해서 푸념할 수 있다니 인간이란 대체 무엇일까? 친애하는 벗이여, 자네에게 나는 약속하겠어. 마음을 고쳐먹겠다고 말이야. 내가 이제까지 늘 하던 대로 운명이 우리에게 마련해 준 조그마한 불행을 부질없이 되씹던 그런 습관을 이젠 더 이상 계속하지 않겠다. 현재를 있는 그대로 즐기겠어. 과거는 과거대로 흘려보내고 말이야. 확실히 자네 말이 옳았어. 친구여, 만일 인간이 ─ 왜 인간이 그렇게 만들어졌는지 모르지만 ─ 그처럼 풍부한 상상력을 발휘해서 지나간 불행에 대한 추억을 불러일으키려고 하지 않고 차라리 현재를 무난하게 참고 견디어나간다면 인간의 고통은 훨씬 줄었을 거야.

미안하지만 우리 어머니께 전해 줘. 어머니께서 맡긴 일은 잘 추진하고 있으며 되도록 속히 그 결과에 대한 소식을 전하겠다고 말이야. 우리 아주머니를 만나보았는데 우리가 듣던 것처럼 그렇게 나쁜 여자는 아니었어. 성격은 과격하지만 서글서글하고 마음씨도 착한 사람이야. 아주머니가 유산의 몫을 움켜쥐고 내어주지 않아서 어머니께서 불만스러워 하신다고 전했어. 거기에 대해서 아주머니는 자기 측의 여러 가지 이유와 사정을 말하고 마침내 조건을 내걸었는데, 그 조건하에서는 모든 것을 내줄 용의가 있다는 거야. 그것도 우리가 요구하는 것보다 많이. 하여간 이 문제에 대해서는 여기서 더 이상 쓰지 않겠어. 어머니께 만사가 잘되어 나갈 거라고만 전해 주게. 그리고 나는, 친구여, 이번에 이런 사소한 일에서도, 오해

나 태만이 어째서 술수나 악의보다 이 세상에 다툼을 더 많이 일으키고 있는지를 다시 한번 깨달았다. 적어도 술수나 악의 때문에 문제가 일어나는 일이 훨씬 드문 것만은 사실이야.

그것은 그렇고, 나는 이곳에서 아주 잘 있다. 여기 이 천국 같은 고장에서 고독은 내 마음에 매우 귀중한 진정제가 되어 준다. 게다가 이 싱싱한 청춘의 계절은 자칫하면 겁을 먹기 쉬운 나의 마음을 매우 훈훈하게 해준다. 나무 한 그루, 생울타리 한 가지마저 온통 꽃다발이 아닌 것이 없다. 나는 차라리 풍뎅이로 변신하여 이 향기로운 바닷속을 표류하며 온갖 영양분을 그 안에서 발견했으면 하는 심정이다.

이 도시 자체는 불쾌하지만 교외는 이루 말로 표현할 수 없이 아름다운 대자연으로 둘러싸여 있다. 이런 아름다움에 마음이 끌려서 이제 고인(故人)이 된 M백작은 이 근방 언덕 위에다 그의 정원을 꾸몄던 거야. 과연 이 부근의 언덕들은 말할 수 없이 다양한 아름다움을 지니고 서로 교차하며 정다운 계곡을 이루고 있다. 정원은 간소하며 그것을 설계한 사람은 원예학에만 밝은 정원사가 아니라, 자기 스스로 마음껏 즐기고 싶어 했던 풍류객이었다는 것을, 누구나 정원 속에 발을 들여놓자마자 느낄 수 있다. 나는 벌써 몇 번이나, 이 정원 안에 있는 그 황폐한 정자(亭子) 속에서 이미 세상을 뜬 그 백작을 생각하고 눈물을 흘렸다. 정자는 백작이 생전에 퍽 좋아하던 곳일 뿐만 아니라 지금은 내가 좋아하는 장소이기 때문이다. 얼마 후엔 내가 이 정원의 주인이 될 거야. 불과 며칠 전부터의 일이긴 하나 정원사는 내게 호의를 보이고 있어. 그렇게 해서 그에게 나쁠 것은 없겠지.

5월 10일

내 마음은 이상할 정도로 명랑한 기분에 사로잡혀 있다. 그
것은 말하자면 내가 요즈음 마음속 가득히 느끼고 있는 감미
로운 봄날 아침의 분위기 같다. 나 같은 사람을 위해서 마련
된 듯한 이 고장에서 나는 지금 홀로 삶을 즐기고 있다. 친구
여, 나는 정말로 행복하다. 내가 조용하고 아늑한 감정에 잠겨
있기 때문에 내 예술은 손해를 보고 있지만 말이야. 나는 지
금 그림을 전혀 그리지 못하고 있다. 하지만 지금처럼 내가 훌
륭한 화가였던 적은 일찍이 없었다. 나를 감싸고 있는 정다운
골짜기는 김이 서리는 노을로 자욱이 뒤덮여 있다. 태양은 자
신의 빛이 스며들지 못하는 어두운 숲 밖에서 머뭇거리기만
하고 단지 몇 줄기 햇살만이 그 내부의 성처(聖處) 깊숙이까
지 비쳐 들어올 뿐이다. 그럴 때 나는 쏟아져 내려가는 계곡
물 옆의 우거진 풀 속에 누워서 대지에 바싹 얼굴을 갖다 댄
다. 그러면 온갖 풀들이 새삼 신기하게 눈에 띈단 말이야. 그
리고 풀줄기 사이의 조그마한 세계에서 오글거리는 작은 곤
충들의 모습, 그 자잘한 땅벌레와 날벌레들의 헤아릴 수 없이
신비로운 모습이 나의 가슴속을 파고든다. 그리고 자신의 모
습을 따라 우리를 창조하신 전능한 분의 존재와, 우리를 영원
한 환희 속에 떠돌게 하면서, 우리를 떠받들어 주고 있는 절

대 자비하신 분의 입김을 느낀다. 그럴 때면, 벗이여, 내 두 눈의 언저리에는 황혼이 서리고 나를 에워싼 세계와 하늘은 마치 그리운 애인의 그림자처럼 완전히 내 영혼 속에서 고이 쉬는 것이다. 그리고 그때 나는 그리움에 못 이겨 이렇게 생각하곤 한다. '아아, 이렇게 벅차고, 이다지도 뜨겁게 마음속에 달아오르는 감정을 재현할 수 없을까? 종이에 생명을 불어넣을 수 없는 것일까? 그리고 그대의 영혼이 무한한 신의 거울인 것처럼, 종이를 그대 영혼의 거울로 삼을 수 없을까?' 나의 벗이여, 그러나 나는 그 생각에 억눌려서 쓰러져버린다. 이런 현상의 장엄한 힘에 압도당하고 마는 것이다.

5월 12일

이 근처에 사람을 홀리는 정령이 떠돌고 있는지, 그렇지 않으면 내 가슴속에 풍부한 상상력이 깃들어 있어서 그런지는 알 수 없지만, 나를 둘러싼 모든 것이 내게는 낙원 같다. 거리를 벗어나면 바로 샘이 하나 있다. 나는 마치 멜루지네[1]와 그 자매들처럼 그 샘이 지닌 마술의 힘에 이끌려 그 곁을 떠나지 못한다. 조그마한 언덕을 내려가면 아치형의 문 앞에 이르는데 거기서 다시 스무 계단쯤 아래로 내려가면 그 밑에 샘

---

1) 고대 프랑스 전설에 나오는 물의 요정. 인간과 결혼했으나 '물'을 못 잊어 금요일마다 인어가 되어 옛 자매와 만났다고 한다.

이 있다. 말할 수 없이 맑은 물이 그곳 대리석 바위 틈에서 솟아 나온다. 위쪽을 둘러싼 석조 난간, 그 근처를 뒤덮은 높은 나무들, 그리고 그 일대에 감도는 시원한 분위기, 이 모든 것이 어딘지 사람의 마음을 끌고 엄숙한 몸가짐을 하게 하는 요소를 지니고 있다. 나는 날마다 그곳에 앉아서 한 시간쯤 시간을 보낸다. 그러면 시내로부터 소녀들이 찾아와서 물을 길어 간다. 그것은 인간 생활의 가장 순박하면서도 가장 필요한 일로서, 옛날에는 공주님들까지도 손수 물을 길었다. 내가 그곳에 앉아서 구경하고 있노라면 족장 시대의 광경이 생생하게 내 주변에 되살아나곤 한다. 그들 가부장들이 샘물가에서 서로 사귀고 혼담을 나누던 장면이다. 아아, 이런 것에 공감하지 못하는 사람은, 한여름의 고달픈 여행을 마친 다음 차가운 우물물의 상쾌함을 맛본 적이 없는 사람임에 틀림없다.

5월 13일

나의 책들을 이쪽으로 보내주겠다는 말인가? 제발 그것만은 그만둬. 지도나 격려를 받는다든지 선동을 당하는 따위는 이제 지긋지긋하다. 내 가슴은 스스로도 충분히 끓어오르고 있다. 내게 필요한 것은, 오히려 그것을 가라앉혀 주는 자장가다. 그것은 내가 애독하는 호메로스 속에서 얼마든지 찾아볼 수 있다. 나는 얼마나 자주 끓어오르는 피를 자장가로 달랬는지 모른다. 정말이지 이 내 가슴처럼 격하고 변덕스러운 것은 못 보았을 것이다. 그러나 자네에게 이런 말을 할 필요가 어디 있겠나. 자네는 내가 고민을 하다가는 걷잡을 수 없이 방자한 꼴로 달콤한 우수에 잠겼다가 파괴적인 정열로 옮겨 가는 모습을 여러 번 목격했고, 그것이 자네에게 폐가 된 적도 한두 번이 아니었으니 말이야. 아닌 게 아니라, 나는 내 마음을 병든 어린애처럼 다루고 있다. 아무리 응석을 부려도 제멋대로 하게 내버려둔다. 다른 사람에게는 이런 말을 하지 말아줘. 나쁜 뜻으로 오해하는 사람도 있을지 모르는 일이지.

5월 15일

이 고장의 서민층 사람들은 벌써 나와 친해져서 나를 좋아하게 되었다. 특히 어린애들이 나를 따른다. 처음에 내가 이 사람들에게 가까이 가서 허물없이 이것저것 물어보았을 때는 간혹 내가 농을 한다고 생각하고 아주 퉁명스럽게 대하는 사람도 있었다.

그렇다고 내가 화를 내는 일은 없었다. 다만 이제까지 눈치 채고 있던 일을 더욱 절감했을 뿐이다. 약간 지위 높은 양반들은 서민들을 가까이하면 무슨 손해라도 입는다고 생각하는지, 언제나 쌀쌀한 태도로 그들을 대한다는 사실 말이다. 그런가 하면 일부러 저자세를 취하면서, 도리어 자신의 거만함을 가난한 사람들에게 한층 더 뼈저리게 느끼게 하는 경박한 무리들과 악질 패거리도 없지 않다.

나는 사람들이 평등하지 못하고, 또 평등해질 수도 없다는 사실을 잘 알고 있다. 존경받기 위해서 이른바 천한 사람을 일부러 멀리해야 된다고 생각하는 자들은, 마치 패배하는 것이 두려워서 원수를 보고 도망치는 비겁한 친구나 마찬가지로 비난받아 마땅하다고 생각한다.

일전에 내가 우물가에 갔을 때, 거기서 젊은 하녀 한 명을 만났다. 그녀는 물동이를 맨 아래 계단 위에 내려놓고선 물동이를 머리에 이는 걸 도와줄 사람이 나타나지 않나 하고 주위를 두리번거리고 있었다. 나는 계단을 내려가서 그 하녀의 얼굴을 쳐다보면서, "내가 도와드릴까요, 아가씨?" 하고 물었다. 그랬더니 그녀는 얼굴을 새빨갛게 붉히면서, "아니에요, 괜찮아요" 하고 대답하더군. "사양하지 말아요." 하고 내가 말하니까 그녀는 똬리를 머리 위에다 고쳐 놓았다. 그래서 나는 그녀를 도와주었고, 그녀는 고맙다는 인사를 하고 계단 위로 올라갔지.

5월 17일

난 여러 층의 사람들과 사귀었지만, 아직도 말상대가 될 만한 진정한 친구는 하나도 찾아내지 못했다. 나의 어느 점이 사람들의 마음을 끄는지, 잘 알 수 없는 노릇이지만 꽤 많은 사람들이 나를 좋아하고 정답게 대해 준다. 그럴수록 나는 우리가 함께 가는 길이 너무나 짧고 얼마 안 가서 헤어져야 한다는 사실이 가슴 아플 따름이다. 이 고장 사람들이 어떠냐고 묻는다면, 다른 고장 사람들과 조금도 다름이 없다고 대답할 수밖에 없다. 인간이란 어디서나 다 마찬가지니까 말이야. 사람들은 대개 오로지 생계를 위해서 대부분의 시간을 소비하다가 약간 남아도는 자유 시간이라도 생기면, 도리어 마음이 불안해져서 거기서 벗어나려고 온갖 수단을 다 쓴단 말이다. 아아, 이것도 인간의 운명이라고 할 것인가!

그렇지만 정말 착한 사람들이다. 나는 이따금 나 자신을 잊고, 아직도 인간에게 허용되어 있는 즐거움을 그들과 같이 나눌 때가 있다. 즉 솜씨 좋게 마련된 식탁에 둘러앉아, 거리낌 없이 진실한 이야기를 나눈다든지, 적당한 시기에 함께 마차 산책을 나간다든지, 무도회를 연다든지, 그런 일들은 나에게 참으로 좋은 인상을 남겨준다. 그러나 내가 그들과 즐길 수 있는 것은 다만, 나의 가슴속에는 아직도 다른 많은 힘들이 남아 있는데, 그것들이 모두 사용되지 않은 채 썩어가고 있을 뿐만 아니라, 그것을 남들의 눈에 띄지 않도록 조심스럽게 감춰 두어야 한다는 생각이 되살아나지 않을 때뿐이다. 아아, 그것을 생각하면 가슴이 조이도록 그저 답답하기만 하다. 그러나 오해를 받는 것은 우리 인간의 피치 못할 운명이 아닌가.

아아, 내 청춘 시절의 그 여자 친구가 끝내 세상을 떠났다니! 차라리 그녀와 사귀지 않았더라면, 이토록 심하게 고민하지 않을 텐데…… 나는 나 자신에게 이렇게 말해야 되겠다. '이 세상에서 찾을 수 없는 것을 찾고 있으니 너는 참 바보다!' 그러나 나는 그녀를 소유했으며, 그녀의 심장을 느꼈고 그녀의 위대한 영혼과 접촉하고 있었던 것이다. 그 영혼과 접촉하면, 나는 스스로 가능한 모든 것이 될 수 있었기 때문에, 실제의 나 자신보다도 더 위대한 것처럼 느꼈다. 정말로 그 당시, 발휘되지 않고 그냥 남아 있던 힘이 하나라도 내 영혼에 있었던가? 그녀와 마주하고 있노라면, 내 마음은 온통 신비로운 느낌으로 넘쳐흘러, 그것으로써 대자연을 휩쌀 수 있지 않았던가. 우리의 사귐은 매우 섬세한 감정과 지극히 날카로운 지성이 빚어내는 영원한 활동이 아니었던가. 그 활동이 갖가지 변화를 자아내서 극단적인 것에까지 이르게 하였는데, 그것들은 모조리 천재라는 낙인이 찍힌 것이 아니었던가. 그런데 지금은, 아아, 그녀는 나보다 나이가 위였던 만큼, 나보다 먼저 세상을 떠나고 만 것이다. 결코 나는 그녀를 잊지 못하리라. 그녀의 굳은 의지와 거룩한 인내심을 나는 결코 잊을 수 없을 것이다.

며칠 전에 나는 V라는 젊은이를 만났다. 용모가 단정하고 성격이 솔직한 청년이었다. 그는 대학을 갓 나왔고, 각별히 똑똑하다고 자부하지는 않지만 다른 사람들보다는 아는 것이 많다고 믿고 있다. 게다가 그는 여러 가지로 미뤄볼 때 부지런한 편이다. 여하튼 그는 상당히 박식하더군. 내가 그림을 많이 그릴 뿐만 아니라, 그리스어도 할 줄 안다는 소문을 듣고 (이것은 이 고장에서는 마치 두 개의 유성(流星)처럼 빛나는 일이지만) 나를 찾아와서 여러 가지 지식을 털어놓았다. 이를테면 바퇴²⁾에서 우드³⁾에 이르기까지, 그리고 드 필⁴⁾에서 빙켈만⁵⁾에 이르기까지, 그 밖에도 자신의 박식함을 과시했고, 슐처⁶⁾의 이론 제1부를 완전히 독파했고, 고대 연구에 대한 하이네[7]의 원고를 소지하고 있다고 말하더군. 나는 잠자코 듣고만 있었다.

또 한 사람, 아주 훌륭한 분과 사귀게 되었다. 공국(公國)의 법무관으로 허심탄회하고 성실한 인물이다. 그분이 아홉 명의 자녀들에게 둘러싸여 있는 광경을 보면 누구나 마음이 흐뭇해진다고 정평이 나 있다. 그중에서도 그분의 맏딸은 소문이 자자하다. 법무관이 내게 놀러 오라는 초대를 했기 때문에, 나는 되도록 빨리 한번 방문할 작정이다. 그는 여기서 한 시간 반쯤 걸리는 곳에 있는 공작의 수렵 별장에 살고 있다. 아내와 사별한 뒤로 시내에 있는 관사에 사는 것이 괴로워서, 허가를 얻고 그곳으로 이사했다고 한다.

그 밖에 괴짜들 몇과도 알게 되었다. 그들은 도저히 참을 수 없는 인간들이다. 무엇보다도 못 참겠는 점은 일부러 친절한 척하는 그들의 어색한 태도다.

그럼 건투를 빈다. 이 편지는 사실적이기 때문에, 자네 마음에 들 것이라고 생각한다.

---

2) Charles Batteux, 1713~1780, 프랑스의 미학자.

3) Robert Wood, 1716~1771, 영국의 고전학자.

4) Roger de Piles, 1635~1709, 프랑스의 화가 겸 작가.

5) Johann Joachim Winckelmann, 1717~1768, 독일의 미술사가.

6) Johann Georg Sulzer, 1720~1779, 스위스 출신의 전기역학 교수로 배터리의 개발에 기여했다. 이후 독일 베를린으로 이주, 철학자로 활동하면서 대표 저작인『순수예술의 일반이론』을 썼다.

7) Christian Gottlob Heyne, 1729-1812, 독일의 언어학자 겸 고대학자.

5월 22일

　인간의 일생이 일장춘몽에 지나지 않는다는 것은 이미 여러 사람들이 절감하였겠지만 내 주위에서도 그 느낌은 항상 그림자처럼 맴돈다. 인간의 활동이나 연구도 어쩔 수 없는 한계에 사로잡히는 것을 볼 때, 그리고 모든 활동이 우리의 욕망을 충족시키는 데 집중되고 있으며, 욕망이라는 것 자체에도 우리의 불쌍한 삶을 연장시키는 것 말고는 다른 목적이 없다는 사실을 통찰할 때, 그리고 또 연구가 어느 단계에 올라 만족할 수 있음은, 인간이 자신이 갇혀 있는 감방의 벽에다가 여러 풍경과 형상들을 화려하고 밝은 색으로 그려놓고 기뻐하고 있는 식의 허울 좋은 체념에 불과하다는 것을 알게 될 때. 이 모든 것을 생각해 볼 때, 빌헬름, 나는 할 말이 없어지고 만다. 나는 자신의 내부로 되돌아가 그곳에서 하나의 세계를 발견한다. 그렇지만 그것 역시 명확한 표현이나 생생한 힘으로 나타나기보다는, 오히려 막연한 욕망 속에서 나타난다고 할 수 있다. 그리고 그곳에서는 모든 것이 내 감각 주변을 어슴푸레하게 떠도는 것처럼 보인다. 그래서 나는 한결같이 꿈을 꾸면서 그 세계에다 미소를 던진다.

　어린아이들이란 스스로 무엇인가 원하면서도 무엇 때문에 원하는지를 모른다고 한다. 이 점에 관해서는 박식한 교사들이나 사부(師傅)들의 의견이 일치하고 있다. 그러나 어른들도 어린애들과 마찬가지로 이 지상을 정처없이 비틀거리고 돌아다니며, 자기들이 어디에서 와서 어디로 가는지조차 모른 채,

이렇다 할 목적에 따라 행동하지 못하고 과자나 흰자작나무 회초리에게 지배당하는 실정이다. 물론 이런 일을 아무도 믿으려고 하지 않지만, 내게는 아주 명백한 사실 같아 보인다.

이러한 내 의견에 대해서 자네가 무어라고 말할지 벌써 알고 있기 때문에 나는 다음과 같은 주장을 기꺼이 인정하겠다. 즉, 어린애처럼 아무 분별도 없이 그저 빈둥거리면서 하루를 보내는 것, 인형이나 이리저리 끌고 다니며 부질없이 옷을 벗겼다 입혔다 하는가 하면, 엄마가 과자를 넣고 잠가둔 서랍 근처를 자못 조심스럽게 살금살금 돌아다니는 것, 그러다가 갈망하던 물건을 손아귀에 넣으면 볼이 뿌듯하게 그것을 입에 쑤셔넣고 먹으면서 '더 먹을래!' 하고 졸라대는 것, 이런 생활이야말로 누구보다도 행복한 생활이라는 것이지. 한편 자기들의 하잘것없는 사업이나 정열에 대해서까지도 화려한 이름을 붙여놓고, 그것이 마치 인류의 복지를 증진시키기 위한 어마어마한 사업이나 되는 것처럼 떠들어대는 사람들도 행복하다고 하겠지. 그렇지, 그렇게 할 수 있는 자네들에게 복이 있을진저! 그러나 그 모든 일이 어떻게 끝날 것이며 어떤 뜻을 가지고 있는지에 대해서 겸허한 마음으로 인식한 사람, 여유 있게 사는 시민 하나하나가 그들의 조그마한 정원을 손질하여 낙원으로 꾸밀 줄 알고, 불행한 사람마저 그 무거운 짐을 지고 허덕거리면서도 끈기 있게 스스로의 길을 걸어가고 있으며, 모든 사람들이 똑같이 이 햇빛을 다만 1분이라도 더 오래 쳐다보고 싶어 한다는 사실을 알아차린 사람은, 그렇지, 그런 사람은 말없이 자기 자신 속에서 스스로의 세계를 창조하는 것이다. 그리고 그 역시 인간이기 때문에 행복하다고 할 수 있다. 그리하여 그는 아무리 제약을 받고 있더라도, 항상 마음속에서 자유라는 즐거운 감정을 간직하고 있다. 자기가 원하면 언제라도 감옥 같은 이 세상을 벗어날 수 있다는 그런 자유의 감각 말이다.

5월 26일

자네는 오래전부터 내가 어떤 생활양식을 좋아하는지 알고 있다고 생각한다. 어느 곳이든 정이 들 만한 장소에다가 오두막을 한 채 세우고 거기서 조촐하게 살아보고 싶어 하는 나의 취미 말이다. 여기서도 나는 다시 나의 마음을 끌 수 있는 장소 하나를 찾아냈다.

시내에서 걸어서 한 시간쯤 걸리는 곳에 발하임[8]이라 부르는 마을이 있다. 경사진 언덕에 면해서 자리 잡고 있는 그 위치가 아주 재미있거든, 그 마을을 빠져나와서 오솔길을 따라 위쪽으로 올라가면, 갑자기 골짜기 전체가 한눈에 훤히 내려다 보인다. 나이에 비해 쾌활하고 친절하고 애교 있는 주막집 아주머니가 포도주와 맥주와 커피를 따라 준다. 그러나 그중에서 무엇보다 뛰어난 것은, 거기 있는 두 그루의 보리수다. 이

---

8) 독자께서는 여기 나오는 지명을 찾아보려는 헛된 노력을 기울이지 마시기 바랍니다. 편지의 원문에 있던 지명을 부득이 변경하여 실은 것입니다(원주).

두 나무는 나뭇가지를 사방으로 활짝 펼쳐서, 교회 앞 작은 광장을 뒤덮고 있다. 그 광장의 주위를 농가와 창고와 앞마당이 둘러싸고 있다. 그렇게 정답고 아늑한 곳은 본 적이 없다. 나는 주모에게 그곳에 작은 식탁과 의자를 내놓아 달라고 부탁한 다음, 거기서 커피를 마시며 내가 좋아하는 호메로스를 읽는다. 어느 맑게 갠 날 오후 내가 처음으로 우연히 그 보리수 밑으로 찾아들었을 때, 그 광장은 아주 쓸쓸했다. 사람들은 모두 들에 나가고 없었다. 겨우 네 살쯤 되는 사내아이 하나가 땅바닥에서 여섯 달가량 돼 보이는 갓난애를 자기 양쪽 다리 사이에 앉혀 놓고 두 팔로 껴안아서는 제 가슴에 기대게 해서 안락의자같이 해주고 있었다. 그 사내아이는 검은 눈으로 씩씩하게 사방을 두리번거리곤 했지만 그래도 아주 의젓했다. 이 광경이 내 마음에 들었다. 나는 맞은편에 놓인 쟁기 위에 걸터앉아 아주 흐뭇한 마음으로 그 형제의 모습을 그렸다. 나는 바로 옆에 있는 울타리, 창고의 문과 몇몇 부서진 마차의 수레바퀴 등 앞뒤로 보이는 그대로 모조리 그렸다. 그렇게 한 시간쯤 지난 다음 완성된 그림을 바라보니 내 생각을 섞지 않았는데도 짜임새 있게 잘 그려진 재미난 그림이었다. 이것을 보고 나는 앞으로는 그저 자연에만 의지하자는 생각을 더욱 굳혔다. 무한히 풍부하고, 위대한 예술가를 창조하는 것은 오로지 자연뿐이다. 예술의 여러 규칙에는 나름대로의 장점이 있다고 말할 수 있다. 그것은 마치 시민사회를 예찬하는 것과 비교될 수 있는 것이다. 규칙에 맞추어 작업하는 사람은 결코 무미건조하거나 졸렬한 작품을 만들어내지는 않을 것이다. 그것은 법규나 예의범절을 준수하며 행동하는 사람이 무뢰한이나 지독한 악당이 될 수 없는 것과도 같다. 그러나 그 반면에 뭐니 뭐니 해도 모든 규칙은 자연의 진실한 감정과 자연의 정다운 표현을 파괴하는 것이다. '그 말은 너무 심해. 규칙이란 단지 제한을 하고 쓸데없는 덩굴을 베어낼 따름인데.'라고 자네는 말하겠지. 이것 보게! 내가 자네에게 비유를 하나 들어주지. 그것은 사랑의 경우와 똑같다고 할 수 있다. 젊은 청년이 어떤 아가씨에게 연정을 품고, 날이면 날마다 아침 일찍부터 밤늦게까지 그녀를 따라다니며, 모든 정력과 재산을 쏟아부으면서, 자기가 그녀를 위해 온몸을 바치고 있음을 줄곧 나타내려 한다고 하자. 그런데 그때 속물 하나가, 즉 어떤 공직에 종사하는 남자가 나타나서 그 젊은이에게 이렇게 말한다고 하자. '여보시오, 젊은 양반, 내 말 좀 들어봐요! 사랑을 하는 것은 인간으로서 당연한 일이겠지만, 단 인간다운 사랑을 해야돼요. 자기의 시간을 둘로 나눠서 한쪽은 일하는 데 쓰고, 다른 한쪽, 즉 쉬는 시간을 여자에게 바치도록 해야지요. 당신의 재산을 헤아려보고 꼭 필요한 경비를 뺀 다음, 나머지를 가지고 여자에게 선물을 하는 것쯤은 나도 말리지 않아요. 그것도 너무 자주 해서는 못쓰고 여자의 생일이라든가 세례일 같은 날에만 해야지요.' 만약에 그 젊은이가 그런 충고에 따른다면 그는 쓸 만한 인물은 될 것이다. 나도 그런 젊은이라면 어떤 영주에게나 직원으로 채용해 달라고 추천하고 싶어진다. 그러나 애인으로서의 그는 그것으로 끝장이다. 만일 그가 예술가라면 그의 예술도 마지막이지. 아아, 나의 벗들이여, 무엇

때문에, 천재의 물결이 둑을 뚫고 터져나와 큰 홍수를 이루며 콸콸 쏟아져 내려와서, 그대들의 영혼을 뒤흔들어 놓는 일이 이렇게도 드물단 말인가! 사랑하는 벗들이여, 천재의 흐름 양쪽 기슭에는 태연자약한 신사들이 산다. 그들은 자기들의 정자(亭子)나 튤립 꽃밭, 채소밭 등이 혹시나 못쓰게 될까 봐, 서둘러 둑을 쌓고 토목공사를 하는 등, 앞으로 닥쳐올 위험을 미리 방지하고 있다.

5월 27일

내가 공연히 열중하여서 지나치게 비유와 연설을 늘어놓는 것 같다. 그 바람에, 그 애들이 뒤에 어찌 되었는지 그 점에 대해서 이야기하는 것을 잊고 말았다. 내가 어제 편지로 아주 단편적이나마 자네에게 이야기한 것처럼, 나는 그림의 분위기에 완전히 도취되어 그럭저럭 두 시간 그 쟁기 위에 앉아 있었다. 그러다 저녁 무렵에, 젊은 부인 하나가 팔에 바구니를 건 채, 지금까지 조금도 움직이지 않고 그 자리에 있던 아이들에게로 달려왔다. 그녀는 멀리서부터 "필립스, 정말 착하구나." 하고 외치는 것이었다. 그녀가 나에게도 인사를 하기에 나도 답례를 하는 동시에 일어서서 그녀에게 다가가 그 애들의 어머니냐고 물어보았다. 그녀는 그렇다고 대답하더니 이어서 큰아이에게 흰빵을 반 조각 준 다음 갓난아이를 껴안고 자애로움 넘치는 키스를 하더군. "필립스에게 어린애를 보라고 맡겼어요. 그리고 저는 흰빵과 설탕과 죽을 끓이는 냄비를 사려고 큰아이를 데리고 시내에 나갔다 돌아오는 길이에요." 이윽고 덮개가 벗겨진 바구니 속에 그 물건들이 몽땅 들어 있는 것이 보였다. "저녁때 한스(그것은 막내아이의 이름이었다.)에게 수프를 끓여 주려고요. 큰애가 얼마나 짓궂은 장난꾸러기인지, 어제 누룽지를 가지고 필립스와 서로 다투다가 그만 냄비를 산산조각내 버렸다니까요." 나는 큰아이가 어디 갔느냐고 물어보았다. 그 애는 풀밭에서 거위 두세 마리를 쫓아다니고 있다고 어머니가 대답하는 순간 그 애가 뛰어들더니, 둘째에게 개암나무 가지를 선물로 갖다 주더군. 나는 계속해서 그 애의 어머니와 이야기를 주고받았다. 그녀가 학교 교사의 딸이라는 사실과, 그녀의 남편은 사촌 형의 유산을 받기 위해서 스위스까지 여행 갔다는 사실을 알게 되었다. "친척들은 모두 한패가 되어 바깥양반을 속이려고 했어요. 그래서 이쪽에서 아무리 편지를 해도 답장을 보내주지 않았어요. 그래서 할 수 없이 바깥양반이 직접 떠난 거예요. 그분이 불행한 꼴이라도 당하지 않았으면 좋겠어요. 소식조차 없어요."

나는 그녀의 곁을 그대로 떠나기가 약간 난처해져서 어린애들 하나하나에게 제각기 돈을 1크로이처씩 나눠준 다음, 이어서 막내를 위해서도 시내에 나가거든 수프에 곁들여 먹는 흰빵을 사다 주라고 어머니에게 1크로이처를 맡기고 나서 헤어졌다.

나의 친애하는 벗이여, 솔직히 말해서 내가 도저히 마음을 걷잡을 수 없을 때 이런 사람들을 쳐다보면 한결 마음속이 편

안하게 가라앉는다. 행복하고 태연스러운 마음으로 삶의 테두
리 안에서 살아가는 동안, 그들은 하루하루를 그럭저럭 참고
견디며 나뭇잎이 떨어지는 것을 보면 겨울이 찾아왔다는 사
실밖에는 아무것도 생각하지 않는다.

그때부터 나는 자주 그곳을 찾았다. 어린애들은 나하고 아
주 정이 들어서 내가 커피를 마실 땐 설탕을 얻어먹고, 저녁때
는 버터를 바른 빵이나 우유를 나눠 먹을 뿐 아니라 일요일이
면 그 애들 모두 빠짐없이 돈을 받는 것이 상례가 되었다. 혹
시 내가 예배 시간이 지나도 그곳에 오지 못할 때 대신해서
지불해 주도록 주막집 아주머니에게 부탁해 놓았다.

어린애들은 나와 퍽 다정해져서, 내게 여러 가지 이야기를
들려준다. 그러다가, 마을의 어린애들이 많이 모여들면 그들의
거친 감정이나 소박한 욕구불만이 노골적으로 폭발하는데,
그것이 한없이 내 흥미를 돋운다.

애들이 나를 괴롭히지나 않을까 하고 염려하는 애들 어머
니의 걱정을 덜어주려고 나는 온갖 애를 다 쓰고 있다.

5월 30일

내가 일전에 자네에게 그림에 관해서 이야기한 것은 문학
에도 그대로 해당되리라 생각한다. 결국 핵심을 찾아내서, 그
것을 대담하게 표현하는 일이 중요하다고 믿는다. 그렇게 하
면 물론, 짧고 간결한 말이라도 많고 깊은 뜻을 나타낼 수 있

단 말이다. 내가 오늘 목격한 장면 같은 것을 그대로 순수하게 표현하면, 세상에서 가장 아름다운 목가(牧歌)가 될 거다. 그러나 문학이니 무대니 목가 따위가 무슨 소용이 있을까. 우리는 그저 자연현상 그 자체에 흥미를 가지면 될 것 아닌가. 무엇 때문에 그것을 이리저리 주물럭거리면서 빚어낼 필요가 있는가?

이렇게 내가 장황하게 서론을 늘어놓았기 때문에 자네가 어떤 고상하고 탁월한 것을 기대한다면, 결과는 기대에 한참 어긋날 듯하다. 어쨌든 내 마음을 사로잡아 이다지도 흥미를 끈 것은 한낱 농촌의 머슴에 지나지 않는다. 나는 원래 말솜씨가 없어서 이야기가 서투를 것이고, 틀림없이 자네는 언제나 그랬듯이 내가 이야기를 과장하고 있다고 생각하겠지. 장소는 역시 발하임이었다. 이런 희귀한 일이 생기는 것은 언제나 어김없이 발하임이니까.

보리수 밑에서 커피를 마시는 모임이 있었다. 그런데 그곳에 모인 사람들이 내 마음에 들지 않았기 때문에 나는 핑계를 대고 그들과 어울리지 않았다.

그때 마침 머슴처럼 보이는 한 사람이 이웃집에서 나오더니 일전에 내가 그렸던 쟁기의 고장난 곳이라도 고치는 듯 열심히 손질을 하기 시작하였다. 나는 그런 태도가 마음에 들었기 때문에 그에게 말을 걸었고, 그의 신상에 대해서 이것저것 물어보았다. 우리는 금세 사귀었고, 이런 종류의 사람들과 늘 그랬듯이 곧 친해져 버렸다. 이야기를 들어 보았더니 그는 어떤 과부의 집에서 일하고 있는 종인데, 여주인에게는 상당히 좋은 대우를 받고 있다고 했다. 그가 그 여자 주인에 관해서 여러 가지로 이야기를 늘어놓고 매우 칭찬하는 품으로 미뤄, 그가 몸과 마음을 바쳐 그녀를 사랑하고 있다는 사실을 눈치챌 수 있었다. 그녀는 젊다고는 할 수 없으며 죽은 첫 남편에게 학대를 받아서 이제 재혼할 뜻이 없는 것처럼 보인다고 말했지만, 그 친구가 자기의 주인 여자를 얼마나 아름답고 매력적이라고 생각하는지, 그리고 남편에 대한 나쁜 추억을 없애버리기 위해서 자신을 택해 주었으면 하고 얼마나 간곡히 바라고 있는지, 그의 이야기 투에서 명백히 알 수 있었다.

이 젊은이의 순수한 사모의 정과 사랑과 성실성을 자네에게 똑똑히 알려주려면, 나는 그의 말을 한 마디 한 마디 되풀이하는 수밖에 도리가 없다. 그렇지, 그의 몸짓, 그 목소리의 아름다운 조화, 그리고 눈초리의 은근한 그 불길을 생생하게 표현하려면 내게 위대한 시인의 재질이 있어야만 할 거다. 그의 태도나 표정에 깃들어 있는 섬세한 심정은 어떤 말로도 나타낼 수 없는 것이다. 내가 아무리 표현을 잘한다고 하더라도 그것은 졸렬하기만 할 거다. 내가 특별히 감동을 받은 것은, 그 주인 여자와 그의 관계를 내가 혹시 수상쩍어 하거나 그녀의 행실을 의심하지나 않을까 하고 그 젊은이가 몹시 두려워했던 점이다. 비록 젊음이 풍기는 매력은 아니지만, 그래도 강렬하게 그의 마음을 끌어당기고 사로잡는 그 주인 여자의 몸매에 대해서, 그녀의 육체에 대해서 그 젊은이가 이야기하는 태도가 얼마나 열정적이던지. 그것을 오직 나는 마음속 가장 깊은 곳에서만 되새겨볼 수 있을 따름이다. 나는 세상에 태어나서 억제할 수 없는 욕망과 사모하는 뜨거운 심정이 이다지도 순수하게 표현된 것을 여태까지 본 적이 없었다. 아니, 나는 이렇게도 순수하게 표현될 수 있음을 생각해 보지 못했고 꿈에서조차 겪어보지 못했다고 말할 수 있다. 이렇게 말한다면 자네는 나를 나무라겠지만, 그의 천진난만함과 진실함을 떠올릴 때 내 영혼이 가장 깊은 곳에서부터 불타오르는 것을 참을 길이 없다. 그토록 성실하고 애정에 넘치는 아리따운 모습이 어디서나 나를 뒤쫓아 다니며, 나까지 그 불길에 휩싸인 것처럼 함께 허덕이며, 함께 갈망하고 있다고 고백하는 것을 탓하지 말아주게.

그래서 될 수 있는 대로 빨리 그녀를 한번 만나볼 작정이다. 그러나 다시 생각해 보면 피하는 편이 좋을 것 같다. 애인의 눈을 통해서 보는 것이 훨씬 나을지 모르기 때문이다. 내 눈으로 직접 보면, 지금 내가 머릿속에 상상하고 있는 모습과는 아주 다를지도 모르지. 구태여 아름다운 영상을 파괴해 버릴 필요가 어디 있는가.

6월 16일

왜 내가 자네에게 편지를 쓰지 않느냐고? 그런 질문을 하면서 자네는 학자라고 자부하나? 내가 건강한 몸으로 잘 있으리라는 사실은 자네도 알 만하지 않나. 그뿐 아니라, 간단히 말하자면, 나는 어떤 사람과 사귀게 되었고 내 마음은 전적으로 중요한 그 일에 쏠리고 있다. 참으로 나는 어떻게 말해야 될지 모르겠다.

정말로 사랑할 가치가 있는 사람을 내가 어떻게 사귀게 되었는지, 그 경위를 자네에게 조리 있게 이야기한다는 것은 나에게는 어려운 일이다. 나는 지금 행복하고, 또 만족하고 있기 때문에 지난 일을 시시콜콜 다 적을 수는 없다.

천사, 아니지, 이와 같은 말은 누구나 자기 애인에 대해서 하는 소리가 아닌가. 나는 그녀가 어떻게 그리고 어찌하여 완전한지, 그 이유를 댈 수가 없다. 요컨대 그녀는 내 마음을 완전히 사로잡고 말았다.

그녀는 그토록 총명하면서도 그토록 순진하고, 그렇게 꿋꿋하면서도 그같이 마음씨 곱고, 착하고 친절할 뿐 아니라, 정말로 발랄하고 활동적이면서도 침착한 마음의 여유를 지니고 있다.

내가 아무리 그녀에 관해서 이러쿵저러쿵 이야기를 늘어놓아도 그것은 한낱 수다스러운 잡소리일 뿐이다. 그녀의 인품을 조금도 나타내지 못하는 추상적인 표현일 뿐이다. 다음 번에, 아니, 다음 번에 할 것이 아니라, 지금 당장 이야기해야겠다. 이 기회에 하지 않으면, 영원히 못 할 것만 같다. 사실 우리끼리 이야기지만, 이 편지를 쓰기 시작한 다음에도 난 벌써 세 번이나 펜을 놓고 말에 안장을 얹게 한 다음 타고 나가려고 하였기 때문이다. 그런데 오늘 아침에는 가지 않기로 스스로 맹세까지 했던 터이다. 그러고도 해가 이제 얼마큼이나 떠올랐는지 알고 싶어서 뻔질나게 창가로 달려가곤 했다……

나는 더 이상 참을 수가 없었다. 그래서 끝내 그녀에게로 찾아갔다. 빌헬름, 나는 이제 방금 집으로 돌아와서 저녁 식사로 버터빵을 먹고 자네에게 이 편지를 쓰려는 것이다. 귀엽고도 활발한 어린애들, 여덟이나 되는 그녀의 남동생과 여동생들에게 그녀가 둘러싸여 있는 광경을 보는 것은 얼마나 즐거운 일인지 모른다.

이런 식으로 계속 이야기해 나가면 아무래도 자네가 무슨 소린지 알아차리기 어렵겠지. 그러니 들어보게, 억지로라도 조리 있게 자세한 이야기를 해볼 테니.

얼마 전에 자네에게 편지로도 알렸던 것처럼 나는 법무관인 S씨와 사귀게 되었고, 기회 있는 대로 그의 은거지로, 아니 오히려 그의 작은 왕국이라고 할 수 있는 곳으로 찾아와 달라는 초청을 받은 적이 있었지만 나는 그 방문을 미루고 있었다. 우연한 기회에 그곳에 숨겨져 있는 보물을 발견하지 못했더라면, 나는 아마도 그곳을 영 찾아가지 않았을는지도 모른다.

언젠가 그곳의 젊은 친구들이 무도회를 연다고 하기에 나는 기꺼이 참가하기로 했었다. 나는 이 고장의 여성 가운데서 얌전하고 아름답기는 하지만, 그 밖에는 별로 두드러진 특징이 없는 어느 아가씨에게 내 춤의 파트너가 되어달라고 부탁했다. 그리하여 나는 마차를 한 대 빌려 타고, 그 파트너 아가씨와 그녀의 사촌 언니를 태우고 모임이 열리는 장소까지 가기로 했다. 도중에서 샤로테라는 아가씨도 동승시키자는 계획까지 미리 짜놓았다. 마차가 수렵 별장을 향해서 널따랗게 나무를 베어낸 숲속 길을 지날 때 파트너 아가씨는 이렇게 말하는 것이었다. "멋있는 여성과 사귀게 되실 거예요." "홀딱 반하지나 않도록 조심하세요." 그 사촌 언니라는 아가씨가 그렇게 덧붙였지. "왜 반해서는 안 되나요?" 하고 내가 물었더니, "벌써 약혼을 했으니까요."라고 그녀가 대답하더군. "그녀의 약혼자는 아주 훌륭한 분인데, 아버지가 돌아가셨기 때문에 그 뒤처리를 하기 위해서, 그리고 좋은 자리를 얻으려고 지금 여행 중이라나요." 나는 그런 이야기를 들어도 별로 큰 관심이 없었다.

태양이 서쪽 산 위에 떠 있어서 해가 지려면 아직 십오 분가량 남았을 무렵, 드디어 우리가 타고 간 마차는 별장 대문 앞에 도착했다. 날씨는 매우 무더웠고 여자들은 비바람이 닥쳐올까 봐 걱정들을 하고 있었다. 아닌 게 아니라 지평선 일대에는 소나기를 머금은 회색빛 구름이 몰려올 듯했다. 나는 엉터리 기상학 지식을 동원하여 여성들의 걱정을 덜어주려고 무척 애를 쓰면서도 모처럼의 즐거움이 수포로 돌아가지나 않을까 하고 은근히 염려했다.

내가 마차에서 내렸을 때 하녀 하나가 문밖으로 나와서 로테 아가씨께서는 곧 나오시니까 잠깐만 기다려주십사는 말을 했다. 나는 마당을 지나서 멋있게 세워진 집 쪽으로 걸어갔다. 그런데 집 앞쪽에 있는 계단을 올라가서 현관 안으로 들어서자마자, 이제까지 보지 못했던 매혹적인 정경이 눈앞에 전개되었다. 현관 다음 방에서 두 살에서 열한 살까지의 어린애들 여섯이 소녀 하나를 둘러싸고는 오글거리고 있었다. 그녀는 크지도 작지도 않은 중키의 몸매에 아름다운 아가씨였

다. 그녀는 청초하고 단정한 흰 옷을 걸치고, 팔과 가슴에도 연한 붉은빛 리본을 달고 있었다. 그녀는 검은빵을 손에 들고는, 자기를 에워싼 어린애들에게 제각기 나이와 식욕에 따라 한 조각씩 쪼개서 아주 다정스레 나눠주었다. 어린애들은 빵을 쪼개기도 전부터 고사리 같은 작은 손들을 높이 쳐들고 기다리고 있다가 빵 조각을 받으면, 정말 천진난만하게 "고맙습니다." 하고 외쳤다. 어떤 아이는 배급받은 빵을 들고 흐뭇해서 뛰어 달아나는가 하면, 또 차분한 아이는 조용히 그 자리를 떠나서는 로테 누나가 타고 갈 마차와 낯선 손님들을 보려고 문 쪽으로 걸어가기도 했다. "실례했습니다. 선생님을 이런 누추한 곳에까지 오시게 해서요. 여자 분들을 오랫동안 기다리게 해서 죄송합니다. 옷을 갈아입고, 제가 없는 동안에 해둬야 될 몇 가지 일들을 하다 보니, 아이들에게 저녁 빵 주는 것을 잊고 있었습니다. 애들은 글쎄, 제가 빵을 나눠주지 않으면 받으려고 하지 않거든요." 하고 그녀는 말했다. 나는 그녀에게 그저 덤덤하게 인사를 했을 뿐이다. 내 정신은 그러나 완전히 그녀의 모습과 목소리, 태도에 쏠리고 있었다. 그녀가 장갑과 부채를 가지러 다시 방 안으로 뛰어갔을 때에야 비로소 나는 놀라움으로부터 깨어날 여유를 얻었다. 어린애들은 옆에서 나를 쳐다보고 있었다. 그래서 나는 가장 나이 어리고 귀여운 얼굴을 한 막내둥이한테로 다가갔는데, 그 애는 슬금슬금 뒷걸음질쳤다. 그때 마침 로테가 방문에서 나오더니 "루이야, 친척되는 이분과 악수해 봐." 하고 말했다. 그 애는 서슴지 않고 하라는 대로 하더군. 그 조그마한 코에서 콧물이 흘러나와 지저

분했지만, 나는 그 애에게 진심으로 키스하지 않을 수 없었다. "친척이라고요?" 하고 나는 그녀에게 손을 내밀면서 물어보았다. 그리고 "제가 당신의 친척이 될 만한 자격을 가진 사람이라고 생각하십니까?"라고 덧붙였다. "어머나." 하고 그녀는 가벼운 미소를 지으며 "우리 일가 친척은 굉장히 범위가 넓답니다. 그런데 선생님께서 그중에서 제일 빠지는 분이라면, 정말 유감입니다."라고 말했다. 떠나면서 그녀는 열한 살쯤 되어 보이는 바로 밑의 여동생 소피에게 어린애들을 잘 보살피고, 아버지가 말을 타고 산보 갔다 돌아오시면 말씀을 잘 전해 드리라고 이르더군. 그리고 어린애들에게는, 소피 누나를 자기라고 생각하고 말을 잘 들어야 된다고 타일렀다. 그 가운데 몇 아이는 하겠다고 굳게 다짐했는데, 여섯 살가량의 어리고 무척 똑똑해 보이는 금발 여자아이는 이렇게 말하더군. "그렇지만 소피 언니는 로테 언니가 아니잖아, 우리는 로테 언니가 훨씬 더 좋은걸 뭐." 그러는 사이에 큰 남자아이 둘은 마차 뒤쪽에 올라탔다. 내가 중간에 나서서 그 애들을 위해 간청했기 때문에, 애들이 장난치지 않고 꼭 붙잡고 있겠다는 조건 하에 로테는 숲 앞까지만 마차 태워주는 것을 허락했다.

우리가 마침내 자리를 잡고 앉자마자 여자들은 서로 인사를 나누었고, 옷차림에 대해서 특히 모자에 관해서 서로 의견을 주고받았다. 또한 그날 밤 무도회에서 만날 사람들에 대해서 각각 신랄한 비평들을 가했다. 이 같은 이야기가 미처 끝나기도 전에, 로테는 마부에게 마차를 세우라고 한 다음 동생들을 마차에서 내리게 하였다. 그 애들은 다시 한번 로테의 손에 키스할 것을 원했다. 큰아이는 열다섯 살 또래의 소년답게 깊은 애정을 담아 입을 맞췄지만 작은아이는 아주 씩씩하게 슬쩍 키스하는 것이었다. 그녀는 아이들에게 다시 한번 인사를 시켰으며 우리는 계속 마차를 몰았다.

그 사촌 언니 되는 여자가 로테에게 지난번에 보낸 책을 다 읽었느냐고 물으니, "아니요, 제 마음엔 들지 않아요. 다시 돌려드리겠어요. 먼젓번 것도 역시 더 나을 것이 없더군요."라고 대답했다. 나는 그것이 어떤 책인지 물어보았으며 그것이 ○○[9]라는 로테의 대답을 듣고 매우 놀랐다. 그녀의 말 전체에서 많은 개성이 발견되었다. 말 한 마디를 할 때마다 새로운 매력, 새로운 정신의 빛이 그녀의 얼굴로부터 번져 나오는 것 같았다. 내가 자기를 이해해 주고 있다는 것을 알아차린 듯 그녀의 표정에서도 만족한 기색이 점점 더 번져 나오는 것을 알 수 있었다.

그녀는 또 이렇게 말했다. "제가 어렸을 때, 소설보다 더 좋아한 것은 없었어요. 일요일이면 아무 데고 한구석에 처박혀 앉아서 미스 제니[10] 같은 사람의 행복이나 불행에 열중하며 책을 읽었는데 그럴 땐 얼마나 즐거웠는지 몰라요. 지금도 그런 책에 대해서 다소 매력을 느낀다는 것을 부인하진 않겠어요. 그러나 이젠 책을 손에 들 만한 틈이 거의 없기 때문에,

---

9) 어떤 작가도 한 소녀의 비평이나 정견 없는 젊은이의 비평을 가지고 난처해 하지는 않겠지만 조금이라도 다른 사람에게 폐를 끼치는 일이 없도록 하기 위하여 이 부분을 삭제하기로 합니다(원주).
10) 조셉 티모드 헤르메스의 소설. 교훈적 감상적인 가정소설이다.

정말로 저의 취미에 맞는 것이 아니면 안 되겠어요. 제가 제일 좋아하는 작가는, 저의 세계를 거기서 찾아볼 수 있고 저와 똑같은 경우가 다루어져 있을 뿐 아니라 저의 집의 가정생활처럼 그렇게 재미있고 아기자기한 이야기를 쓰는 작가예요. 물론 저의 가정이 천국은 아니지만 그런 대로 말할 수 없는 행복의 원천이라곤 할 수 있지요."

이런 말을 듣고 나서 감동이 되었지만 그걸 감추려고 노력하였다. 하지만 언제까지 숨길 수는 없는 노릇이었다. 로테가 그다지도 진정으로 "웨이크필드의 시골 목사"[11]라든지 『○○』[12]에 대해서 지나가는 말로 언급하는 소리를 들었을 때, 나는 너무 열중해 버려서 내가 알고 있는 것을 남김없이 털어놓고 말았다. 잠시 후 로테가 다른 두 여자들에게로 화제를 돌렸을 때야 비로소 나는 그 동안 줄곧, 그 여자들이 존재마저 무시당한 채 눈을 휘둥그레 뜨고 앉아 있었다는 사실을 깨달았다. 사촌 언니는 몇 번이나 코웃음을 치며 비웃는 눈초리로 나를 말끄러미 쳐다보았지만, 나는 거기에 전혀 개의치 않았다.

화제는 이제 춤을 추는 기쁨으로 옮겨갔다. "춤에 대해서 지나치게 열중하는 것은 잘못이겠지만," 하고 로테는 말을 시작했다. "솔직히, 저는 춤보다 더 즐거운 것을 모른다고 고백하겠어요. 머릿속이 복잡하고 괴로울 때, 조율도 잘 되어 있지

---

11) 18세기 아일랜드 출신의 작가 올리버 골드스미스의 대표작이다.
12) 여기서는 몇몇 독일 작가의 이름을 삭제하였습니다. 로테와 취미를 같이하는 사람이면 이 대목을 읽고 반드시 공감했을 것이며, 그렇지 않은 사람이면 도대체 알 필요조차 없을 것입니다 (원주).

못한 제 피아노로라도, 대무곡(對舞曲)을 한번 두들기면 마음 속까지 후련해지는걸요."

이런 이야기를 그녀가 하고 있는 동안 나는 그녀의 새까만 눈동자를 얼마나 황홀하게 쳐다볼 수 있었는지 모른다. 그 싱싱한 입술, 생기가 감도는 그 귀여운 두 볼이 내 마음을 온통 사로잡고 만 것이다. 나는 로테가 한 이야기의 훌륭한 내용에 감동되어서 그녀의 말을 몇 번이나 헛들었는지 모른다. 자네는 '나'라는 인간을 잘 알고 있기 때문에 짐작했으리라고 생각하지만, 요컨대 마차가 회장에 도착했을 때 나는 꿈속에 있는 사람 모양으로 마차에서 내렸던 것이다. 주위의 황혼 속에서 나는 몽유병자처럼 넋을 잃고 있었기에 불이 켜진 위층 방에서 울려오는 음악 소리조차 귀에 잘 들리지 않을 지경이었다.

아우드란이라는 사람과 또 한 사람(누가 일일이 이름 같은 것을 기억하겠는가), 즉 사촌 언니의 파트너와 로테의 파트너인 두 신사가 마차 문 앞까지 나와서 우리를 맞아 주었다. 그리하여 각자는 자기의 파트너를 차지하였기 때문에 나도 내 파트너를 안내하여 올라갔다.

우리는 미뉴에트를 추었기 때문에 서로 얽히고설켜서 돌게 되었다. 나는 차례로 파트너를 바꿨는데 가장 마음에 안 드는 여성일수록 쉽사리 손을 남자에게 내밀고 끝마칠 생각을 하지 않았다. 로테와 그녀의 상대자는 영국 춤을 시작하였다. 그리하여 그녀가 우리와 같은 줄에 끼어들어 함께 원을 그리기 시작했을 때 내가 얼마나 기뻤겠는가는 자네도 짐작할 수 있을 테지. 로테가 춤을 추는 모습은 정말 혼자 보기가 아까울 정도다! 그녀는 온 정성과 마음을 기울여서 춤을 춘다. 그리하여 몸 전체가 조화를 이룬다. 허심탄회하고, 어떠한 거리낌도 없이, 춤 이외에는 아무런 생각도 감각도 없는 사람처럼 보인다. 그 순간만은 확실히 그녀 앞에서 일체의 사물이 사라져 버리는 것이다.

나는 그녀에게 두 번째의 대무를 신청했으나, 로테는 세 번째에 허락해 주었다. 그리고 그녀는 세상없이 귀엽고 솔직한 태도로 "독일 춤을 진심으로 즐겨 춘답니다." 하고 나에게 확언하는 것이었다. 그리고 계속해서 말했다. "여기서는 독일 춤을 출 때 파트너가 바뀌지 않는 것이 관례랍니다. 저의 파트너는 독일 왈츠가 아주 서툴러서 제 춤 상대를 면제해 주면 고마워할 거예요. 선생님의 상대 여성도 왈츠를 못 추고 또 좋아하지도 않는답니다. 조금 전에 선생님께서 영국 춤을 추실 때 봤는데 정말 왈츠를 멋있게 추시더군요. 독일 춤 차례가 될 때 제 파트너가 되어주실 생각이라면 지금 저의 파트너에게 가서서 허락을 받아 오세요. 그러면 제가 선생님의 파트너에게로 가서 부탁을 하겠어요." 나는 선뜻 좋다고 했다. 결국 그 남자는 그동안 내 파트너와 이야기를 나누고 있기로 타협을 보았다.

이윽고 시작되었다. 우리는 한참 동안 여러 가지 형태로 팔을 얼기설기 끼우고 흥겹게 춤추었다. 그녀는 얼마나 매력 있게 얼마나 경쾌하게 몸을 움직였는지 모른다! 드디어 왈츠 차례가 되었을 때, 우리가 하늘의 별들처럼 뱅글뱅글 돌아가기 시작했을 때, 이 춤에 능숙한 사람이 별로 없었기 때문에 처음에는 약간 뒤죽박죽이 되어 혼란을 빚었다. 우리 둘은 현명해서 그들이 날뛰는 대로 내버려두었다. 얼마 뒤 서투른 친구들이 자리에서 물러난 뒤, 빠르게 춤추기 시작했다. 우리는 다른 한 쌍과 더불어, 바로 아우드란과 그 파트너와 함께 활기찬 춤을 끝까지 추어냈다. 이렇게도 경쾌하게 내 몸이 움직인 적은 없었다. 나는 이미 이 세상 사람이 아니었다. 비길 데 없이 사랑스러운 여성을 내 팔에 껴안고 번개처럼 날아다니다 보니 주위의 모든 것이 시야에서 사라져버리더군. 빌헬름, 솔직히 말해서 나는 내가 사랑하고 그리워하는 아가씨는 다른 어떤 남자와도 왈츠를 못 추게 해야겠다고 마음속으로 굳게 다짐하였다. 그 때문에 설혹 내가 파멸하는 일이 있더라도 자네는 나를 이해하겠지.

우리는 숨을 돌리기 위하여 홀 안을 한두 바퀴 걸어다닌 다음에 로테는 자리에 앉았다. 내가 옆으로 치워 놓았던 오렌지들이, 남아 있는 것이라곤 그것뿐이었지, 청량제 역할을 했다. 하지만 로테가 몇 조각을 뻔뻔스러운 이웃 부인한테 예의상 나눠주었는데 나는 그 한 조각 한 조각이 나눠질 때마다 가슴에 침을 맞는 듯 안타까웠다.

세 번째 영국 춤을 출 때는 나와 로테가 두 번째로 한 조가 되었다. 둘이서 열과 열 사이를 춤추며 누볐는데 그때 내 기쁨이란 오로지 하느님만이 아셨을 것이다. 진정 순수한 만족감을 듬뿍 드러낸 로테의 눈을 바라보며 나는 그녀의 팔을 잡고 마침 어떤 부인 곁을 스치게 되었다. 그 부인은 얼굴은 젊다고 할 수 없으나 귀여운 표정이어서 내가 눈여겨 보았던 사람이었다. 그 부인이 미소를 띠면서 로테를 바라보고 위협하듯이 손가락 하나를 쳐들어 보이고 획 스쳐 지나치면서 의미 있게 한두 번 '알베르트'란 이름을 대는 것이 아닌가.

"알베르트가 누굽니까?" 하고 나는 로테에게 물었다. "실례가 되는 질문인지 모르겠습니다만." 로테가 대답하려고 했을 때 우리는 큼지막하게 8자를 그리기 위해서 떨어져야 했다. 그러나 서로 스치고 지날 때 보니, 로테의 이마에서 어딘지 생각에 잠긴 듯한 표정이 보였다. "선생님한테 숨길 것은 없는 일이에요." 하고 그 여자는 프롬나드 스텝을 밟기 위해 내게 손을 내밀면서 말했다. "알베르트는 훌륭한 사람으로 저와는 약혼한 사이나 다름없는 분이에요." 이 말은 내게 새로운 것이 아니었다.(내가 이곳으로 오는 도중에 이미 여자들한테서 그런 말을 들은 바 있으니까.) 그런데도 나는 그 말을 처음 듣는 것 같은 느낌이었다. 그 이유는 이렇게 짧은 시간에 내게 소중한 사람이 되어버린 로테를 그런 관계에 놓고 생각해 본 일이 아직 없었기 때문일 거다. 요컨대 나는 당황하였고 정신을 못 차렸다. 그래서 나는 얼토당토않은 다른 조 속으로 끼어들고 말았다. 그래서 모두가 뒤죽박죽이 되어버렸지만, 로테가 아주 침착하게 잘 처리해 주었기 때문에 소란했던 장면은 금세 전처럼 질서가 잡혔다.

벌써 훨씬 이전부터 지평선 위에서는 번개가 번쩍이는 것이 보였지만, 단순한 번갯불에 지나지 않으리라 생각했는데 아직 춤이 끝나기도 전에 점점 심해지더니 급기야 뇌성벽력이 음악 소리를 압도해 버렸다. 세 여인이 열에서 빠져나오자 그 상대자들도 여자들 뒤를 쫓아 나와버렸다. 모두가 소란해지기 시

작했고 음악도 중단되었다. 즐거운 놀이를 하고 있을 때에 느닷없이 불행이나 무서운 일을 당하면 여느 때보다도 더 강렬한 인상을 받는 것은 당연하다. 그것은 첫째, 양자의 대조가 아주 뚜렷이 느껴지기 때문이다. 또 한 가지 보다 중요한 이유는, 우리의 감각이 이미 활짝 열려 있어서 민감해진 만큼 어떤 인상을 더 빨리 받아들이기 때문이다. 부인들 몇 사람이 갑자기 얼굴을 이상스럽게 찡그리는 것을 보았는데, 이것도 그런 원인에서 나온 것이라고 생각할 수밖에 없었다. 제일 현명한 부인들은 한구석으로 몰려가서 창 쪽에 등을 대고 앉아 귀를 막고 있었다. 그러자 그 앞에 가서 무릎을 꿇고 얼굴을 가리고 있는 부인도 있었다. 그런가 하면 또 한 부인은 그 두 사람 사이에 끼어들어서 귀여운 동생이라도 껴안듯이 두 사람을 품에 안고서 눈물을 줄줄 흘리고 있었다. 집으로 돌아가려는 부인들도 있었고, 그 이상으로 어찌할 바를 모르고 정신도 가다듬지 못한 부인들은 이렇게 아름다운 수난자들의 입술에서 새어나오는 하늘에 대한 불안스러운 기도조차 개의치 않고 키스 장난을 즐기는 젊은 신사들을 막지 못했다. 한편 몇몇 신사들은 천천히 담배라도 한 대 피우려고 아래로 내려갔다. 그리고 나머지 사람들은 그 집 안주인이 꾀를 내어 덧문과 커튼이 쳐진 방으로 안내하겠다고 제안하자 사양하지 않고 모두들 뒤따라갔다. 그 방에 들어서자 이번에는 로테가 의자들을 동그랗게 늘어놓고 무슨 놀이라도 하자고 제안을 하니, 모두들 찬성하며 각자 자리를 차지하고 앉았다.

'키스'라는 달콤한 벌금을 받아볼 수 있게 되었다고 미리부터 기대에 부풀어 입을 뾰족이 내밀며 사지에 기운이 나는 듯 버티고 서 있는 친구들도 많았다. "숫자 세기를 해요." 하고 로테가 말했다. "자, 정신을 차리세요. 제가 오른편에서 왼편으로 빙빙 돌아갈 테니까 여러분은 각자 자기 차례가 되는 숫자를 차례대로 세어나가는 거예요. 도화선처럼 번개처럼 빨리 말해야 해요. 막히거나 틀린 분은 따귀를 한 대씩 맞기예요. 그리고 천까지 세기로 하고……." 그리하여 보기에도 재미있는 일이 벌어졌다. 로테는 한 팔을 쭉 뻗고서 빙빙 돌아갔다. "하나" 하고 첫째 사람이 시작하니까 그 옆의 사람이 "둘" "셋" 하며 다음 사람으로 계속 넘어갔다. 그러다 한 친구가 잘못 세고 말았다. 찰싹! 하고 따귀가 한 대. 그것을 보고 웃는 동안에 다음 사람도 찰싹! 그리고 점점 속도가 빨라졌다. 나도 뺨을 두 대나 얻어맞았는데, 다른 사람들보다 더 세게 얻어맞은 것처럼 느껴져서 마음속으로 은근히 기뻤다. 좌중의 사람들이 일제히 웃고 떠들어대는 바람에 그 게임은 천까지 세기도 전에 끝나고 말았다. 서로 친한 사람들끼리 어울려서 떨어져 나가고 어느새 뇌우도 멎었다. 나는 로테의 뒤를 따라서 홀 안으로 되돌아왔다. 도중에 로테는 이렇게 말했다. "따귀를 때리고 맞느라고 정신들이 팔려서, 모두들 소나기 같은 건 까맣게 잊은 모양이죠." 나는 아무 대답도 하지 못했다. "저는" 하고 그녀는 말을 계속했다. "가장 겁이 많은 편이지만, 겉으로 대담한 체하면서 다른 사람들에게 용기를 북돋워주려고 하다 보니 저도 모르게 정말 용기가 생겼어요." 우리는 창가로 걸어갔다. 저 멀리서 천둥 소리가 울려오며 하늘에서 세차게 비가 내려서 대지에 스며들고 있었다. 그리고 비길 데 없는 상쾌한 향기가 사방에 넘치는 훈훈한 대기 속에서 우리 있는 곳까지 치솟아 올라왔다. 로테는 팔꿈치를 짚고 창가에 기대 서서 차분하게 주위를 살펴보고 있었다. 그러더니 그녀는 하늘을 쳐다보고, 이어서 나를 바라보았는데, 그녀 눈에 눈물이 가득 고여 있었다. 그녀는 자기 손을 내 손 위에다 포개 얹은 다음 "클롭슈토크!"[13] 하고 말했다. 나는 즉시 로테가 생각하고 있을 그 장려한 송가(頌歌)를 생각했다. 그리고 나는 그녀가 이 같은 암호로 내게 쏟아놓은 감정의 벅찬 흐름 속에 잠기고 말았다. 나는 더 이상 참을 수가 없어서 몸을 구부리고 기쁨에 넘치는 눈물을 흘리며 그녀의 손등에 키스했다. 그리고 다시 그녀의 눈을 쳐다보았다. 고귀한 시인이여! 이 눈초리 속에 깃들인 당신에 대한 존경심을 당신에게 보이고 싶습니다. 나는 이제 당신의 이름이 로테 이외의 다른 사람의 입에 오르내리며 더럽혀지는 것을 원하지 않습니다.

6월 19일

지난번 내 편지가 어디서 끊어졌는지 모르겠다. 내가 기억하고 있는 것은 내가 잠자리에 든 때가 새벽 두 시였다는 사실뿐이다. 그리고 만일 내가 편지를 쓰는 대신 자네와 직접 지

---

13) Friedrich Gottlieb Klopstock, 1724~1803, 독일 계몽주의 시대의 시인이다.

껄였더라면 아마 첫새벽까지 자네를 붙잡아두었을 것이다.

무도회에서 돌아오는 길에 일어났던 일은 아직 이야기하지 않았지만, 오늘 그것에 대해서 말하는 것은 적합하지 않을 것 같다.

그날 해가 떠오르는 광경은 장관이었다. 주위는 온통 이슬 방울이 맺혀서 떨어지는 숲과 싱싱하게 소생한 들판이었다. 같이 갔던 부인들은 마차 속에서 꾸벅꾸벅 졸기 시작했고 로테는 나보고 부인들처럼 눈을 붙이지 않겠느냐고 물었다. 자기 때문에 걱정하거나 신경을 쓸 필요는 없다는 것이었다.

"당신이 눈을 뜨고 있는 모습을 쳐다보고 있는 동안"이라고 말하고서, 나는 그녀를 뚫어지게 바라보았다. 이어서, "그 동안에는 잠들 염려는 없습니다." 하고 말했다.

그렇게 해서, 우리는 로테의 집 앞에 당도할 때까지 졸음을 견디어냈다. 이윽고 하녀가 조용히 문을 열었다. 그리고 로테의 물음에 아버님과 아이들이 다 무사하고 아직 모두들 주무신다고 대답했다. 그래서 나는 헤어질 때, 그날 중으로 다시 만나달라고 간청했다. 그 순간에 태양과 달과 별들이 조용히 계속해서 돌고는 있었겠지만, 나는 그때가 낮인지 밤인지를 가릴 수 없었다. 온 세계가 내 주위에서 사라져버렸던 것이다.

6월 21일

나는 신께서 성자(聖者)들에게 베풀어주신 것 같은 행복한 나날을 보내고 있다. 내 장래가 어떻게 될는지 알 수 없는 노릇이지만, 그렇다고 내가 지금까지 인생의 기쁨을, 가장 순수한 기쁨을 맛보지 않았다고는 말할 수 없으리라. 자네는 내가 좋아하는 발하임을 잘 알고 있지. 나는 그곳에 숫제 자리를 잡은 거나 마찬가지다. 거기서 로테의 집까지는 불과 반시간밖에는 걸리지 않으니까 말이다. 그곳에서 나는 삶의 보람을 느끼고 인간에게 주어진 일체의 행복을 맛본다.

발하임을 산책의 목적지로 정했을 때, 나는 그 마음이 그다지도 천국에 가까울 줄은 몰랐다. 이제는 내 모든 희망과 소원이 깃들여 있는 그 수렵 별장을, 나는 멀리 산책을 나갔을 때 산 위에서나 평지에서, 그렇지 않으면 강을 사이에 두고 몇 번이나 바라보았는지 모른다!

사랑하는 빌헬름! 나는 인간의 내부에 숨어 있는 욕망에 대해서 여러 가지로 곰곰이 생각해 보았다. 인간이란 스스로를 확대하고, 새로운 발견을 하고 이리저리 헤매고 돌아다니게 마련이다. 그런가 하면 또 스스로 제한과 속박에 몸을 맡겨, 우왕좌왕하지 않고 습관이란 궤도를 따라 곧장 매진하려는 내적인 충동도 있지. 나는 그 모든 것을 심사숙고했다!

이상스러운 일이지만 내가 여기 언덕 위에서 골짜기를 내려다보면, 주위의 경치가 한없이 내 마음을 사로잡는다. 저기에는 아담한 숲이 있구나! 아아, 저 숲속 그늘 속으로 헤치고 들어갈 수 있다면! 저기 산봉우리! 아아, 저 산꼭대기에서 넓은 지역 전체를 한눈에 내려다보았으면! 서로 연달아 이어진 언덕들과 정다운 골짜기들! 아아, 그곳으로 스며 들어가 보았으면! 그래서 나는 성급히 달려가 보기도 했지만, 다시 되돌아오고 말았다. 내가 바랐던 것은 아무것도 찾아볼 수 없었기 때문이다. 아아, 아득하게 멀리 떨어진 곳은 미래의 시간과 다를 바가 없구나! 어렴풋한 하나의 전체가 우리 마음 앞에 떠돌고 있는 것이다. 우리의 감정도 우리의 눈[眼]처럼 어렴풋이 그 속으로 사라져 내린다. 아아, 우리는 존재를 송두리째 몽땅 내던지고, 오직 하나의 위대하고도 아름다운 감격이 주는 기쁨을 만끽하려고 한없이 그리며 애태운다. 그러나 아아, 우리는 빨리 달려가지만, '그곳'이 '이곳'으로 변해 버리고 나면 결국 모든 것은 전과 마찬가지가 되고 말아, 우리는 여전히 가난과 궁색에 얽매인 몸이다. 그리하여 우리의 영혼은 잃어버린 청량제를 찾아서 허덕이는 것이다.

따라서 아무리 불안정한 방랑자라도 결국 끝에 가서는 다시 고국을 그리워하게 마련이다. 즉, 그는 보잘것없는 오막살이나 자기 아내의 품에서나 단란하게 어울리는 자녀들 가운데서, 그렇지 않으면 처자들을 먹여 살리기 위해서 애써 일하는 가운데서, 넓은 세상을 두루 돌아다녀도 찾지 못했던 기쁨을 맛보게 되는 것이다.

나는 아침내 해가 뜨자마자 발하임으로 가서 그곳 주막집의 채소밭에서 완두콩을 따고, 자리 잡고 앉아서 콩깍지의 심줄을 떼어내면서 호메로스의 작품을 읽는다. 그러고는 아담한 부엌에서 항아리를 하나 꺼내 그 속에서 버터를 덜어 내고 완두콩을 불에 올린 뒤 뚜껑을 덮고, 그 앞에 앉아서 가끔 흔들어 뒤섞는다. 이럴 때 나는 페넬로페[14]의 오만불손한 구혼자들이 소와 돼지를 잡고, 그것을 잘게 썰어서 불에다 굽던 장면을 눈앞에 그려본다. 대체로, 족장 시대의 생활만큼 조용하고도 참된 기분으로 내 마음을 벅차게 해주는 것은 없으며, 다행히도 나는 지금 그것을 허심탄회하게 내 생활양식 속에 엮어 넣을 수 있는 것이다.

내 기분은 정말로 흐뭇하다. 내 마음은 인간의 솔직하고 허식 없는 기쁨을 느낄 수 있으니까 말이다. 다시 말하면, 자기가 손수 가꾼 배추를 식탁에 올리고, 그것을 이렇게 기분 좋게 맛볼 수 있는 것으로 그치지 않는다. 그것과 더불어 즐거웠던 하루하루, 배추를 심었던 아름다운 아침, 물을 주면서 나날이 자라나는 모습을 보고 기뻐했던 저녁, 이 모든 경험과 갖가지 추억들을 식사하는 그 한순간에 되새길 수 있다.

6월 29일

그저께 이 고장의 의사가 법무관을 찾아왔다. 그때 마침 나는 로테의 아이들과 땅바닥에 앉아서 놀고 있었다. 몇 명은 내 몸에 기어올라 바둥거리는가 하면, 나를 놀려대는 아이도 있었고, 나도 아이들을 간질이면서 함께 어울려 마구 떠들어대고 야단법석을 떨고 있던 참이었다. 그런데 이 의사 선생은 마치 인형극에 나오는 꼭두각시처럼 겉으로만 점잔을 빼

---

14) 오디세우스의 아내로 '정절'을 상징한다.

는 인간이어서, 얘기를 나누는 도중에는 소매의 커프스를 만지작거리고 주름을 잡는가 하면, 줄곧 조끼 단추 사이로 옷깃의 장식을 잡아당겨서 끄집어내기도 했다. 그는 내 꼴을 목격하고 품위를 지켜야 하는 신사의 체면을 손상시키는 차림이라고 생각하는 모양이었다. 나는 그의 표정에서 그런 눈치를 챌 수 있었다. 그러나 나는 모르는 체하고, 지나치게 똑똑한 체하는 그의 이야기를 듣는 둥 마는 둥 아이들이 허물어버린 카드의 집을 다시 고쳐 지어주고 있었다. 그런 일이 있은 다음에, 그는 시내를 돌아다니며 법무관 집 아이들은 원래 버릇이 없었는데 베르테르 때문에 이제는 완전히 망쳐버렸다고 소문을 퍼뜨렸다. 정말이지, 빌헬름, 이 세상에서 어린애들처럼 내 마음과 가까운 것은 없다. 어린애들을 쳐다보면 사소한 일에서도 언젠가는 그들에게 필요할 덕성과 힘의 모든 것이 싹트는 것을 알 수 있다. 그리고 그들의 고집 속에서도 미래의 확고부동한 성격을, 방종과 짓궂은 장난 속에서도 이 세상의 갖가지 위험을 극복해 나갈 재치 있는 익살과 경묘(經妙)하고 소탈한 기상을 엿보게 된다. 또 그 모든 것들이 정말 천진난만하고 완벽하게 나타나 있는 모습을 볼 때, 나는 언제나 인류의 스승인 예수 그리스도의 금언을 되풀이하여 되새겨본다. '만일 너희가 어린아이들처럼 되지 않는다면!' 하지만 나의 벗이여, 우리 어른들과 동등할 뿐만 아니라, 우리가 오히려 본보기로 삼고 우러러보아야 할 이 어린이들을 사람들은 항용 하인처럼 다루고 있다. 어린이들은 의지를 가져서는 안 된다는 식이다! 그렇다면 우리 어른들은 무슨 의지를 가지고 있단 말인가? 도

대체 어디서 그런 특권이 나는 것이지? 우리가 그들보다 나이가 많아서 더 현명하단 말인가? 하늘에 계신 거룩한 하느님, 당신의 눈으로 보시면 오직 나이 많은 어린애와 나이 적은 어린애가 있을 뿐이고, 그 밖에는 아무런 차이가 없을 것입니다. 그리고 당신께서 그 어느 쪽을 더 기꺼워하시는지는 당신의 아드님이 까마득한 옛날에 이미 일러 주셨나이다. 그런데 세상 사람들은 그분을 믿고 있지만, 그분의 말씀을 들으려곤 하지 않고, 이것도 옛부터의 버릇인데, 자기를 표준으로 삼아 아이들을 기르는 것이다. 그러면 빌헬름, 잘 있게! 나는 더 이상 허튼소리를 하고 싶지 않다!

7월 1일

환자에게 로테가 얼마나 고마운 존재인가를 나는 스스로의 마음에 비춰서 절감할 수 있었다. 내 불행한 마음은 불쌍하게 병상에서 여위어가는 많은 다른 사람들의 마음보다도 더 괴로워하고 있는 만큼 더욱 절실하게 느낀 것이다. 로테는 며칠 동안 시내의 어떤 착실한 부인 집에 머무를 계획이다. 의사들의 소견으로는 그 부인이 죽을 날이 머지않았다는 것이고, 부인은 마지막 순간에 로테가 곁에 있어주기를 원한다는 것이다. 지난주에 나는 로테와 더불어 성(聖) ○○의 목사를 방문했다. 산속으로 한 시간쯤 들어간 곳에 자리잡은 조그마한 산골 마을이었는데, 우리는 네 시경에야 그곳에 닿았다. 로테는 둘째 여동생을 데리고 갔다. 우리가 두 그루의 커다란 호두나무로 뒤덮인 목사관의 마당에 들어섰을 때, 나이 지긋하고 선량한 목사는 현관 앞 벤치에 앉아 있었다. 노인은 로테의 모습을 보자마자 다시 살아난 듯 생기를 되찾더니, 마디진 지팡이를 짚는 것조차 잊어버린 채 그녀를 반기며 일어섰다. 로테는 노인 옆으로 달려가서 그를 억지로 자리에 앉히고 자기도 그 옆에 앉은 다음, 아버님의 간곡하신 안부 말씀을 전했다. 이어서 그녀는 그 늙은 목사가 노후에 얻은, 더럽고 지저분해 보이는 막내둥이를 안아주었다. 로테가 그 목사를 얼마나 정중하게 보살피는지 그 장면을 자네에게도 보여주고 싶다! 그녀는 가는귀먹은 노 목사가 알아듣도록 언성을 높여서 튼튼한 젊은이들이 갑자기 죽었다는 소식을 전했다. 카를스바트 온천의 뛰어난 효능에 관해서 이야기한 다음, 이번 여름에 그가 그곳으로 휴양 가기로 결심한 것을 칭찬하고 나서, 저번에 만났을 때보다는 훨씬 건강 상태가 좋아 보인다고 말했다. 그 동안에 나는 목사 부인에게 인사를 하였다. 그러자 늙은 목사는 아주 생기를 되찾은 것 같았다. 그리고 내가 이다지도 기분 좋게 우리에게 그늘을 드리워주는 아름답고 커다란 호두나무를 극구 칭찬하니까, 그는 매우 힘들어하면서도 나무의 내력을 이야기하기 시작했다. "늙은 나무는 누가 심었는지 몰라요. 어떤 사람들은 저 목사님이 심었다고 하고, 또 어떤 사람들은 이 목사님이 심었다고 하니까요. 그런데 저 뒤쪽에 있는 어린 나무는 우리 집사람과 동갑이고, 금년 10월에 50세가 돼요. 집사람의 아버님이 아침에 이 나무를 심었는데,

바로 그날 저녁에 집사람이 태어났다고 해요. 집사람의 아버님은 내 전임자로 목사를 지낸 분이셨어요. 그런데 그분이 저 나무를 얼마나 소중히 여기셨는지, 말할 수 없을 정도였어요. 물론 나도 그분 못지않게 저 나무를 좋아했어요. 내가 지금부터 27년 전에 가난한 대학생 신분으로 처음 이 마당에 들어섰을 때 집사람은 이 나무 밑에 놓인 목재 위에 앉아서 뜨개질을 하고 있었지요." 로테는 목사의 딸 안부를 물었는데, 그녀는 슈미트 씨와 함께 목장에서 일하는 사람들에게로 찾아갔다고 했다. 노인은 다시 이야기를 계속했다. 자기는 전임 목사의 총애를 받았을 뿐만 아니라 그 딸에게서도 사랑을 받았으며, 처음엔 부목사가 되었다가 나중에 드디어 그의 후계자가 되었다고 이야기했다. 이야기가 끝난 지 얼마 안 돼서, 목사의 딸이 바로 그 슈미트 씨와 함께 정원을 지나서 들어왔다. 그녀는 진정으로 따뜻하게 로테를 환영했다. 솔직히 말해서, 그녀의 인상은 나쁘지 않았다. 그녀는 성격이 활발하고 건실한 몸매에다 밤빛 같은 흑갈색 머리의 여자였다. 시골에서 이야기 상대로 잠시 동안 접하기에는 아주 훌륭한 여인이었다. 그녀의 애인(왜냐하면 슈미트 씨가 애인 같은 태도를 취했기 때문에 곧 눈치 챌 수 있었다.)은 인품은 훌륭했지만 말수가 적은 사람이어서, 로테가 아무리 끌어들이려고 해도 쉽사리 우리 이야기에 어울리려 들지 않았다. 그의 얼굴 표정으로 미루어보아, 그가 우리 이야기에 끼어들려고 하지 않는 것은 그의 지성이 부족해서라기보다는 오히려 옹고집과 불쾌감 때문인 듯 느껴져서 나는 기분이 퍽 나빴다. 유감스럽지만, 이 일은 나중에 너무나 명백히 드러났다. 왜냐하면 함께 산책을 갈 때 프리데리케가 로테와 같이 걷기도 하고 때로는 나와 나란히 걷기도 했는데, 그럴 때면 그렇지 않아도 고동색에 가까운 슈미트 씨의 얼굴이 눈에 띄게 어두워졌기 때문이다. 그래서 로테는 가끔 내 소매를 잡아당기며, 내가 프리데리케에게 너무 친절한 태도를 취한다고 주의를 환기시킬 정도였다. 그러고 보니 인간이 서로를 괴롭히는 것처럼 불쾌한 일은 없다. 그중에서도 화가 치밀 정도로 지긋지긋한 일은 젊은이들이 온갖 즐거움에 스스로의 문을 활짝 열어놓을 수 있는 인생의 꽃다운 청춘기임에도 불구하고, 서로 얼굴을 찌푸리고 즐거운 나날을 망쳐버리는 일이다. 그들은 상당한 시일이 지난 다음에야 비로소 돌이킬 수 없이 좋은 시간을 낭비했다는 사실을 깨닫게 된다. 그러나 그때는 이미 늦은 것이다. 나는 이 점에 대해 직성이 풀리지 않아서, 저녁때 목사관으로 돌아와서 식탁에 앉아 우유를 마실 때 화제가 인생의 즐거움과 괴로움으로 옮아가자, 이야기의 실마리를 붙잡고 변덕스러운 우울증에 대해서 맹렬한 공격을 하지 않을 수 없었다. "우리 인간들은 흔히" 하고 나는 말문을 열었다. "즐거운 날이 아주 적고, 반대로 나쁜 날이 너무나 많다고 불평을 하지만 나는 그 생각이 옳지 않다고 믿습니다. 우리가 늘 마음의 문을 활짝 열어젖히고 신께서 우리에게 날이면 날마다 마련해 주시는 은총을 받아들인다면, 설사 나쁜 일이 닥쳐온다고 할지라도, 우리는 그것을 견디어낼 힘을 넉넉하게 가질 수 있을 것입니다."

"그렇지만 우리는 자기 자신의 마음조차 뜻대로 하지 못하는걸요." 하고 목사 부인은 대꾸했다. 이어서 "사람의 기분은 건강 상태에 의해서 많이 좌우되지요. 건강이 좋지 않을 때는 어딜 가도 즐겁지 않거든요." 나는 그 말이 옳다고 수긍했다. 그리고 말했다. "그렇다면 그것을 일종의 병이라고 보고, 그 병을 고칠 약이 없는지 생각해 보면 어떨까요?" "그럴듯한 말씀인데요." 하고 로테가 말했다. 그리고 "저로서는 적어도, 그것은 우리 스스로의 마음에 달린 경우가 많다고 생각해요. 저의 경우에 비춰보면 알 수 있는걸요. 왜 그런지 정신이 산란하고 울화가 치밀어서 참을 수 없을 때면, 저는 자리에서 벌떡 일어나서 정원을 이리저리 거닐면서 대무곡을 몇 곡 불러보거든요. 그러면 거뜬히 나아버린답니다."라고 그녀가 말했다. "제가 말씀드리고 싶었던 점이 바로 그것입니다." 하고 나는 대꾸했다. "우울증이란 꼭 게으름과 같다고 할 수 있지요. 그것은 게으름의 일종입니다. 우리 인간의 천성은 게으름으로 기울어지기 쉽습니다. 그러나 일단 마음을 가다듬고 분발하기만 하면, 일은 잘 진척되고 활동 속에서 참다운 기쁨을 찾아낼 수 있을 것입니다."

프리데리케는 매우 주의 깊게 귀를 기울이고 있었다. 그런 반면 그 젊은 슈미트 씨는 스스로를 억제하기란 어려운 일이고, 하물며 스스로의 감정을 제어하기란 불가능한 일이라고 항변하였다. "여기에서 문제가 되고 있는 것은 불쾌감입니다." 하고 나는 대답했다. 이어서, "누구나 그것에서 벗어나고 싶어 합니다. 그리고 시험해 보기 전에는 제 힘으로 어느 정도까지 해낼 수 있을지 아무도 모릅니다. 확실히 그렇습니다. 일단 병에 걸리면, 누구나 의사들을 찾아다니며, 자기가 갈망하는 건강을 다시 회복하기 위해서라면 아무리 괴로운 절제나 쓰디쓴 약이라도 싫다고 하지 않을 것입니다." 나는 그 성실한 노인도 우리의 토론에 끼고 싶어서 열심히 귀기울이고 있는 것을 깨닫고, 음성을 높여 노인에게로 말머리를 돌렸다. "죄를 범하지 말라는 설교는 많이 들었습니다. 그러나 심술궂은 우울증15)에 대해서 설교단에서 훈계하는 소리는 한 번도 들어본 적이 없습니다." 하고 나는 이야기를 끄집어냈다. "그런 일은 도회지의 목사가 해야 하는 일이지요." 하고 그 노인은 말했다. "시골의 농부들은 좀처럼 짓궂은 우울증에 걸리는 일이 없으니까요. 물론 그렇다고 하지만, 때로는 그 같은 설교도 해롭진 않을 거요. 적어도 목사 부인이나 법무관 나리에게는 교훈이 될 수 있겠지요." 그 자리에 있던 사람들은 모두 웃었다. 노인도 흔쾌히 웃다가 나중에는 기침까지 하게 되었다. 그리하여 우리의 토론은 한때 중단되고 말았는데, 이윽고 그 젊은 이가 다시 입을 열었다. "선생님은 우울증을 악덕이라고 말씀하셨는데, 그것은 좀 과장된 표현인 것 같습니다." "천만에요." 하고 나는 대꾸했다. "자기 자신은 물론이고, 이웃들에게까지도 해를 끼치는 짓은 악덕이라고 불러 마땅할 겁니다. 우리가 서로 행복하게 해주지 못하는 것만으로도 충분한데, 더군다나 각자가 그래도 가끔 자기 마음에 간직할 수 있는 즐거움마

---

15) 오늘날에는 이 점에 관한 라바터의 훌륭한 설교가 있습니다. 그중에서도 특히 「요나서」에 관한 것이 그것입니다(원주).

저 서로 빼앗아버려야 한단 말입니까? 자기 자신은 우울증에 걸려 있으면서도, 그것을 감추고 혼자서 꾹 참고 견디어내면서 주위에 있는 사람들의 기쁨을 망쳐놓지 않으려고 애쓸 수 있는 훌륭한 인물이 있다면, 그 이름을 대 보십시오! 우울증이란 자기가 보잘것없는 인간이라는 사실에 대한 내심의 불쾌감, 자기 불만이라고 할 수 있고, 어리석은 허영심의 사주를 받은 질투심이 항상 결부되어 있는 것 아니겠습니까? 다른 사람들을 행복하게 해주지도 못하면서, 행복한 사람들을 보면 못 견디어하는 그런 것입니다." 로테는 내가 열을 올리며 이야기하는 꼴을 보고 미소를 지었다. 프리데리케의 눈에 눈물이 한 방울 맺힌 것을 보고, 나는 더욱 힘을 얻어 이야기를 계속했다.

"어떤 사람의 마음을 지배할 수 있는 힘을 가지고 있다고 해서, 그것을 기화로 그 사람 속에서 솟아나는 소박한 기쁨마저 빼앗아버리는 자는 한심한 존재입니다. 이 세상의 어떤 선물이나 호의로도, 그 같은 폭군의 질투로 가득 찬 심술 때문에 송두리째 망쳐버린 순간적인 즐거움 그 자체를 보상받을 수는 없습니다."

그 순간에 내 가슴은 벅차게 부풀어 오르는 듯했다. 흘러간 갖가지 추억들이 주마등처럼 가슴속에 치밀어올라 내 눈에선 눈물이 주르륵 흘러내렸다.

"누구이건 날마다 이렇게 말할 수만 있다면 얼마나 좋겠습니까!" 하고 나는 외쳤다. "당신이 당신의 친구에게 해줄 수 있는 일이라곤, 단지 그 친구의 기쁨을 방해하지 않고 함께 그 기쁨을 나눔으로써 그의 행복을 더해 주는 것뿐입니다. 당신은 안타까운 정열로 말미암아 불안에 시달리고 걷잡을 수 없는 슬픔으로 상심해 있을 당신의 친구에게 한 방울의 진정제라도 줄 수 있단 말입니까?

인생의 꽃다운 청춘을 당신에게 짓밟혀서 신세를 망친 아가씨가 마침내 중병에 걸려, 이제는 보기에도 딱하게 수척해서 병상에 누워 있고, 눈은 멍하니 허공을 쳐다보고 임종의 식은땀이 파랗게 질린 그녀의 이마에서 계속 방울져서 배어 나오고, 당신은 그녀의 침대 머리에 마치 저주받은 사람처럼 우두커니 서서, 있는 힘을 짜내고 최선을 다해도 어찌할 도리가 없다는 것을 절실하게 느끼고 있다고 합시다. 죽어가는 사람에게 강장제 한 방울, 반짝이며 불꽃 튀는 기력 한 가닥이라도 부어넣어 줄 수만 있다면 무엇이든 바쳐도 아까울 것이 없다고 여기며 불안스레 가슴을 조인들 무슨 소용이 있겠습니까!"

이런 이야기를 하고 있는 동안에, 언젠가 내게 일어났던 일에 대한 기억이 힘차게 나를 엄습해 왔다. 나는 손수건을 눈에 대고 그 자리에서 일어섰다. "이제 돌아갑시다!" 하고 외치는 로테의 목소리를 듣고 비로소 정신을 차렸다. 돌아오는 길에, 나는 로테한테 얼마나 핀잔을 들었는지 모른다. 내가 모든 일에 지나치게 열을 올리기 때문에 몸을 망치기 십상이라며, 몸을 돌보고 소중히 해야 된다는 것이었다! 오오, 천사여, 그대를 위해서 나는 살아야만 하겠다!

7월 6일

로테는 여전히 그녀의 위독한 여자 친구의 집에 가 있다. 그녀는 언제나 변함없이 항상 남을 도와주는 친절하고도 상냥한 여성이다. 그녀가 눈길을 돌리는 곳이면 어디서나 고통은 덜어지고, 사람들은 행복해진다. 어제저녁에 그녀는 마리아네와 더불어 어린 말헨을 데리고 산책을 나갔다. 나는 그 사실을 미리 알고 있었기 때문에 도중에서 만나 동행하게 되었다. 한 시간 반쯤 걸리는 곳까지 갔다가 다시 시내로 돌아와서, 그 샘물이 있는 곳으로 갔다. 샘물은 내게 원래 값진 것이었는데, 이제는 천 배나 더 귀중한 것이 되어버렸다. 로테는 나지막한 돌담 위에 앉았고 우리는 그녀 앞에서 서성거렸다. 나는 주위 사방을 둘러보았다. 그러자, 아아! 내 마음이 그다지도 외로웠던 시절의 추억이 눈앞에 선하게 떠오르는 것이 아닌가! "사랑하는 샘물이여!" 하고 나는 말했다. "그때 이후 나는 너의 샘물가 시원한 곳에서 쉬어볼 수도 없었다. 바쁘게 지나치느라고 때로는 너를 쳐다보지 못한 적도 많았다." 아래를 내려다보았더니, 말헨이 컵에다 물을 떠 가지고 아주 급히 올라오고 있었다. 나는 로테를 바라보았다. 그 찰나 로테가 나에게 얼마나 소중한 존재인가를 절실히 느꼈다. 그 동안에 말헨은 물이 담긴 컵을 들고 왔다. 마리아네가 옆에서 컵을 빼앗으려고 했다. "안 돼요!" 하고 말헨은 귀엽기 짝이 없는 표정을 지으며 소리질렀다. "싫어, 로테 언니, 언니가 먼저 마셔야 해요!" 그렇게 소리치는 그 아이의 천진난만한 모습과 착한 마음씨에 나도 모르게 황홀해졌다. 나는 달리 내 감격을 표현할 길이 없어서 그 아이를 번쩍 안아올려 힘차게 키스했다. 그러자 말헨은 갑자기 울음을 터뜨렸다.

"선생님이 나빴어요." 하고 로테가 말했다. 그 말을 듣고 나는 당황했다. "자, 이리 와요, 말헨!" 하고 말하면서, 로테는 그 아이의 손을 잡고 돌계단을 내려갔다. "자, 깨끗한 물로 어서 씻어요. 어서어서! 그러면 아무렇지도 않아요." 나는 그곳에 서서 물끄러미 바라만 보고 있었다. 말헨은 고사리 같은 귀여운 두 손을 샘물에 적셔 열심히 볼을 문질러댔다. 이 신비스러운 샘물은 온갖 부정함을 깨끗이 씻어내고, 보기 흉한 수염이 생기지 않게 해준다고 믿기 때문이었다. 로테가 "그만하면 됐어요."라고 타일러도 많은 편이 적은 것보단 낫다는 양, 언제까지나 부지런히 씻어내고 있었다. 빌헬름, 자네한테 말이지만, 이제까지 나는 세례를 받는 자리에 이렇게 거룩한 마음으로 참석해 본 적이 없었다. 로테가 다시 위로 올라왔을 때, 나는 한 겨레 전체의 잘못을 속죄했던 예언자라도 대하듯 무조건 로테 앞에 엎드리고 싶은 심정이었다. 나는 마음의 기쁨을 참을 길이 없어서, 그날 저녁 이 사건을 어떤 남자에게 이야기하지 않을 수 없었다. 그는 분별과 지각을 갖춘 인물이므로 인간미가 있으리라 생각했는데, 그 반응은 어떠했던가! 완전히 내 기대에 어긋났다. "그건 로테가 아주 잘못한 짓이야!"라고 그는 대꾸했다. "어린애에게 거짓을 믿게 하거나 허튼소리를 곧이듣도록 가르쳐서는 안 되지. 그것은 수많은 오류를 낳게 하고 미신을 조장하는 원인이 된단 말씀이야. 우리 어른들은 어린애들이 그렇게 되지 않도록 어려서부터 보호해 주어야 해." 하지만 나는 그 사람이 하루 전에 세례를 받았다는 사실이 떠올랐기 때문에 멋대로 말하게 내버려두었다. 그저 내 마음속에 다음과 같은 진리의 소리를 깊이 되새겼다. 즉, 우리는 신이 우리를 대하듯 어린아이들을 대해야 하며, 신은 우리가 꿈속을 헤매듯 비틀거리게 하시어 그로써 우리를 가장 행복하게 해주시는 것이라는 진리 말이다.

7월 8일

우리는 정말 얼마나 어린애 같은가! 단 한 번이라도 눈길을 보내주기를 이렇게 애타게 바라고 있다니! 정말 천진하다고나 할까! 우리는 발하임으로 갔다! 여자들은 마차를 타고 갔다. 그리고 산책을 하는 동안 나는 생각하기를, 로테의 검은 두 눈동자 속에는…… 나는 정말 바보야, 용서해 주게! 자네에게도 꼭 보여주고 싶네만, 그래야 이야기가 되니까 말이야, 바로 그 눈동자를…… 자, 간추려서 이야기할 테니 들어보게.(왜냐하면 지금 난 졸려서 자꾸 눈이 감길 것 같으니까.) 여자들은 마차에 올라탔다. 그리고 젊은 W와 젤슈타트와 아우드란과 나, 이렇게 넷이 마차를 둘러싸고 섰다. 마차에 타고 있는 여자들과 남자들 사이에는 즐거운 대화가 오갔다. 물론 이 남자들은 성격이 경쾌하고 발랄한 친구들이었다. 나는 로테의 눈길을 찾고 있었다. 그런데, 아아, 그녀의 눈동자는 이 사람에게서 저 사람에게로 옮겨 다녔다. 그러나 내게는, 내게는, 다른 사람 아닌 바로 이 내게는 쏠리지 않았다. 그래서 할 수 없이 나 홀로 그 눈길을 단념하고 시름에 잠겨 서 있었다. 나는 마음속으로 로테에게 수천 번이나 잘 가라고 말했다. 그러나 그녀는 끝내 내게 눈길을 주지 않았다. 말하자면 거들떠보지도 않은 거다! 드디어 마차는 떠나버리고 내 눈에는 하염없이 눈물이 괴었다. 나는 떠나가는 로테의 뒷모습을 우두커니 바라보고 있었을 뿐이다. 그녀는 마차 문에 몸을 비스듬히 기대는 것 같더니, 마침내 그녀 머리에 꽂힌 장식이 문밖으로 삐죽 내밀어지는 것 같았다. 그녀는 뒤를 돌아보았는데, 아아, 나를 보기 위해서였을까? 사랑하는 벗이여! 나는 그 점을 확신하지 못한 채 마음이 들떠 있다. 아마 나를 돌아다본 것이겠지. 아마 그럴 것이다. 그렇게 생각하면 내 마음에 위안이 된다. 그러면 잘 자게! 아아, 난 얼마나 어린애 같은지!

7월 10일

사람들이 모인 자리에서 로테의 이야기가 나오면 내가 얼마나 어리석은 꼴을 하는지, 그것을 자네에게도 한번 보여주고 싶다! 더구나 어떤 사람이 나에게 로테가 마음에 드느냐고 묻기라도 한다면……. 난 그 마음에 든다는 말이 죽도록 싫다. 로테를 좋아하면서 모든 감각과 감정이 그녀로 가득 차고 넘쳐흐르지 않는 사람이 이 세상에 존재할 수 있을까! 마음에

든다고! 요즘은 오시안[16]이 마음에 드느냐고 내게 물어보는
사람도 있더군.

7월 11일

M부인은 병세가 아주 위중하다. 나는 그 부인의 병이 쾌차
해서 목숨을 건지기를 빈다. 왜냐하면 난 로테와 괴로움을 함
께 나누고 있기 때문이다. 내가 그 부인 집에서 로테를 만나
는 일은 드물지만, 오늘 그녀는 나에게 아주 놀라운 이야기
를 들려주었다. 그 부인의 남편인 M노인은 욕심이 많고 인색
할 뿐 아니라 성격마저 거친 수전노이며, 평생 동안 부인을 몹
시 괴롭힌 데다가 궁색한 살림까지 강요하여 못살게 굴었다
는 거야. 그러나 부인은 그럭저럭 어려운 살림을 꾸려 나갔다
는군. 며칠 전에 의사로부터 살 가망이 없다는 선고를 받자,
부인은 남편을 병석으로 불러서(로테도 그 자리에 있었다고 한
다.) 이렇게 말했다는 거야. "내가 죽은 후에 다툼이나 불쾌
한 사건이 일어나지 않게끔 당신에게 꼭 고백해야 할 일이 하
나 있어요. 나는 지금까지 될 수 있는 대로 집안 살림을 올바
르고 검소하게 돌보아왔어요. 그러나 지난 30년 동안 당신을
속이고 지내온 것을 용서해 주세요. 우리가 결혼했을 때에, 당
신이 식비 등 생활비와 잡비로 정해 주신 금액은 너무 적었어

---

16) 3세기경 켈트족의 전설적인 음유시인이자 영웅이다.

요. 그후 살림살이가 늘어나고 장사 규모가 커졌어도, 당신은 그것에 맞춰서 매주 나에게 주시는 생활비를 늘릴 생각은 하지 않았습니다. 간단히 말해서, 당신도 기억하다시피 우리 살림이 최고로 불어났을 때에도, 일주일에 7굴덴의 돈으로 꾸려나가라고 했습니다. 나는 당신 말씀을 거역하지 않고 순순히 그 돈을 받았어요. 다만 모자라는 금액은 매주 판매 대금 중에서 꺼내 메워 놓았습니다. 아무도 설마 한 집안의 주부가 자기 집 금고에서 돈을 훔쳐 내리라고는 생각하지 못했을 겁니다. 그렇지만 나는 조금도 낭비하지는 않았습니다. 그러니 이렇게 고백을 하지 않아도 마음 놓고 저세상으로 떠날 수 있을 거예요. 다만 내가 죽은 다음에 집안 살림을 맡아볼 사람이 갈피를 잡지 못할 것 같아서요. 더군다나 당신은 틀림없이, 전처는 그 돈으로도 넉넉히 생활을 꾸려나갔다고 고집을 부리실 것 같아서 이렇게 말씀드리기로 작정한 것이에요."

나는 인간의 분별 능력이 때론 믿을 수 없을 만큼 흐려진다는 이야기를 로테와 나누었다. 생활비가 두 배나 많이 든다는 것은 누구나 알아차릴 수 있는 사실일 텐데, 7굴덴의 돈으로 꾸려나간다면 틀림없이 그 뒤에 무슨 곡절이 숨어 있을 거라고 생각지 않고 당연해한 데 대해서 말이다. 그렇지만 자기 집에는 무진장 솟아오르는 예언자의 기름단지[17]가 있다고 의심 없이 믿는 그런 사람들이 있다는 것을 나는 알고 있다.

---

17) 『구약성서』 「열왕기 상」 17장 참조.

7월 13일

아니다, 나는 결코 스스로를 기만하고 있는 것은 아니다. 나는 로테의 그 검은 눈동자 속에서, 나 자신과 나의 운명에 대한, 감출 수 없는 공감을 엿볼 수 있다. 그렇다, 나는 느끼고 있다. 그리고 그 점에서만은 나의 마음을 믿어도 좋다. 즉 그녀는…… 아아, 천국을 이런 말로 표현해도 좋을까? 그녀는 나를 사랑하고 있는 것이다.

나를 사랑한다! 그녀가 나를 사랑하게 된 이후 '나'라는 인간이 얼마나 귀중한 존재가 되었는지 모른다. 나는 얼마나, 자네는 그것을 이해해 줄 만한 사람이니까 이런 말을 해도 상관없겠지, 나는 얼마나 스스로를 존경하게 되었는지 모른다.

이것은 지나친 자부심일까? 아니면 사실 그대로를 솔직하게 느끼는 것일까? 로테의 마음속에 내가 들어 있음을 느낄 때 나는 아무도 두렵지 않다! 그렇지만 그녀가 자기의 약혼자에 관해서 그렇게 뜨거운 정열과 애정을 쏟아가며 이야기할 때면 나는 모든 명예와 지위를 박탈당하고 대검마저 몰수당한 사람 같은 기분이 되고 만다.

7월 16일

아아, 무의식중에 내 손가락이 로테의 손가락에 닿거나, 발이 탁자 밑에서 서로 부딪치기라도 할 때면 내 혈관이란 혈관이 얼마나 마구 뛰고 치솟는지 모른다. 그러면 나는 불에라도 덴 것처럼 손과 발을 움츠린다. 하지만 곧 다시 신비로운 힘에 이끌려서 살며시 몸을 편다. 내 감각 전체가 현기증에 걸린 듯 어지러워진다. 오, 그런데 그녀의 순진한 마음, 거리낌없는 영혼은 사소한 정감의 표시가 내 마음을 얼마나 괴롭히는지를 모른다. 그녀가 이야기를 하면서 자기 손을 내 손 위에 포개서 얹었거나 이야기에 열중해서 흥에 겨운 나머지 내게로 바싹 다가앉아서 천사처럼 순결한 그녀의 입김이 내 입술에까지 와 닿기라도 하면 나는 벼락이라도 맞은 듯 넋을 잃고 쓰러질 것만 같다. 빌헬름! 내가 감히 이 천국과 같은 그녀를, 이 신뢰를! 자네는 내 마음을 알아줄 거야! 아니, 내 마음은 그렇게까지 타락하지는 않았다! 약하다, 너무 약하다! 그런데 약하다는 것이 바로 타락이 아닐까?

그녀는 내게 신성한 존재다. 그녀 앞에 나서면, 모든 욕정이 잔잔해지니 말이다. 그녀 곁에 있으면 내 기분을 알 수가 없다. 마치 영혼이 내 모든 신경에서 거꾸로 돌아가는 듯하다. 로테에게는 자기 멜로디가 있다. 그녀는 피아노로 그 멜로디를, 천사같이 신비로운 힘으로 소박하고도 거룩하게 연주한다! 그것은 그녀가 좋아하는 가곡이다. 그 악보의 첫머리만 두드려도 내 모든 고통, 모든 혼란, 걷잡을 수 없는 괴로움이 깨끗이 사라지고 만다.

옛날 음악이 지닌 마력에 대한 이야기는 내가 보기에 정말 맞는 말이다. 로테의 소박한 노래가 얼마나 내 마음을 사로잡는지! 가끔 내가 내 머리통에다 총알을 한 발 쏘고 싶은 심정일 때, 공교롭게도 그녀는 그 노래를 불러준다. 그 순간 내 영혼의 방황과 마음의 장막은 감쪽같이 사방으로 흩어지고, 나는 다시 자유로이 숨 쉬게 되는 것이다!

7월 18일

빌헬름, 사랑이 없다면, 이 세계가 우리 마음에 무엇을 뜻하겠는가! 그것은 마치 불빛 없는 마술 환등(幻燈) 같지 않을까! 불을 그 속에 넣어야 비로소 다채로운 영상이 흰 벽에 비치게 되는 것! 비록 그것이 순간적인 환상, 슬쩍 비치는 그림자에 지나지 않는다고 하더라도, 우리가 씩씩한 아이들처럼, 그 환등 앞에 서서 이상한 그림자에 황홀해진다면 그것 역시 우리에게 행복을 자아내 주는 것이 아닐까! 피치 못할 회합에 참석해야 했기 때문에, 오늘 나는 로테를 찾아갈 수 없었다. 그래서 어떻게 했겠나? 나는 하인을 그녀에게 보냈지. 그저 오늘 로테에게 다녀온 사람을 내 곁에 두고 싶었기 때문이다. 나는 심부름 갔던 하인이 돌아오기를 얼마나 간절하게 기다렸는지, 그리고 또 그가 돌아오는 모습을 보고 얼마나 기뻐하며 반겼는지 모른다! 창피한 생각만 없었다면, 그의 머리를 두 손으로 부둥켜안고 키스라도 퍼부었을 것이다.

형광석은 햇빛 속에 놓아두면 햇빛을 흡수하고 밤에도 잠시 동안 빛을 발한다고 한다. 내게는 이 젊은 하인이 바로 그런 형광석이었다. 로테가 그의 얼굴과 뺨, 윗도리의 단추와 외투의 깃에다가 시선을 던졌으리라고 생각하면, 이 모든 것이 내게는 아주 신성하고 귀중하게 느껴진다. 나는 그 순간 누가 천 탈러의 돈을 준다고 하더라도 그 젊은 하인을 내놓지 않았을 것이다. 그 젊은이가 내 곁에 있어 주기만 해도 나는 그렇게 즐거울 수가 없다. 제발 웃지 말아주게. 빌헬름, 우리를 기분 좋게 해주는 것, 그것이 과연 환상에 지나지 않는 것일까?

7월 19일

"오늘 나는 그녀를 만난다!" 나는 아침에 일어나 밝은 마음으로 찬란한 태양을 쳐다보면서 그렇게 외친다. "오늘 나는 그녀를 만난다!" 그렇게 외치면, 내게는 하루 종일 더 바랄 것이 없어진다. 모든 것이 이 한 가지 희망과 기대 속에 말려 들어가고 만다.

7월 20일

나더러 공사(公使)와 함께 ○○○으로 가보라는 자네의 말에 따르지는 않을 것이다. 나는 다른 사람에게 예속되는 것을 그다지 좋아하지 않는다. 게다가 그 사람이 비위에 거슬리는 인간이라는 것은 벌써 세상이 다 알고 있지 않은가. 우리 어머니는 내가 활동하기를 바라고 계시다고 자네가 말했지만 그 말을 듣고 나는 웃고 말았다. 그렇다면 지금 나는 활동을 하고 있지 않단 말인가? 내가 완두를 세든 편두를 세든 간에 근본적으론 마찬가지 아닌가? 세상의 모든 일이란 필경 따지고 보면 하찮고 시시하다. 스스로의 정열이나 욕구에서 나온 것도 아니면서, 다른 사람을 위해서 돈이나 명예를 얻으려고, 그밖에 다른 목적으로 악착같이 일하는 사람이야말로 언제나 천치라고 하지 않을 수 없다.

7월 24일

나에게 그림 그리는 일을 게을리하지 말라고, 자네는 자못 심각하게 염려해 주지만 나로서는 차라리 그 문제를 불문에 부치고 싶다. 사실 나는 그 후 별로 그림을 그리지 못했다.

지금처럼 내가 이렇게 행복했던 적은 없었으며, 또 지금처럼 대자연이나 조그마한 돌조각, 풀 한 잎사귀에 이르기까지 감수성이 풍부해지고 깊어진 적은 한 번도 없었다. 그런데 나는 그것을 어떻게 표현해야 할지 모른다. 내 표현력은 너무나 약하고 내 마음 앞에 비치는 모든 것이 모호하게 떠도는가 하면 자꾸만 이리저리 흔들리기 때문에, 제대로 윤곽조차 잡지 못할 지경이다. 그렇지만 점토나 밀랍이라도 있다면 무엇이든지 빚어서 만들어낼 수 있을 것만 같으니, 만약에 이런 상태가 계속된다면 설사 엉뚱하게 과자를 만들어버린다 할지라도 점토를 손에 쥐게 될 것이다.

나는 벌써 로테의 초상화를 세 번이나 시작해 보았지만, 다 실패하고 말았다. 조금 전까지도 제법 일이 잘되어 나갔던 만큼, 더욱 울화가 치솟는다. 그래서 나는 로테의 실루엣을 그리고 그것으로 만족할 수밖에 없다.

7월 25일

사랑하는 로테, 모든 일을 잘 돌보고 처리하겠으니, 아무쪼록 앞으로도 더 많은 일을 맡겨주십시오. 그런데 한 가지 바람이 있습니다. 제게 보내시는 편지지에는 앞으로 모래[18]를 사용하지 마시기 바랍니다. 오늘 편지를 받자마자 입술에 갖다 대었다가 그만 모래를 으드득 씹었답니다.

7월 26일

로테를 너무 자주 만나지는 않겠다고 나는 벌써 몇 번이고 결심을 했다. 그러나 과연 그것이 지켜질 수 있을는지! 나는 매일 유혹에 못 이겨 나가면서, 내일은 가지 말고 집에 머무르겠다고 스스로 굳게 다짐해 보곤 한다. 그러나 막상 날이 새고 그 내일이 오면, 나는 어쩔 수 없는 이유를 찾아 어느 결에 그

---

18) 잉크가 번지지 않도록 글자 위에 뿌렸다.

녀 옆에 와 있는 것이다. "내일도 또 오시겠지요?" 하고 로테가 헤어질 때 말한다면 어찌 그녀에게 가지 않고 견딜 수 있겠는가? 그녀에게서 어떤 부탁이라도 받은 경우에는 내가 직접 그녀에게로 가서 그 결과를 알리는 것이 옳다고 생각하는 것이다. 또 날씨가 너무 좋을 땐 그것을 핑계 삼아 발하임으로 가는 것이다. 일단 발하임까지만 가면 로테가 살고 있는 곳은 불과 반시간 거리밖에는 되지 않는다! 이렇게 되면 로테를 느낄 수 있는 대기 속에 너무 가까이 온 거다. 그래서 눈 깜짝하는 사이에 벌써 나는 그곳에 가 있는 거다. 나는 할머니에게서 자석산(磁石山) 이야기를 들은 적이 있다. 배가 그 산에 너무 가까이 접근하면, 갑자기 쇠붙이란 쇠붙이는 그리로 빨려가 버리고 연못과 같은 산 쪽으로 날아가 버린다. 그리하여 그 배에 탔던 사람들은 모두 허물어져 떨어지는 널빤지 조각에 깔려서 비참하게 죽는다는 것이다.

7월 30일

알베르트가 돌아왔다. 그러니 나는 떠나야겠다. 그가 아무리 훌륭하고 고결한 인물이라고 할지라도, 또 어떤 점으로 봐도 내가 그보다 못하기 때문에 그의 밑에 설 용의가 있다 할지라도, 그가 이렇게도 완벽하고 아름다운 로테를 독차지하고 있는 것을 내 두 눈으로 목도할 수는 없는 것이다! 차지하고 있다! 여하튼 빌헬름! 약혼자가 나타난 거다. 그는 씩씩하고 잘난 신사이므로 누구나 그에게 호감을 갖는다. 다행히도 그를 마중하는 자리에 나는 없었다. 만일 그 자리에 내가 있었더라면 가슴이 찢어지고 말았을 것이다. 더구나 알베르트는 아주 점잖은 사람이어서, 내 앞에서는 아직 한 번도 로테에게 키스를 한 적이 없다. 좌우간 칭찬받을 만큼 인격과 교양을 갖춘 인물이니, 신의 가호가 있기를! 그가 그 여자를 존경하고 있다는 한 가지 점에 있어서는 나도 그를 사랑하지 않을 수 없다. 그는 내게 호의를 보이는데 아마도 스스로의 기분에서 우러나온 것이라기보다는 로테가 그렇게 시킨 것이라 짐작된다. 무릇 여자란 그런 점에서 민감하고 깜찍한데, 나는 그것도 무리가 아니라고 생각한다. 자기의 숭배자 두 사람이 서로 사이 좋게 지낼 수 있다면, 덕을 보는 것은 늘 그 여자니까. 하기야 그와 같은 일은 그리 쉽게 성공하지는 않지.

하여간 나는 알베르트에게 경의를 표하지 않을 수 없었다. 그의 침착한 태도는 내 불안정한 성격과 두드러진 대조를 이룬다. 그는 감정도 퍽 풍부할 뿐 아니라 로테의 진가도 잘 알고 있다. 그는 불쾌한 기분에 사로잡히는 일도 별로 없는 모양이다. 이 불쾌한 기분이야말로, 내가 무엇보다도 가장 싫어하는 죄악이라는 점을 자네도 잘 알고 있잖은가.

알베르트는 나를 아주 분별 있는 사람이라고 보고 있다. 그리고 내가 로테를 사모하는 것, 그녀의 모든 행동에 대해서까지 열을 올리며 기뻐하는 것은, 그의 승리감을 더욱 높여주는 결과가 된다. 그래서 그는 한결 더 로테를 사랑하게 되는 것이다. 때로는 그도 질투심을 약간 내비치며 로테를 괴롭히는지

모르겠지만, 그것은 여기서 따지지 않기로 하자. 내가 그라도 질투의 악마에게서 깨끗이 벗어날 수 있다고 장담은 할 수 없으니 말이다.

그러나 그런 것은 아무래도 상관이 없다! 로테와 함께 있을 수 있는 기쁨은 이제 영 사라져버린 것이다. 어리석다고 할까. 그렇지 않으면 눈이 멀었다고 할까? 뭐라고 이름 붙이든 아무래도 상관없지. 사실 그 자체가 말해 주고 있지 않나! 지금 내가 알고 있는 것은, 알베르트가 돌아오기 전부터 알고 있었던 일이다. 나는 로테에 대해서 아무 권리도 없다는 것을 잘 알고 있었으며, 또 아무런 요구도 하지 않았다. 물론 그토록 사랑스러운 사람을 대하고도 아무 욕심을 내지 않는 것이 가능한 한도 내에서. 그런데 이제는 막상 다른 남자가 나타나 그녀를 빼앗아가 버리니, 그저 멍하니 눈만 휘둥그레진다.

나는 이를 으드득 갈면서 내 비참한 꼴을 비웃고 있다. 그리고 '다른 도리가 없으니, 깨끗이 단념하는 것이 좋겠다'고 말하는 작자가 있다면, 그에게 두 곱 세 곱으로 조소를 퍼부어 주겠다. 그런 허수아비 같은 작자는 당장에 쫓아내 주겠다. 나는 숲속을 이리저리 헤매고 돌아다니다가 로테가 있는 곳으로 가서는 정원의 정자(亭子) 속에 알베르트가 그녀와 함께 앉아 있는 것을 보고 어찌할 바를 몰라 온통 바보짓을 하고 익살을 부리며 미친 수작을 늘어놓았다. "제발 부탁입니다." 하고 로테는 오늘 내게 말했다. "어제저녁 같은 짓은 제발 하지 말아주세요! 당신이 그렇게 지나치게 흥겨워 하시면 몹시 겁이 나는걸요." 자네에게만 하는 말이지만, 나는 알베르트가 바쁜 시간을 노리고 있다. 살짝 빠져나가 로테가 혼자 있는 것을 보게 되면 나는 늘 기분이 좋아진다.

8월 8일

용서해 주게 빌헬름, 피치 못할 운명에 대해서는 순순히 복종해야 한다고 주장하는 사람을 나는 몹시 비난했지만, 그것은 자네를 두고 한 소리는 아니었다. 자네가 그들과 비슷한 의견을 가졌으리라고는 정말 생각도 못했다. 그러나 따지고 보면 자네 말이 옳다. 그렇지만 나의 사랑하는 벗이여, 한 가지 말만은 해두어야겠다! 이 세상에서 '이것이 아니면 저것'이라는 소위 양자택일의 방식으로 처리되는 일은 아주 드물다. 매부리코와 납작코 사이에도 수많은 단계가 있는 것처럼, 인간의 감정이나 행동에도 가지가지 음영(陰影)이 있는 법이다.

그러니, 내가 자네의 의견 전부를 옳다고 인정하면서도, 이것이 아니면 저것이라는 양자택일의 중간을 슬쩍 빠져나가려 한다고 해서 나쁘게 생각하지 말아주게.

자네가 주장하는 이론은 이것이지. 즉, 로테에 대해서 희망을 걸 수 있는가, 그렇지 않으면 없는가, 이 두 가지 중 하나다. 좋다! 희망이 있다면, 어디까지나 희망을 버리지 말고 그 소원을 이루도록 노력하라. 그러나 만일 희망이 없다면 용기를 내서 그 모든 정력을 소모시키는 비참한 감정으로부터 벗어나도록 최선을 다하라, 이 말이지. 친구, 그럴듯한 말이다. 그러나 말하기는 쉬워도, 실천하기란 어려운 법이다.

자네는 병세가 서서히 악화되는 진행성 질병에 걸려 목숨이 끊임없이 좀먹어 들어가는 불행한 사람에게 단도로 쿡 찔러서 괴로움을 단번에 없애버리는 것이 좋겠다는 충고를 할 수 있겠는가? 환자의 정력을 소모시키는 질병은, 동시에 그 병으로부터 자신을 해방시키려는 용기마저 빼앗는 것이 아닌가?

하긴 자네는 이와 비슷한 비유를 들어서 내게 응수할 수도 있겠지. 즉 우물쭈물하며 망설이다가 자기 생명까지 위태롭게 하느니보다는, 차라리 한쪽 팔을 잘라내는 편이 훨씬 낫지 않겠는가 하고. 나도 모르겠다! 비유를 가지고 서로 옥신각신하는 것은 그만두기로 하자. 좌우간, 그래, 빌헬름, 내게도 때론 벌떡 일어나서 훨훨 털어버릴 수 있는 용기가 솟아오르는 순간이 없는 것은 아니다. 그러나 그 찰나, 내가 어디로 가야 할지 안다면, 그러면 나도 기꺼이 그리로 갈 것이다.

저녁에

나는 얼마 전부터 팽개쳐 두었던 일기장을 오늘 다시 손에 들어 보고, 깜짝 놀랐다. 나는 잘 알고 있으면서도 한 걸음 한 걸음 이다지도 깊숙이 발을 들여놓고 말았구나! 언제나 자기의 처지를 이렇게 똑똑히 잘 알고 있으면서도, 나는 어린애처럼 어리석은 행동을 했구나! 지금도 역시 그것을 환히 알고 있지만, 아직도 나아질 희망의 빛이 전혀 보이지 않는다.

8월 10일

만약 내가 바보가 아니라면, 나는 최상의 행복을 누릴 수 있을 텐데. 한 사람의 마음을 즐겁게 하는 데 내가 지금 처해 있는 환경만큼 그렇게 모든 조건들이 갖추어진 경우도 그리 흔하지는 않을 것이다. 아아, 오직 우리의 마음만이 우리의 행복을 빚어낼 수 있다는 것은 틀림없는 사실이다. 아주 사랑스러운 집안의 일원이 되어, 그 집 노인네로부터는 친아들처럼 사랑받고, 아이들로부터는 마치 아버지와도 같이 환영받고, 그리고 로테에게서까지도! 또한 성실한 알베르트, 그는 점잖은 사람이어서, 변덕이나 짓궂은 행동으로 나의 행복을 방해하지 않는다. 그는 진심으로 따뜻한 우정을 가지고 나를 감싸줄 뿐 아니라 나를 이 세상에서 로테 다음으로 가장 사랑할 만한 사람으로 여기고 있다! 빌헬름! 우리가 산책을 하면서 로테에 관해 서로 나누는 이야기를 누가 옆에서 듣는다면 그는 웃음을 참지 못할 것이다. 이 세상에서 우리 세 사람의 관계처럼 우스꽝스러운 것도 다시없으리라. 그렇지만 나는 그 때문에 또한 여러 번 눈물을 흘렸다.

알베르트는 로테의 고지식한 어머니에 관한 이야기를 내게 들려주었다. 로테의 어머니는 임종의 자리에서 집안일과 어린 아이들을 로테에게 부탁하고 로테는 알베르트에게 맡겼다고 한다. 그때부터 로테의 마음가짐은 완전히 달라졌고 활기를 띠기 시작했으며 정말 어머니처럼 열성으로 집안일을 걱정하고 돌보게 되었다는 것이다. 잠시도 헛되이 시간을 보냄이 없이 늘 애정을 가지고 일에 정성을 다했다고 한다. 그러면서도 쾌활한 성격과 명랑한 기분을 잃은 적이 한 번도 없었다고 한다. 나는 이런 이야기를 들으면서 알베르트와 나란히 걸었다. 그리고 길가의 꽃을 꺾어서는 공을 들여 아주 예쁘게 꽃다발을 엮은 다음, 옆으로 흘러가는 냇물에 던지고, 그것이 물결 따라 조용히 흘러 내려가는 모습을 바라보았다. 자네에게 이미 알렸는지 모르겠네만 알베르트는 이곳에 머무를 것이며 궁정으로부터 수입이 상당한 관직을 얻게 될 모양이다. 그는 궁정으로부터 평판이 좋다고 한다. 모든 일에 착실하고 부지런한 점에서 그를 따를 만한 사람을 나는 별로 본 일이 없다.

8월 12일

확실히 알베르트는 이 세상에서 가장 훌륭한 인물이다. 나는 어제 그와 이상스럽게 말다툼을 하게 되었다. 그에게 작별 인사를 하려고 찾아갔던 차였다. 실은 내가 갑자기 말을 타고 산에 오르고 싶어졌기 때문이었다. 이 편지도 지금 나는 그 산에서 쓰고 있다. 알베르트의 방 안을 이리저리 왔다 갔다 하다가 그의 권총들이 내 눈에 띄었다. "권총 좀 빌려주시지요." 하고 나는 말했다. "여행하는 데 좀 가지고 갔으면 해서요." "좋도록 하시오." 하고 그는 대답했다. "그러나 총알을 장전하는 수고는 당신이 직접 해야 합니다. 나는 장식용으로 걸어두었을 뿐이니까요." 나는 벽에 걸려 있던 권총 한 자루를 집어 내렸다. 이윽고 알베르트는 말을 계속했다. "조심한다는 것이 오히려 형편없는 실수를 저지르게 된 이후 나는 이런 물건에 손도 대기 싫어졌어요." 나는 그 말에 더욱 궁금증이 생겼다. 그는 말을 시작했다. "나는 약 3개월 동안 시골에 사는 친구네 집에 머문 적이 있었지요. 그때 비록 총알을 장전해 두지는 않았지만, 권총을 두 자루나 지니고 있어서 밤에는 마음 놓고 잘 수 있었어요. 그런데 비가 쏟아지던 어느 날 오후에, 그때 나는 하는 일 없이 멍하니 앉아 있었는데 어째서 그런 생각이 들었는지 알 수 없지만, 혹시 강도가 들어올지도 모를 일이다, 어쩌면 권총이 필요하게 될지 모르겠다, 그런 생각이 났던 거예요. 이런 기분에 사로잡히는 것을 당신도 이해하겠지만, 그래서 나는 권총을 하인에게 내주고, 손질을 한 뒤에 총알을 장전해 두라고 일렀어요. 그런데 그 작자가 하녀들과 희롱을 하며 그녀들을 놀래주려고 했는데, 웬일인지 권총이 꽂을대를 꽂은 채 발사되어 버려서 어떤 계집아이의 오른쪽 엄지손가락 뿌리에 맞았어요. 총알이 깊숙이 박혀서 손가락은 으스러져버렸어요. 울고불고 야단이 벌어지고 결국 내가 치료비까지 물어주게 되었다니까요. 나는 하도 혼이 나서, 그때부터 어떤 총이든지 간에 총알을 넣어두지 않기로 했어요. 그러니 이봐요. 조심한다는 게 대체 무엇이겠어요? 위험을 미리 다 알아차리기란 도저히 불가능하니까요. 그렇지만……."
자네도 알다시피 나는 알베르트가 썩 마음에 들지만, 이 '그렇지만'이라는 말만은 딱 질색이다. 원칙적으로 일반 명제에는 예외가 있게 마련이라는 것은 자명한 일이 아닌가. 그런데 그는 용의주도하단 말이야. 자기가 어떤 성급한 말이나 일반적인 이야기, 또는 확실치 않은 것을 입 밖에 냈다고 생각할 때면, 항상 그 내용을 제한하거나 수정하며, 한결같이 첨가 삭제하는 통에 나중에는 본론이 무엇인지조차 알 수 없어진다. 이번 기회에도 그는 아주 심각하게 논의를 전개시켰다. 그래서 나는 더 이상 그의 이야기를 귀담아듣지 않고, 내 멋대로 망상에 잠겨버렸다. 그리하여 발작적으로 내 오른쪽 눈 위의 이마에다 권총의 총구멍을 갖다 대어보았다. "바보같이!" 알베르트가 소리치며 내 손에서 권총을 잡아채었다. "이게 대체 무슨 짓이오?" "총알이 들어 있지 않다면서요." 하고 나는 말했다. "총알이 들어 있지 않다고 하더라도 도대체 어쩌자는 거요?" 하고 그는 자못 초조한 듯 대꾸했다. "인간이 스스로의 목숨을 끊을 만큼 어리석을 수 있다고는 도저히 상상할 수 없어요. 그런 생각을 하기만 해도 나는 아주 불쾌해요."

"당신네 같은 인간은!" 하고 나는 소리쳤다. "어떤 이야기를 할 때 그것은 좋다, 그것은 나쁘다, 딱 잘라 말하지 않고서는 못 배기는 모양인데 대체 그런 말을 해봤자 무슨 소용이 있나요? 그렇게 말했다고 해서, 어떤 행동의 내부적 관계를 모두 규명하고 연구했단 말인가요? 어째서 그런 일이 일어났는지 무엇 때문에 그런 일이 일어나지 않으면 안 되었는지 당신들은 그 원인을 명확하게 설명할 수 있나요? 만일에 그것을 설명할 수 있다면 그렇게까지 성급하게 판단을 내리지는 않을 거요."

"당신도 인정하겠지요." 하고 알베르트는 말했다. "특정한 종류의 행위는 그것이 어떤 동기에서 나왔든지 간에, 언제나 죄악임에는 변함이 없다는 사실을 인정하겠지요."

나는 어깨를 으쓱 치켜올리며 시인했다. "그러나 이봐요," 하고 나는 말을 계속했다. "그런 경우에도 예외는 있어요. 물론 절도가 죄악이라는 점은 의심할 여지가 없지요. 그렇지만 자신과 자기 가족을 눈앞에 닥친 굶주림으로부터 구출하기 위해서 도둑질을 한 경우에는, 그를 동정해야 될까요? 아니면 처벌해야 할까요? 부정(不貞)한 아내와 그 비열한 유혹자인 정부에 대한 정당한 분노를 참지 못하고 그들을 처단해 버린 남편이나, 또는 환희의 순간에 억제할 수 없는 사랑의 기쁨에 몰입해 버린 처녀에 대해서 그 누가 맨 처음 돌을 던질 수 있을까요? 우리나라 법률도 냉혈동물처럼 쌀쌀하기만 한 현학자들까지도, 필시 감동해서 그들에 대한 처벌을 보류하겠지요."

"그것은 전혀 사정이 달라요." 하고 알베르트는 대답했다. "왜냐하면, 자신의 격정에 사로잡힌 인간이란 생각하고 판단하는 능력을 모두 잃고 있으니까, 술에 취한 사람이나 미친 사람이라고 볼 수 있기 때문이지요."

"아아, 당신들 이성을 잃지 않는 사람들이란!" 하고 나는 미소를 지으며 외쳤다. "격정! 주정! 미치광이! 당신들은 그렇게 말하면서 태연자약하게 시치미를 떼고 서 있으니, 정말 도덕군자라고 해야 되겠군요! 술주정뱅이를 나무라고 욕하며, 미친놈을 업신여기고 싫어하며, 마치 제사장[19]처럼 그 옆을 지나가고, 자기를 그런 사람들 가운데 하나로 만들어주지 않

19) 『신약성서』 「누가복음」 10장과 18장 참조.

은 것을 바리새 사람처럼 신에게 감사하지요. 나는 술에 취해 본 적이 몇 번이나 있어요. 내 격정은 항상 미치광이에 가까웠 지요. 하지만 나는 그 두 가지 모두 후회하지는 않아요. 왜냐 하면 옛날부터 사람들은 어떤 위대한 일이나 불가능한 일을 해낸 비범한 인물을 술주정뱅이나 미치광이라고 부르지 않고 는 못 배겼던 사실을, 나는 나름대로 이해했기 때문이지요. 그 러나 일상생활에서도 어떤 사람이 자유스럽고 고상하고 훌륭 한 일, 예상을 뒤엎는 거창한 사업에 착수하는 경우에는 거의 예외없이, 그 사업이 진행되는 도중인데도 그 사람을 '저 친구 는 술에 취했어, 저 작자는 천치란 말이야' 등 비난하기가 일 쑤니, 정말 참을 수가 없단 말이오! 올바른 정신을 가진 냉철 한 당신네들은 창피한 줄 알아야 돼요! 당신네들은 참으로 똑 똑하고 현명하지만 염치를 좀 알란 말이오!"

"그것 역시 당신의 망상에서 나온 소리지요." 하고 알베르 트는 말했다. "당신은 모든 것을 과장하는 경향이 있어요. 적 어도 지금 우리가 문제 삼고 있는 자살만 하더라도 당신은 그 것을 위대한 행위와 비교하지만, 이것은 절대로 옳지 못해요. 뭐니 뭐니 해도 자살이란 결국 나약함 때문이라고밖에는 볼 수 없기 때문이에요. 괴로움에 가득 찬 삶을 꿋꿋하게 참고 견디어 나가기보다는 차라리 죽는 편이 더 쉬우니까요."

나는 여기서 이야기를 중단해 버리려고 했다. 한참 토론할 때 이쪽에서는 진심으로 이야기하고 있는데 상대방이 깊은 뜻이 없는 시시한 이야기를 가지고 떠들어대는 것처럼 신경을 자극하는 일도 없기 때문이다. 그렇지만 나는 이런 이야기를 여태까지 자주 들어왔고, 또 여러 번 화를 낸 적이 있었던 터이므로, 마음을 가다듬고 기분을 가라앉힌 다음 약간 격렬한 어조로 이렇게 응수했다. "당신은 그것을 나약이라고 부르는가요? 제발 겉모양만 보고 속지 않도록 하시오. 폭군의 참을 수 없는 압정 하에 신음하던 국민이 마침내 궐기하여 그 속박의 사슬을 끊어버리는 경우에도 당신은 그것을 나약이라고 할 것인가요. 자기 집에 불이 붙은 것을 보고 놀란 나머지 전신에 무서운 힘이 솟아나서 여느 때 같으면 움직이지도 못할 무거운 짐을 쉽게 날라내는 사람, 또는 모욕을 당하자 분통이 터져서 여섯 명을 상대로 싸워 이긴 사람, 그런 사람들을 나약하다고 말할 수 있을까요? 그리고 여보시오, 노력을 강점이라고 하면서, 어찌하여 지나친 긴장은 그와 반대로 나약이라고 해야 하나요?" 알베르트는 나의 얼굴을 바라보았다. 그리고 말했다. "악의로 해석하지는 마시오. 그러나 지금 당신이 든 예는, 이 경우에 해당되지 않는 듯한데요." "그럴지도 몰라요." 하고 나는 말했다. "나의 연상법이나 추측은 종종 허튼소리나 터무니없는 수작에 가깝다고 여러 차례 비난받아 왔어요. 원래는 즐거워야 할 삶의 보람을 미련 없이 포기하려고 결심한 사람의 기분이 대체 어떤 것인지, 그것을 우리는 다른 식으로 생각해 볼 수 없는 것인지 한번 돌아보기로 합시다. 왜냐하면 우리가 동정심을 가질 수 있는 경우에 한해서만, 그 문제에 대해서 이야기할 자격이 있는 법이니까요."

"인간의 본성에는 한계가 있어요." 하고 나는 이야기를 계속했다. "기쁨, 슬픔, 괴로움 등 희로애락의 감정을 참는 데도 한도가 있는 법이고, 그 한도를 넘으면 당장에 파멸하고 말아요. 따라서 이런 경우 어떤 사람이 강하다 약하다 하는 것이 문제가 되는 것이 아니라, 정신적인 일이건 육체적인 일이건 간에 자기의 고통의 한도를 견디어낼 수 있는가 없는가가 문제지요. 따라서 나는 자기의 목숨을 스스로 끊는 사람을 비겁하다고 부르는 것은 마치 악성 열병에 걸려 죽어가는 사람을 겁쟁이라고 하는 것과 마찬가지로 이상한 일이라고 생각해요."

"그건 역설이오! 지독한 궤변이오!" 하고 알베르트는 외쳤다. "당신이 생각하는 것처럼 그렇게 심한 궤변은 아니에요." 하고 나는 대꾸했다. "아마 당신도 인정하겠지만 건강이 몹시 상하고 체력이 소모되어 제대로 기능을 발휘하지 못하게 되고 마침내 건강을 다시 회복할 수 없게 되어서, 아무리 신통한 치료를 한다 해도 생명활동을 다시 되살릴 수 없을 때 우리는 이것을 죽음에 이르는 병이라고 불러야 합니다.

이제 이 현상을 그대로 정신에 적용해 봅시다. 인간의 마음이 점점 좁아지는 경우를 생각해 보세요. 갖가지 인상이 그에게 작용하고 관념이 마음속에서 고정되고 결국에는 점점 높아가는 걱정이 모든 냉철한 사고 능력을 빼앗아서, 마침내 그는 파멸하고 말아요. 냉정하고 이성적인 인간이, 이처럼 불행한 사람의 상태를 높은 곳에서 내려다보고 충고한들 무슨 소용이 있을까요. 아무리 건강한 사람이 환자의 병상 옆에 있어도, 환자에게 조금도 힘을 불어넣어 줄 수 없는 거나 마찬가지예요."

이런 이야기는 알베르트에게 너무 일반적인 것이었다. 그래서 나는 얼마 전에 물에 빠져 죽은 어떤 소녀의 일을 알베르트에게 상기시키고 그 이야기를 다시 들려주었다. "아주 착하고 얌전한 아이였지요. 집안 살림과 매주 정해진 일의 좁은 테두리 안에서 자라났고, 즐거움이라곤 하나씩 부지런히 장만해 둔 나들이옷을 일요일 같은 때 입고서 같은 또래의 친구들과 교외로 소풍을 간다든지, 큰 축제 때 빠짐없이 춤을 추러 간다든지, 그 밖에도 이웃 여자와 몇 시간씩 남의 흉을 보거나, 다툼이 벌어지면 그 원인에 관해서 정신을 잃고 지껄이는 것이 고작이었어요. 그런데 그녀의 불 같은 성격이 좀더 은근한 욕망을 느끼게 되었고, 남자들이 비위를 맞추는 바람에 점점 그 욕심이 늘어갔지요. 그래서 그때까지의 즐거움이 차차 싱거워질 무렵, 남자 하나를 알게 되었지요. 전에는 느껴보지 못했던 이상야릇한 감정에 사로잡혀서 마침내 자기의 모든 희망을 그 남자에게 걸게 되었어요. 그렇게 되니 자연히 주변 세상도 다 잊어버리고, 그 남자의 목소리밖에는 들리는 것이 없고, 그의 모습밖에는 보이는 것이 없게 된 거예요. 오직 그 사람 하나만을 느끼고, 오직 그 남자만을 다시없이 사모하게 된 거죠. 여태 경박한 허영심의 부질없는 향락으로 타락하지 않았기 때문에, 그녀는 외곬으로 그의 아내가 되기를 갈망했으며, 이제까지 ·맛보지 못했던 행복을 그와 인연을 맺음으로써 찾아보려 애썼고, 그리워 마지않던 기쁨을 모조리 맛보려고 했어요. 거듭되는 맹세에 모든 희망의 실현이 보장되어 있다고 생각하고, 대담한 애무로 욕망이 점차로 커져서 그녀의 마음은 완전히 사로잡히고 말았지요. 꿈속에서처럼 몽롱한

의식으로 그녀의 가슴은 온통 기쁨을 예감하고 설레는가 하면 마음은 극도로 긴장하여 모든 소원을 한번에 움켜잡으려고 두 팔을 쑥 내미는 것이었지요. 그때 그녀의 애인이 그녀를 버리고 말았지요. 몸은 얼어서 굳어버리고, 넋을 잃은 채 높은 절벽 앞에 서게 될 수밖에요. 주위 사방은 온통 어두운 장막으로 둘러싸이고 희망도 없고, 위안도 없고, 기대도 없었어요. 자기 자신의 목숨처럼 생각하고 있었던 그 남자가 자기를 버렸으니 더 할 말이 없지요! 그녀는 눈앞에 놓인 넓은 세상도, 잃은 것을 메워줄지 모르는 수많은 사람들도 찾아볼 생각을 않고 홀로 세상에서 버림받은 외로움을 뼈저리게 느끼며 눈이 뒤집혀서 앞을 못 보고, 아픈 가슴속에 억눌러둔 무서운 쓰라림을 머금은 채, 자기를 둘러싸고 있는 모든 괴로움을 끊어버리려고 죽음에 몸을 던지고 말았어요. 보세요, 이것이 많은 사람들의 애달픈 사연이란 말입니다! 병이 든 경우에도 마찬가지 아닐까요? 인간의 천성이 얽히고설키며 서로 다투고 싸우는 갖가지 힘의 미궁으로부터 빠져나갈 길을 찾아내지 못하면, 그 인간에게는 죽는 길밖에 다른 도리가 없어요.

이것을 옆에서 바라보고 있다가, '어리석은 여자야! 좀 기다렸다면, 시간이 흘러서 때가 오면 절망도 가라앉을 것이고 반드시 다른 남자가 나타나서 위로해 주었을 텐데'라고 태연자약하게 말할 수 있는 사람이 오히려 한심한 사람이지요. 그것은 마치 이렇게 말하는 거나 다름없어요. '열병을 앓고 죽다니 참 어리석은 놈이야. 체력이 회복되고 원기가 좀 생겨서 혈액의 혼란이 가라앉을 때까지만 기다려보았더라면 좋았을 텐데' 하고 말이오."

알베르트에게는 이런 비유조차 쉽사리 납득이 가지 않는 듯, 그래도 몇 가지 반론을 펴는 것이었다. 그는 이런 말을 했다. 내가 말하는 것은 단순하고 지각 없는 소녀의 이야기에 지나지 않는다, 마음이 그렇게 편협하지 않고 좀더 상황을 포괄적으로 볼 수 있는 분별력을 가진 사람도 과연 그렇게 너그럽게 다뤄질 명분이 있을는지 의심스럽다고 말했다. "여보시오, 알베르트!" 하고 나는 외쳤다. "인간은 역시 인간이오. 약간의 분별력을 가졌더라도 일단 정열이 끓어오르고 인간성의 한계가 몸에까지 닥쳐온다면 그런 것은 별로, 아니 전혀 문제가 되지 않지요. 그러기는커녕…… 이 이야기는 다음에 하기로 해요." 그렇게 말하고 나는 모자를 집어 들었다. 아아, 내 가슴은 너무나 들끓었다. 그래서 우리는 서로 납득하지 못한 채 헤어지고 말았어. 이 세상에서 다른 사람의 마음을 이해하기란 얼마나 어려운 것일까!

8월 15일

정말이지 이 세상에서 사랑만큼 인간에게 없어서 안 되는 것은 없을 것이다. 나는 로테의 태도에서 그녀가 나를 잃고 싶어 하지 않음을 느낀다. 게다가 아이들까지도 매일 아침 내가 또 와줄 것이라고 기대하고 있다. 나는 오늘 로테의 피아노를 조율해 주기 위해서 갔었다. 그러나 아이들이 이야기를 해

달라고 졸라댔고 로테까지도 아이들의 청을 들어주라고 했기 때문에, 조율은 하지 못했다. 나는 아이들에게 저녁 빵을 잘라서 나눠 주며(아이들은 이제 로테에게서와 조금도 다름없이 내게서도 기꺼이 빵을 받아 먹게 된 것이다.) 수많은 손에게 시중받고 대접받는 공주님의 동화[20]를 들려주었다. 그것은 내가 가장 즐겨 들려주는 옛이야기였는데 덕분에 나는 나대로 배우는 바가 많았다. 그것은 틀림없는 사실이다. 아이들이 얼마나 강한 인상을 받는지, 나는 놀라지 않을 수 없었다. 두 번째로 이야기를 되풀이해 줄 때는 줄거리의 세세한 대목을 잊어버리기가 일쑤고, 할 수 없이 꾸며서 이야기하게 되는데, 아이들은 대뜸 먼젓번 이야기는 그렇지 않았다고 말한다. 그래서 지금 나는 노래를 부르는 것처럼 이야기에 곡조를 붙여서 이야기를 조금도 틀리지 않도록 정확하게 암송하는 연습을 하고 있다. 이런 점에서 나는 저자들이 자기 작품의 개정판을 내놓는 경우 설사 그것이 문학적으로는 훨씬 나아졌다고 하더라도, 반드시 그 작품을 해치는 결과가 된다는 사실을 깨달았다. 첫인상은 우리에게 쉽게 받아들여지게 마련이다. 인간은 원래 어떤 신기한 일이라도 쉽게 곧이듣게끔 만들어져 있다. 그러나 일단 곧이듣고 믿게 되기만 하면 단단히 달라붙어서 좀처럼 떨어지지 않는 법이다. 그것을 다시 지우거나 말소시키려는 것은 딱한 일이 아닐 수 없다.

---

20) 공주님이 갇혀서 굶게 되었을 때 천장으로부터 많은 손이 내려와 먹을 것을 주었다는 이야기다.

8월 18일

　인간을 행복하게 만드는 것이 동시에 불행의 원천이 될 수 있다는 사실은 과연 필연인 것일까?

　생생한 자연을 받아들이는 내 가슴에 넘치는 뜨거운 감정은 그렇게도 풍부한 기쁨을 내 마음속에 넘쳐흐르게 하고, 주변 세계를 천국처럼 만들어주었건만, 이제는 그것이 내게 무자비한 박해자가 되고, 나를 지독히도 괴롭히는 마귀로 변하여, 어디를 가든 나를 따라다니며 떨어지려고 하지 않는다. 이전에는, 바위 위에서 강 너머로 저쪽 언덕에 이르기까지 비옥한 골짜기를 내다보면, 나를 둘러싼 모든 것이 싹트고 자라나며, 멀리 산들이 기슭에서 봉우리까지 우거진 나무들로 뒤덮이고, 머나먼 골짜기들이 갖가지 모양으로 구불거리고 사랑스러운 숲들로 그늘져 있었다. 조용히 흐르는 냇물은 속삭이는 갈대 사이를 미끄러지듯 흘러 내려가고, 솔솔 부는 저녁 바람이 몰고 온 아름다운 구름의 그림자를 비춰주었다. 그리고 새들은 사방의 숲속에서 흥겹게 지저귀고 수많은 모기들은 떼를 지어 빨갛게 물든 저녁놀 속에서 힘차게 춤을 추며, 딱정벌레들은 번쩍이는 마지막 햇살 속에서 풀숲으로부터 풀려나와 윙윙거리며 날아가 버렸다. 내 주위의 와글거리는 소리와 내 둘레에서 우글거리는 기척에 이끌려 땅 위를 내려다보면, 바로 내가 서 있는 딱딱한 바위에서 양분을 빨아올리는 이끼나 메마른 모래 언덕의 비탈에서 자라고 있는 관목은, 자연의 내부에서 불타고 있는 거룩한 생명을 드러내 보여주었다. 그때 나는 이 모든 것을 내 뜨거운 가슴으로 끌어안고, 넘쳐흐르는 그 풍족한 모습 속에서 내 몸이 신이 된 듯 느꼈다! 그리고 무한한 세계의 장려한 모습이 내 마음속에서 만물에게 생기를 부여하며 약동하였다. 거대한 산들이 주위를 둘러싸고, 심연이 눈앞에 가로놓였으며, 계곡의 물이 쏟아져 내리고, 강물은 발밑을 흐르고, 숲과 봉우리는 그 물소리를 요란스럽게 되울려 주었다. 나는 이루 헤아릴 수 없는 그 일체의 힘들이 대지의 깊은 바닥에서 서로 엇갈려 작용하고, 서로 어울려 활동하는 것을 목격했다. 땅 위에서, 하늘 아래서, 이처럼 수많은 족속들이 우글거리고 있는 것이다. 온갖 것, 정말 만물이 갖가지 모습으로 이 세계를 뒤덮고 있다. 그리고 인간은, 스스로의 안전을 꾀하여 조그마한 집 속으로 모여들고 그곳에 보금자리를 마련하고, 넓은 세계를 지배하고 있다고 자기들 나름대로 생각하고 있는 것이다! 가련하고 천치 같은 것들! 스스로가 작은 탓에 만물을 모두 보잘것없는 것으로 생각한단 말이다. 그러나 영원히 창조하는 정신은, 감히 오를 수 없는 고산준령에서부터 전인미답의 황야를 넘어서 미지의 대양의 끝에 이르기까지 침투해 들어간다. 그리하여 그 정신은, 자기를 느끼고 생명을 유지하는 만물, 심지어 한낱 티끌에 이르기까지 창조자의 기쁨을 나누는 것이다. 아아, 그때 나는 머리 위로 날아가는 학의 날개를 빌려서 망망대해가 시작되는 해안의 기슭까지 날아갈 수 있으면 얼마나 좋을까 하고 어찌나 부러워했던지! 그리고 무한한 자의 거품이 솟는 술잔으로부터 용솟음치는 생명의 환희를 마시면서 일순간이나마 스스로 제한받고 있는 가슴속으로, 일체의 것을 자신 안에서 그리고 자신의 힘에 의해서 만들어내는 그 축복 어린 한 방울의 술이라도 맛보았으면 하고 얼마나 바랐던가!

형제여, 그때를 회상하는 것만이 내 마음을 즐겁게 해주는 것이다. 그때의 형언할 수 없는 기분을 다시 불러내어, 다시 한 번 이야기를 해보려고 시도하는 것만으로도 내 정신은 이렇게 높이 복돋워진다. 그리고 지금 나를 둘러싸고 있는 불안한 상태야말로 한층 더 절실하게 느껴지는 것이다.

내 영혼을 가리고 있던 장막이 걷히는 것 같다. 그리고 무한한 생명의 무대는, 내 앞에서 영원히 벌어져 있는 묘지의 심연으로 변하고 말았다. 세상만사는 모두 사라져가는데 자네는 '이것이 존재한다'라고 감히 말할 수 있는가? 만물은 번갯불처럼 빠르게 지나가 버리며, 그 존재의 완전한 힘이 지속되는 일은 지극히 드물고, 아아! 거센 물결에 휘말려 들어가서 바닥에 가라앉고, 바위에 부딪혀서 깨어져버리고 마는 것이 아닌가. 자네 자신과 자네 주위에 있는 가까운 사람들을 좀먹어 들어가지 않는 순간이란 하나도 없으며, 또한 자네가 파괴자가 아니거나 파괴자가 되어야 할 필요가 없는 시간이란 한순간도 없다. 지극히 무심한 산책조차, 수많은 불쌍한 벌레의 삶을 희생시키고 있다. 그저 단 한 번 발을 디딘 것이 개미들이 공들여 쌓아올린 탑을 짓밟아 없애고 그 조그만 세계를 무참한 무덤으로 만들어버린다. 아니다, 이 세상에서 좀처럼 잘 일어나지 않는 천재지변, 자네들의 마을을 휩쓸어버리는 홍수나 자네들의 도시를 삼켜버리는 지진 따위가 내 마음을 두렵게 하는 것이 아니다. 내 마음을 허물어뜨리는 것은, 대자연 속에 숨겨져 있는 그 침식의 힘, 그것이다. 바로 그 힘이 만들어낸 것은 그 사람의 이웃과 그 사람 자신을 파괴하고 만다. 그것을 생각하며, 하늘과 땅과, 그리고 그곳에서 작용하는 온갖 힘에 둘러싸여, 나는 불안스레 비틀거리는 것이다. 나의 눈에 보이는 것은 오직 영원히 집어삼키고, 영원히 되새김질하는 괴물뿐이다.

8월 21일

아침마다 내가 괴로운 꿈에서 깨어나면 나는 헛되이 그녀를 향하여 두 팔을 뻗고 더듬는다. 그녀와 나란히 풀밭에 앉아서 그녀의 손을 잡고 끊임없이 키스를 퍼붓는 천진난만한 즐거운 꿈이 보람없는 착각임을 깨달으며, 나는 밤마다 침대 속에서 안타깝게 그녀를 찾아 헤맨다. 아아, 그리하여 꿈결같이 잠이 덜 깨어 그녀를 향해 더듬다가, 마침내 정신이 들면 억눌린 가슴속에서부터 눈물이 줄을 이어 쏟아져 나온다. 마음을 달랠 길이 없는 나는 어두운 앞날을 바라보며 울음을 그치지 못한다.

8월 22일

불행한 일이다! 빌헬름! 나의 활동력은 방향을 바꾸어 불안한 게으름으로 변하고 말았다. 멍청하니 하릴없이 지낼 수도 없고, 그렇다고 어떤 일이 손에 잡히지도 않는다. 내게는 공상도 없어졌고 자연을 감상하는 정서도 사라졌으니, 이제 책은 보기만 해도 구역질이 일어난다. 우리가 우리 자신을 잃는다는 것은, 모든 것을 잃는 거나 마찬가지다. 자네에게 맹세코 말하거니와 나는 정말로 품팔이 노동자나 되었으면 하고 생각할 때가 많다. 그러면 적어도 아침에 잠에서 깨어날 때마다 그날 하루의 전망과, 욕망이나 기대 등을 가질 수 있기 때문이다. 나는 알베르트가 산더미 같은 서류에 파묻혀 있는 것을 보고 부러워하며, 내가 그를 대신할 수만 있다면 얼마나 좋을까 하고 상상해 본다. 이제까지 벌써 몇 번인가 생각이 떠올라서, 자네와 장관에게 편지를 써 보내어 공사관에 일자리를 부탁해 볼까도 생각했다. 그 자리 같으면 거절당하는 일이 없을 것이라고, 자네도 확신하고 있는 것처럼 나도 그렇게 믿고 있다. 장관께서는 오래전부터 나를 아껴주는 터이고, 나에게 실무에 종사하도록 권고해 오셨다. 그래서 나도 한때는 그럴 생각이 들기도 했다. 그러나 나중에 다시 생각해 보니 자유로운 몸에 싫증이 난 말이 안장과 마구를 얹어달라고 하여, 결국은 사람을 태우고 지나친 혹사를 당했다는 저 우화 속의 말 이야기가 생각이 나서, 어떡하면 좋을지 모르겠다. 사랑하는 벗이여! 환경의 변화를 원하는 욕구는 아마도 마음속 깊이 깃들어 있는 불쾌한 초조감이고, 그것은 내가 어디로 가나 내 뒤를 따라다니지 않겠는가.

8월 28일

만약에 내 병이 나을 수 있다면, 그것을 고쳐주는 사람은 틀림없이 바로 이들일 것이다. 오늘은 내 생일날이고, 아침 일찍 나는 알베르트에게서 소포를 하나 받았다. 소포를 뜯고 펼쳐보니, 분홍색 리본이 하나 내 눈에 띄었다. 리본은 내가 로테와 처음 만났을 때 그녀가 가슴에 달고 있었던 것인데, 그후 나는 그것을 달라고 몇 번이나 졸랐었다. 또 소포에는 그밖에도 사륙판의 비교적 작은 책이 두 권 들어 있었다. 그것은 베트슈타인[21] 판의 자그마한 호메로스였다. 산책할 때 무거운 에르네스티 판을 갖고 다니기가 불편해서 내가 오랫동안 갖고 싶어 했던 것이다. 정말 희한한 일이다. 이처럼 그들은 내가 원하는 것을 미리 알아채고, 이런 사소한 일에까지 우정이 깃들인 선물을 보내주고 있으니 말이다. 이 같은 우정의 표시는, 보내는 사람의 허영심으로 받는 쪽에 오히려 굴욕감을 느끼게 하는 눈부신 선물들보다도 수천 배나 값진 것이다. 나는 그 리본에다 수없이 키스를 퍼부었다. 그리고 다시 돌아오지 못했던 그 며칠 동안 내 마음을 가득 채웠던 행복한 추억을,

---

21) 암스테르담의 출판사 이름이다.

숨을 한 번씩 쉴 때마다 돌이켜보았다. 빌헬름, 이런 형편이다. 그렇지만 나는 불평하지는 않는다. 인생의 꽃이란 한낱 환상에 지나지 않는다! 얼마나 많은 꽃들이 흔적조차 남기지 못하고 지는가! 열매를 맺는 꽃들은 얼마나 그 수가 적으며, 그 열매 가운데서 무르익는 것은 또 얼마나 적단 말인가! 그러나 익은 열매도 상당수 있긴 있다. 그런데도 나의 형제여! 우리는 익은 열매를 소홀히 하고 업신여길 뿐만 아니라, 맛도 보지 않은 채 썩혀버릴 수 있단 말인가? 잘 있게! 아주 멋진 여름이다. 나는 자주 로테의 과수원에서 기다란 장대를 들고 나무에 올라앉아, 높은 곳에 달린 배를 딴다. 로테는 나무 밑에서 내가 따서 내려주는 열매를 받는다.

8월 30일

불행한 자여! 너는 정말 천치가 아닌가? 너는 스스로를 속이고 있지 않은가? 이렇게 미쳐 날뛰는 너의 끝없는 정열은 도대체 어쩌자는 것이냐? 나는 이제 기도라곤 그녀에게 바치는 기도밖에 모른다. 나의 공상 속에 떠오르는 것은 오직 그녀의 아리따운 모습뿐이다. 주위 세계의 모든 것이, 오직 그녀와 관련되어서만 내 눈에 비치는 것이다. 그리고 그것은 나에게 다시없이 행복하고 즐거운 시간을 마련해 준다. 그러나 나는 내 공상 속의 그녀로부터 벗어나지 않으면 안 된다! 아아, 빌헬름! 내 마음은 자꾸만 나를 압박하고 있다. 나는 그녀 옆에 두 시간 세 시간 앉아 있을 때가 있다. 그럴 때면 그녀의 자태와 거동, 품위 있는 말투에 도취되어 차츰 내 모든 감각이 긴장하고 눈앞이 캄캄해지고 귀까지 거의 들리지 않게 되어, 마치 암살자에게 목이 졸리는 듯 숨이 막히고, 급기야 심장이 거칠게 뛰며, 답답해지는 가슴을 풀어 숨을 돌리려 하면 할수록 감각은 더 혼란스러워질 뿐이다. 빌헬름, 나는 가끔 내가 이 세상에 살고 있는지, 그렇지 않은지조차 분간을 못 하게 된다! 그리고 때로는, 슬픔에 사로잡혀 그녀의 손에 얼굴을 파묻고 안타까운 나의 괴로움을 울어서라도 풀어버리려는 그 딱한 요구를 로테가 허용해 주지 않는 경우에는, 그런 때 나는, 달아날 수밖에 없다. 그 자리를 박차고 뛰쳐나갈 수밖엔 없단 말이다! 그리하여 나는 먼 곳까지 들판을 헤매 돌아다닌다. 그럴 때는 가파른 산을 기어 올라간다든지 덤불에 찢기고 가시에 찔려 상처를 입으면서 길도 없는 숲속을 꿰뚫고 나아간다든지 하는 것이 나의 기쁨이다. 그렇게 하면 기분이 좀 나아진다! 아주 약간이기는 하지만 말이다! 그럴 때 나는 피곤하고 목이 말라서 가끔 도중에서 쓰러져버릴 때도 있다. 때론 한밤중에, 머리 위에 높이 떠오른 보름달을 쳐다보며, 한적한 숲속 구부러진 나무뿌리 위에 걸터앉아서, 상처투성이가 된 발바닥을 약간이나마 쉬게 할 때, 기진맥진하고 긴장이 풀려 어스름한 달빛 속에 스스로 잠이 들어버릴 때! 아아, 빌헬름, 외로운 승방(僧房)살이, 강모(剛毛)로 된 거친 참회복, 가시 돋친 허리띠 등이야말로 내가 간절히 바라는 청량제다. 그러면 잘 있게! 이 비참함의 말로는 무덤밖에는 없다고 생각된다.

9월 3일

나는 떠나야 한다! 빌헬름, 자네가 내 흔들리는 결심을 굳혀준 데 감사해. 벌써 이 주일 전부터 그녀 곁을 떠나야겠다는 생각을 품고 있었어. 나는 떠나야만 한다. 그녀는 다시금 시내의 친구 집에 묵고 있다. 그리고 알베르트는 남고, 그리고…… 나는 떠나야만 한다.

9월 10일

정말로 견디기 힘든 밤이었다! 빌헬름! 이제 나는 모든 일을 견디어냈다. 나는 그녀를 다시는 만나지 않겠다! 아아, 자네의 목에 매달려서 마음껏 눈물을 흘리고 황홀함 속에서 자기를 잊고, 벗이여, 이 가슴에 밀어닥치는 감정을 맘껏 털어놓지 못하는 것이 유감이다! 나는 여기 이렇게 앉아서 숨 가쁘게 허덕이며 마음을 가라앉히려고 애쓰면서 아침이 오기를 기다리고 있다. 해가 뜨기만 하면 나를 데리러 마차가 오게 되어 있기 때문이다.

아아, 그녀는 지금 고이 잠들어, 나를 다시 만나지 못하리라는 것은 생각지도 않고 있다. 나는 용기를 내어 뿌리치고 나왔다. 마음을 단단히 먹고, 두 시간 동안 이야기하는 사이에도, 내 계획을 눈치채지 못하게 했다. 그렇지만 그것은 정말로 기가 막힌 대화였다.

알베르트는 나에게, 저녁 식사가 끝나는 대로 곧 로테와 같이 정원으로 나오겠다고 약속해 주었다. 나는 테라스의 높은 밤나무 밑에서 서성거리며, 정든 계곡 저쪽으로 그리고 조용히 흐르는 강 건너로 해가 떨어지는 광경을 바라보았다. 이 아름다운 광경을 바라보는 것도 이것이 마지막일 것이다. 돌이켜보면, 지금까지 벌써 몇 번이나 그녀와 함께 이곳에 서서 이 장려한 광경을 바라보았는데. 그런데 이제……. 나는 그렇게 좋아하던 가로수길을 이리저리 거닐어보았다. 내가 로테를 알기 전부터, 나는 어떤 신비로운 매력에 이상하게 이끌려 이곳에 자주 찾아왔었다. 그리고 우리가 서로 알게 된 초기에 우연히 둘 다 이곳을 좋아하고 있다는 것을 발견하고, 우리는 얼마나 기뻐했던가! 사실 이곳은 내 눈으로 보았던 가장 낭만적인 예술품이라고 할 만한 그런 장소인 것이다!

  우선 그곳, 밤나무 사이로는 훤하게 트인 전망을 즐길 수 있다. 생각해 보니, 나는 벌써 몇 번이고 그 점에 관해서 자네에게 적어 보낸 일이 있는 것 같다. 높이 치솟은 너도밤나무들은 마치 벽처럼 주위를 빙 둘러싸고, 그것과 잇닿은 수풀 때문에 가로수길은 점점 어두워지고, 마침내는 사방이 갇힌 조그마한 광장으로 끝나는데, 그곳은 소름 끼칠 만큼 깊은 정적이 감도는 그런 장소다. 내가 처음으로 대낮에 이곳에 발을 들여놓았을 때, 얼마나 친밀한 느낌에 사로잡혔는지, 지금도 그때 일을 기억하고 있다. 장차 이곳이 나에게 어떠한 행복과 괴로움의 터전이 될 것인지, 나는 어렴풋이나마 예감했던 것이다.

나는 반시간가량 이별과 재회의 안타깝고 달콤한 생각에 잠겨 있었다. 그때 두 사람이 테라스를 올라오는 발소리가 들려왔다. 나는 달려가서 그들을 맞았고, 몸을 떨면서, 그녀의 손을 잡고 그 손등에 키스를 했다. 우리가 맨 위까지 올라가자, 때마침 풀숲으로 덮인 언덕 뒤에서 달이 떠올랐다. 우리는 여러 가지 이야기를 나누었는데, 어느 결에 그 어둠침침한 정자에까지 이르렀다. 로테는 그 안으로 들어가서 앉았고 알베르트는 그녀 옆에 자리를 잡았으며, 나도 앉았다. 나는 마음이 불안해서 오랫동안 앉아 있을 수 없었기 때문에, 일어서서 그녀 옆에 다가가기도 하고, 또 이리저리 거닐다가 다시 걸터앉기도 했다. 나는 어쩐지 마음이 초조하여 견딜 수 없었다. 로테는 너도밤나무 끝에 걸려서 눈앞의 테라스를 환하게 비춰주는, 달빛의 아름다운 작용을 지적하여 우리의 관심을 환기시켰다. 그것은 정말 멋있는 광경이었다. 우리 주변에는 짙은 어둠이 깔려 있어서 더욱 뚜렷하게 대조를 이루었다. 우리는 말이 없었다. 그러자 한참 만에 로테가 입을 열었다. "달밤에 산책을 하면, 저는 언제나 돌아가신 분들을 회상하게 되고 죽음과 내세에 관해서 심각한 생각을 하게 되곤 해요. 우리도 언젠가는 저세상에서 존재하겠지요!" 하고 그녀는 엄숙한 감정이 깃들인 목소리로 말했다. "그렇지만 베르테르, 우리는 저세상에서도 다시 만나게 될까요? 만나서 서로 알아볼 수 있을까요? 어떻게 생각하세요? 당신의 의견은?" "로테," 하고 나는 말하면서 그녀의 손을 붙잡았다. 내 눈에는 눈물이 가득 고였다. "우리는 만나게 될 거예요! 이 세상에서와 마찬가지로 저

세상에서도 만나게 되고말고요!"

나는 더 이상 그 이야기를 계속할 수 없었다. 빌헬름, 내가 이 쓰라린 이별을 가슴속에 품고 있을 때, 하필이면 그녀가 그런 질문을 나에게 할 것이 뭐란 말인가?

"돌아가신 정다운 분들은 우리 일을 알고 계실까요?" 하고 로테는 말했다. "그분들은 우리가 건강히 잘 지내고 있으며, 항상 따뜻한 마음으로 그분들을 잊지 않고 있다는 사실을 알고 계실까요? 아아, 고요한 밤에 제가 제 동생들과 함께 있을 때, 마치 그 옛날에 모두들 돌아가신 어머니를 둘러싸고 있었을 때처럼, 제 동생들이 저를 둘러싸고 있을 때면, 언제나 어머니의 모습이 떠오르지요. 그럴 때 저는 어머니가 그리워 눈물을 흘리고 하늘을 우러러보면서, 어린애들의 착한 어머니 노릇을 하겠다고, 어머니께서 돌아가실 때 맹세한 약속을 이렇게 어김없이 지키고 있는 모습을 한 번이라도 좋으니 굽어보아 주시라고, 기원하는 마음으로 이렇게 큰 소리로 말하곤 합니다. 어머니, 만약에 제가 어린애들에게 어머니 노릇을 제대로 못 했다면 용서해 주세요! 아아, 저로서는 할 수 있는 데까지 최선을 다하고 있어요. 옷을 입혀주고, 밥을 지어주는 것은 물론 그것보다 더욱 중요한 일인 보살펴주고 사랑해 주는 것까지 다 해주고 있어요. 거룩하신 어머니! 우리가 서로 화목하게 지내는 모습을 한번 보아주셨으면 해요. 그러면 어머니께서는 뜨거운 감사를 신에게 바치실 거예요. 돌아가시는 마지막 순간에도 쓰라린 눈물을 흘리면서 신께 어린애들의 행복을 비셨으니까요"

로테는 그렇게 말했다! 아아, 빌헬름, 그녀의 말을 그 누가 되풀이할 수 있겠는가! 차갑고 생명이 없는 문자를 가지고 이처럼 천국과 같이 숭고한 정신의 꽃을 어떻게 피워낼 수 있겠는가! 알베르트는 부드럽게 그녀의 이야기를 가로챘다. "너무 심각하게 생각하면 몸에 해로워요. 사랑하는 로테! 당신의 마음이 그런 생각에 몹시 기울어진 것은 나도 잘 이해할 수 있지만, 제발 부탁이니……." "아아, 알베르트." 하고 그녀는 말했다. "아버지께서 여행을 떠나 안 계시는 동안, 저녁때마다 애들을 잠자리로 보낸 다음, 우리 둘이만 작고 둥근 탁자에 앉아 있었던 때의 일을, 당신은 설마 잊지 않으셨겠지요. 당신은 자주 좋은 책을 들고 계셨지만 그것을 읽는 일은 드물었어요. 오히려 어머니의 거룩한 정신과 접촉하는 일이 훨씬 더 유익하다고 생각하신 모양이지요. 어머니는 아름답고 상냥하고 명랑하고 언제나 활동적인 분이었지요! 저는 언제나 잠자리에서 하느님 앞에 엎드려서 눈물을 흘리며, 저를 어머니 같은 사람으로 만들어달라고 빌었다는 사실을 하느님께서도 알고 계실 거예요."

　"로테!" 하고 나는 소리치면서 그녀 앞에 엎드려 그녀의 손을 붙잡고, 한없이 흐르는 눈물로 그녀의 손을 적셨다. "로테! 하느님께서는 당신에게 많은 축복을 내리십니다. 그리고 어머니의 영혼도 결코 당신 곁을 떠나지 않으실 겁니다!" "당신이 저의 어머니를 아셨더라면" 하면서 그녀는 내 손을 꼭 쥐었다. "우리 어머니는 당신이 사귀어도 좋을 만큼 훌륭한 분이었어요!" 나는 정신이 아찔해질 지경이었다. 나에게 이보다도 더 위대하고 자랑스러운 말이 일찍이 있었겠는가? 그녀는 말을 계속했다. "그러나 어머니는 막내둥이가 6개월도 채 되지 않았을 때, 한창 일할 나이인데도 그만 돌아가셨어요! 병환도 그리 오래 끌지 않았지요. 그분은 태연히 천명을 기다리셨지만, 단지 어린애들, 그중에서도 막내아이 때문에 염려하셨어요. 임종이 가까워지자 애들을 데려오너라! 하고 제게 말씀하셨어요. 저는 아직도 철이 들지 않은 어린애들과 허둥지둥하며 정신을 못 차리는 큰 애들을 모두 데리고 들어갔고, 아이들은 침대 둘레에 늘어섰어요. 어머니는 두 손을 쳐들어 아이들을 위해 기도하시고, 그다음 차례로 키스를 해주신 후에 밖으로 내보내셨어요. 이윽고 그분은 입을 여시더니, 저 애들의 엄마가 되어다오! 하고 제게 말씀하시는 것이었어요. 저는 그러시는 어머니의 손을 꼭 붙잡고 맹세를 했답니다. '너는 어려운 약속을 한 것이다.' 하고 어머니가 말씀하셨어요. '어머니의 마음과 어머니의 눈, 그것이 과연 무엇을 의미하는지를 너는 알고 있다. 네가 곧잘 감사의 눈물을 흘리던 것으로 미루어 짐작하고 있단다. 그러니 그 마음을 너의 동생들을 위하여 그대로 간직해 다오. 그리고 아버지께는 아내와 같이 성실하고 순종하는 마음으로 시중을 들어다오. 아버지를 잘 위로해 드려야 한다.' 어머니는 아버지에 대해서 물으셨어요. 아버지는 그때 견딜 수 없는 슬픔을 우리 앞에서 감추시느라고 외출 중이었지요. 아버지는 너무나 상심해 계셨으니까요.

알베르트, 당신은 그때 방 안에 계셨지요. 어머니는 발소리를 들으시고 누구냐고 물은 다음 당신을 가까이 부르셨어요. 그리고 당신과 나를 얼마나 찬찬히 쳐다보셨는지 몰라요. 그 눈초리는 우리 두 사람이 행복하리라, 함께 행복하게 잘살게 되리라 하는 조용하고 안심한 듯한 눈초리였어요." 알베르트는 로테의 목덜미를 껴안고 입을 맞춘 다음 소리쳤다. "그렇고말고! 우리는 앞으로 계속 행복할 거예요." 평소 조용하던 알베르트가 완전히 자제심을 잃었고, 나 역시 정신이 없었다.

"베르테르," 하고 로테는 다시 말을 시작했다. "그런 어머니가 돌아가신 거예요! 아아, 일생에서 가장 사랑하는 분을 빼앗긴다는 것이 어떤 것인지 자식들처럼 뼈저리게 느끼는 사람은 없을 거예요. 검은 옷을 입은 남자들이 어머니를 데려갔다고, 돌아가신 후에도 오랫동안 아이들이 슬퍼한 것을 가끔 생각하면!"

그녀는 일어섰다. 나는 제정신으로 돌아와 앉은 채 그녀의 손을 꼭 잡았다. "자! 이제 가지요" 하고 그녀는 말했다. "시간도 늦었어요." 그녀는 손을 빼려고 했지만 나는 더욱 힘을 주어 잡았다. "우리는 다시 만나게 될 것입니다." 하고 나는 외쳤다. "우리는 어떤 모습이 된다 해도 서로 알아볼 것입니다. 나는 떠납니다." 이렇게 계속했다. "나는 기꺼이 갑니다. 하지만 이것이 영원한 작별이라면 나는 참을 수 없을 겁니다. 안녕히 계십시오, 로테! 잘 있어요, 알베르트! 우리 다시 만납시다." "내일 말이지요." 하고 그녀는 농담처럼 대꾸했다. 그 내일이 과연 무엇인지, 나는 절실히 느끼고 있었다. 아아, 그녀가 내 손에서 자기 손을 뺐을 때, 그녀는 전혀 눈치를 못 채었다. 두 사람은 가로수길을 지나 걸어갔다. 나는 우두커니 서서 달빛 속에 멀리 사라져가는 그들의 뒷모습을 바라보았다. 그러고는 땅 위에 엎드려 맘껏 울었다. 그다음 벌떡 일어나 테라스 위로 달려갔다. 아직 저 아래, 높이 솟은 보리수 그늘에 로테의 흰 옷이 출입문 쪽을 향해서 움직이는 것이 희미하게나마 보였다. 나는 두 팔을 앞으로 쭉 뻗었지만 어느새 그 모습은 사라져버리고 없었다.

2권

1771년 10월 20일

어제 우리는 이곳에 도착했다. 공사(公使)는 가벼운 병환으로 이삼 일 동안 집 안에 틀어박혀 있을 것이라고 한다. 그분이 그렇게 불친절하지만 않더라도 모든 일은 순조롭게 잘될 텐데, 암만해도 운명이 나에게 가혹한 시련을 주려고 작정한 것 같다. 하지만 용기를 내겠다. 경쾌한 기분으로 살아가면 어떤 것도 이겨낼 수 있겠지. 경쾌한 기분이라고? 내가 이런 말을 펜으로 쓰는 것 자체가 우스운 일이다. 아아, 내가 조금이라도 명랑한 기질을 타고났더라면, 아마도 이 세상에서 제일 행복한 사람이 되었을 텐데, 이 무슨 꼴인가! 다른 사람들은 그 보잘것없는 역량과 재능을 가지고도 내 앞을 자랑스레 뻐기고 돌아다니는데 나는 내 역량과 재능에 절망하고 있다니! 자비로운 신이여, 제게 그 모든 것을 아낌없이 베풀어주시면서, 어찌하여 그 반쯤을 보류해 두시고 저에게 스스로 믿는 힘과 만족감과 침착성을 부여해 주시지 않았습니까!

기다리자! 기다리자! 그러면 차차 나아질 것이다. 정말이지, 친구, 자네 말이 옳아. 날이면 날마다 세상 사람들 사이에서 이리저리 쫓겨 돌아다니는 동안 그들이 하는 짓들과 꼴을 보고, 나는 이제 나 자신과 훨씬 더 잘 어울리게 되었다. 확실히 우리는 모든 것을 우리와, 그리고 우리를 모든 것과 비교해 보도록 만들어진 모양이다. 그래서 행불행은 우리 자신과 비교하는 대상에 달려 있는 것이다. 그러니까 고독만큼 위험한 것은 없다. 문학의 환상적인 이미지에 영향받은 우리의 상상력에는 본질적으로 더 높은 것을 추구하려는 충동이 담겨 있기 때문에, 우리는 많은 피조물을 한층 고양시킨다. 그렇게 되면 우리는 가장 낮은 자리에 놓이게 되어 우리 이외의 것은 모두 우리보다 훌륭하고 누구 할 것 없이 우리보다는 완전해 보인다. 그것은 아주 자연스러운 일이다. 우리에게는 모자라는 것이 여러 가지 있다고 우리는 느낀다. 그런데 우리에게 부족한 바로 그것이 다른 사람에게 부여되어 있는 것처럼 보인단 말이다. 뿐만 아니라 우리가 가지고 있는 것까지 모조리 그 사람에게 주어버리고, 그 사람에게는 어떤 이상적인 삶의 즐거움마저도 부여되어 있는 것처럼 생각하는 것이다. 이리하여 행복한 사람이 한 명 완성되는 것인데, 이처럼 완벽하게 이룩된 사람이란 사실은 우리 스스로의 창조물에 지나지 않는다.

그와 반대로 우리가 아무리 힘이 약하고 고생이 되더라도, 있는 힘을 다해서 줄곧 앞으로 나아간다면, 비록 꾸물거리며 갈짓자 걸음으로 걸어간다고 하더라도 돛대를 달고 노를 저어 가는 다른 사람보다도 어느 결에 앞서가게 된다는 것을 종종 알게 된다. 그리하여 다른 사람과 나란히 서거나 다른 사람을 앞질러 갈 때 비로소 참다운 스스로의 감정이 생기는 법이다.

11월 26일

하여간 이만하면 여기서 그럭저럭 지내게 될 것 같다. 무엇보다 다행한 일은 이곳에는 할 일이 얼마든지 있다는 사실이다. 게다가 여러 종류의 사람들, 갖가지 새로운 인물들이 내 마음 앞에서 다채로운 연극을 보여주고 있다. 나는 C백작이라는 사람과 알게 되었는데 날이 갈수록 더욱 존경하지 않을 수 없는 인물이다. 그는 넓은 시야와 높은 식견을 가지고 있는데, 그렇다고 해서 조금도 쌀쌀하지 않다. 그에게는 우정이나 애정에 대한 감수성이 풍부하게 빛나고 있다는 것을 그분과 사귀어보면 누구나 확실히 알 수 있다. 그분에게 심부름을 갔을 때, 그분은 내게 관심을 갖게 되었다. 그는 우리가 서로의 마음을 이해하고 통할 수 있으며 다른 사람들과 달리 나와는 흉허물 없이 이야기를 나눌 수 있다는 사실을 처음 몇 마디 말을 주고받자마자 알아차린 모양이다. 또한 내게 보여준 그의 솔직한 태도는 아무리 칭찬해도 모자란다. 이 세상의 즐거움 가운데, 위대한 인물이 흉금을 터놓고 이야기해 주는 것을 듣고 느끼는 것만큼 참답고 따뜻한 것도 없을 것이다.

12월 24일

이미 짐작은 하고 있었지만 공사는 정말 불쾌하기 짝이 없는 인물이다. 그는 내가 일찍이 겪어본 적이 없을 만큼 고집이 센 데다가, 꼼꼼하고 까다롭기는 꼭 시어머니 같다. 그는 절대로 스스로 만족하지 못하는 성미인 데다가, 누가 무엇을 해줘도 고맙게 여기는 법이 없다. 나는 일을 선뜻 해치우기를 좋아하고 일단 끝난 것은 그냥 내버려 두고 다시 들추어보지 않는 성격이다. 그런데 공사는 내게 문서를 도로 내밀면서 곧잘 이렇게 말하는 것이다. "이것도 틀리지는 않았지만 다시 꼼꼼히 검토해 보게. 더 좋은 말씨, 좀더 적당한 표현이 반드시 있을 테니까 말일세." 그럴 때마다 나는 미칠 지경이 된다. '그리고'라는 말 한마디, 접속사 하나도 빼놓아선 안 된다는 것이다. 가끔 내가 즐겨 쓰는 문장에 도치법이라도 튀어나오면, 그는 질색을 한다. 의례적인 어법에 맞춰서 쓰지 않으면, 복합문장에 담긴 뜻은 전혀 이해하지도 못한다. 이런 사람과 상대를 해야 된다니 정말 고역이 아닐 수 없다.

C백작이 나를 믿어주는 것이 그래도 내게 보상과 위안을 주는 유일한 점이다. 최근에 백작은 공사의 느리고 지나치게 꼼꼼한 소심한 태도에 대해서 나에게 아주 솔직하게 불만을 털어놓은 일이 있었다. 그리고 이런 사람들은 스스로는 물론이고 남도 괴롭히고 일을 망치는 법이라고 말하더군. "그렇지만 이런 일은 산을 넘어가야 하는 나그네처럼 꼭 참고 체념할 수밖에 없어요. 물론 산이 없으면 가는 길은 훨씬 편하고 거

리도 한결 가까워지겠지요. 그러나 산은 이제 엄연히 가로놓여 있으니, 넘어가지 않을 수 없어요!"라고 백작은 말했다.

백작이 자기보다는 나에게 호의를 가지고 나를 두둔하고 있다는 사실을 늙은 공사 영감도 눈치챈 듯하다. 그것이 비위에 거슬리고 못마땅해서 공사는 기회가 있을 때마다 내 앞에서 백작의 험담을 늘어놓는다. 나는 물론 그 말에 반발한다. 그 때문에 사태는 더욱 악화될 뿐이다. 어제는 그가 비꼬아 말하는 통에 나도 울화통을 터뜨렸다. "이같이 세속적인 일에는 백작도 상당히 능숙해서 슬쩍 일을 얼버무리는 솜씨가 대단하지. 글도 제법 잘 쓸 줄 알지만 모든 문장가의 경우처럼 근본적인 학식이 부족한 것이 흠이야." 그는 이렇게 말한 다음, "어때, 한 대 얻어맞았지?" 하고 말하려는 듯한 표정을 지었다. 그러나 그 정도로는 내게 일말의 영향이나 충격도 주질 못했다. 나는 그와 같은 사고방식과 생활 태도를 취하는 사람을 멸시한다. 그래서 조금도 굽히지 않고 뻗대며 상당히 강경하게 대꾸했다. 백작은 그 인격으로 보나 학식으로 보나 우리가 존경하지 않을 수 없을 만큼 훌륭한 분이라고 말이다.

"그분만큼 자기의 정신을 확대시켜서 그것을 수많은 대상에까지 넓혀나갈 뿐 아니라, 그런 정신 활동을 세속적인 생활에서까지 그처럼 훌륭하게 적용하고 있는 분을 저는 아직 본적이 없습니다."

그렇게 말을 해도 공사에게는 도무지 마이동풍이었다. 나는 쓸데없는 일을 가지고 시시하게 옥신각신 허튼소리로 말다툼을 하다가 쓴잔을 마시고 싶지 않았기 때문에 일찌감치

물러나왔다. 이렇게 된 것도 자네들 모두의 책임이다. 자네들이 떠들어대며 내게 이처럼 멍에를 씌워놓았고 또 나에게 감언이설로 활동을 찬미했기 때문이다. 활동이라고! 감자를 심고 말을 타고 시내에 나가서 곡식을 팔러 다니는 사람이 나보다 더 나은 일을 하는 셈이다. 만일 그렇지 않다면, 나는 지금 내가 얽매여 있는 이 노예선 속에서 십 년간은 더 뼈가 부서지도록 일을 하겠다. 그리고 이곳에서 서로 곁눈질해 가며 살펴보는 추잡한 사람들의 그 번지르르한 모습과 그 지루한 꼬락서니는 어떤가! 한 발이라도 남보다 앞서겠다고 악착같이 눈을 번쩍이며 노리고 있는 그들의 출세에 대한 야욕, 그지없이 비참하고도 한심스러운 노골적인 그 집념, 한 여인을 보기로 들어보자. 그녀는 만나는 사람에게마다 자기 집안이나 고향에 관해서 자랑을 한다. 그 말을 듣고 그녀를 잘 모르는 사람은 이렇게 생각한다. 어리석은 여자로군. 별것도 아닌 게 집안이나 고향 이야기를 마치 굉장한 것이나 되는 것처럼 자랑을 하다니. 그러나 문제는 훨씬 더 심각하다. 그녀는 바로 이 근처 출신인 어느 서기의 딸에 지나지 않는단 말이다. 정말 나는 이처럼 수치스러운 행동을 떡 먹듯이 하고 돌아다니는 뻔뻔스럽고도 지각 없는 무리들을 도저히 이해할 수 없다.

물론 나도 매일 절실하게 깨닫고 있는 터이지만, 자기 자신의 표준을 가지고 다른 사람을 판단한다는 것은 정말 어리석기 짝이 없는 노릇이다. 그리고 내겐 할 일이 태산같이 많은데다가 내 가슴도 이처럼 거세게 물결치고 있으니까. 아아, 나는 다른 사람이 무슨 짓을 하든지 상관하고 싶지 않다. 다른

사람들이 나도 내 길을 갈 수 있도록 내버려두고 아무 참견도
하지 말아주었으면 좋겠다.

　무엇보다도 내 성미에 거슬리는 것은 숙명적인 저 시민사회
의 신분이다. 물론 나도 계급의 차별이 얼마나 필요하며 또 그
것이 얼마만큼 나 자신에게 이익을 갖다주는지를 다른 사람
못지않게 잘 알고 있다. 다만 마침 내가 이 땅 위에서 비록 자
그마한 기쁨, 한 가닥의 행복이나마 맛볼 수 있는 이 순간에
그런 것으로 말미암아 방해를 받고 싶지는 않다. 최근에 나
는 산책을 갔다가 B양을 알게 되었는데 그녀는 이처럼 답답하
고 거북한 생의 한가운데서도 본래의 그 솔직한 인간성을 고
스란히 간직하고 있는 사랑스러운 아가씨였다. 우리는 이야기
를 주고받는 동안 서로 뜻이 잘 맞았다. 그리하여 나는 헤어
질 때 그녀의 집으로 찾아갈 테니 허락해 달라고 요청했고 그
녀는 아무런 거리낌없이 선뜻 허락해 주었다. 나는 방문하기
에 적당한 시기를 기다리는 것조차 참을 수 없을 지경이었다.
그녀는 이 고장 태생이 아니었고 아주머니뻘 되는 어느 부인
의 집에서 살고 있었다. 그 늙은 부인의 인상은 그리 좋지 않
았지만, 나는 최대의 경의를 표하고, 전적으로 그 부인에게 말
머리를 돌리도록 노력했다. 반시간도 채 못 돼서 나는 그 부인
의 인품과 환경 등 실정을 대략 파악할 수 있었다. B양이 나
중에 내게 고백해 준 사실이지만, 그녀의 아주머니는 연세도
많은 데다가 모든 형편이 좋지 않아서 이렇다 할 재산도 없고
신통한 재주도 없고 하여 조상의 족보 이외에는 의지할 곳이
없다는 것이었다. 그래서 대대로 전해 내려오는 지체 또는 가

문이라는 물속에 몸을 도사리는 것밖에는 숨을 곳도 없으며, 오직 낙이라곤 2층의 창문을 통해 거리에 지나가는 시민들의 얼굴을 내려다보는 것이 고작이었다. 젊었을 때는 기막히게 미인이었다는데, 그 아름다운 용모 덕분으로 그럭저럭 놀고 지내며 타고난 변덕으로 수많은 불쌍한 젊은이들을 괴롭히고 골탕 먹였다는 소문이 있었다. 중년에 이르러서는 그러나 어느 늙은 장교와 동거를 하면서 헌신적으로 봉사를 하며 얌전하게 가정에 들어앉았었다. 그 장교는 그 대가로 상당한 액수의 생활비를 지불하고 사십 대 내내 그녀의 반려가 되어서 살다가 죽었다고 한다. 이제 그 부인도 오십 고개를 넘었고 의지할 곳이 없어 혼자 살고 있다. 만일 그 조카딸이 그렇게 기특하지 않았다면 그 부인을 거들떠보는 사람조차 없었을 것이라고 한다.

1772년 1월 8일

형식적인 의례에만 모든 관심과 주의를 다 쏟고, 자나깨나 염두에 두는 일이라곤 어떻게 하면 식탁의 서열에서 한 자리라도 상좌에 끼어들 수 있는지, 몇 해를 두고 오직 그것만을 노려보고 있다니, 도대체 어떤 인간들이 그런 꼴이란 말인가! 그들이 그 밖에 할 일이 아무것도 없는 것은 아니다. 공연히 쓸데없이 사소한 일에 신경을 쓰느라고, 크고 중요한 일은 제대로 진척이 되지 않고 도리어 일들이 산더미처럼 쌓이기만

한다. 지난주에는 썰매를 타러 갔다가 언쟁이 벌어져서 모처럼의 즐거움을 잡치고 말았다.

원래 지위라는 것은 전혀 문제가 되지 않는 것이며 가장 상석을 차지하고 있다고 해서 가장 중요한 역할을 하는 경우는 아주 드물게나 있는 일인데, 그런 사실을 깨닫지 못하다니, 정말로 어리석은 친구들이다! 얼마나 많은 제왕들이 장관에게, 그리고 얼마나 많은 장관들이 비서에게 지배되고 있는가! 그렇다면 제일 상위를 차지하는 자는 과연 누구일까? 그것은 남들보다 뛰어나게 통찰을 하고 남들을 손아귀에 장악하여 스스로의 계획을 성취하기 위하여, 다른 사람들의 힘과 정열을 집중시킬 수 있을 만한 수완과 지략을 갖춘 사람이라고 나는 생각한다.

1월 20일

사랑하는 로테, 지금 나는 당신에게 편지를 쓰지 않을 수 없습니다. 나는 지금 심한 눈보라를 피해서 여기 초라한 농가의 조그마한 방 안에 들어 있습니다. 그 우울한 D시에서는 내 마음속에 아주 서먹서먹하게 느껴지는 낯선 사람들 사이를 돌아다니느라고 당신에게 소식을 전할 여유조차 없었습니다. 이제 이 비좁은 오막살이에서, 외로움과 쓸쓸함 속에 눈보라가 휘몰아치고 우박이 창문에 들이닥치는 것을 보고, 나는 무엇보다도 당신을 생각했습니다. 이 방 안에 발을 들여놓기가 무섭게 당신의 모습과 당신에 대한 생각이 내 머릿속에 떠올랐습니다. 오오, 그리운 로테, 그렇게도 거룩하게 그렇게도 따스하게 당신의 그림자가 나를 엄습한 것입니다! 아아, 처음 만났던 그때의 행복하였던 그 순간이 되살아납니다. 사랑하는 로테, 이 허탈의 물결 속에서 허우적거리고 있는 나의 꼴을 당신이 보신다면! 내 마음은 메마를 대로 메마르고, 가슴속이 벅차도록 넘치는 순간이라곤 찾아볼 수 없으며 행복한 시간은 한시도 없습니다. 아무것도, 정말 아무것도 없습니다.

나는 마치 주마등 같은 요지경 앞에 서서 작은 인간들과 어린 말들이 눈앞에서 뱅뱅 돌아다니는 것을 쳐다보며, 혹시 이것은 눈이 빚어내는 환상이 아닐까 하고 스스로 물어보기도 합니다. 나도 연극에 한몫 끼어들어 연기를 한답시고 도리어 꼭두각시처럼 농락을 당하는 것같습니다. 가끔 옆에서 연기를 해 보이는 이웃 사람의 나무로 만든 손을 붙잡고는 깜짝 놀라서 물러서기도 합니다. 저녁이 되면 다음 날 해가 떠오르는 광경을 즐기려고 마음속으로 작정하지만, 막상 아침이 되면 잠자리에서 일어나지 않습니다. 그리고 낮에는 낮대로 밤이 오면 달빛을 보고 기뻐하리라고 마음속으로 벼르지만 막상 밤이 되면 방 안에 그냥 들어앉은 채 나가지 않습니다. 뭣 때문에 내가 일어나야만 하는지, 또 왜 잠자리에 들어야 되는지, 도무지 알 수가 없습니다.

나의 삶을 발효시켜 주었던 효모가 없어져버린 것입니다. 그전에는 내 마음을 고무해 주는 자극이 있어서 깊은 밤중에도 눈이 말똥말똥하게 깨어 있도록 해 주었고 아침이 되기가 무섭게 바로 잠자리에서 일어나게 해 주었는데, 이제는 그것이 아주 사라져버렸습니다.

나는 오직 여성다운 여성 하나를 이곳에서 찾아냈습니다. 그녀는 B양이라는 아가씨로, 사랑하는 로테, 만일 어느 누가 감히 당신을 조금이라도 닮을 수 있다면 그녀가 당신과 닮았다고 하겠습니다. "어머나!" 하고 당신은 말씀하실 겁니다. "입에 발린 소리 잘도 하시네요!" 당신이 그런 말씀을 하셔도 아주 틀렸다고는 할 수 없지요. 나는 얼마 전부터 상당히 애교도 많아지고 기지도 제법 풍부해졌는데 그건 그렇게 될 수밖에 없었던 것입니다. 그래서 여자 분들이 말하기를, 나만큼 멋지게 사람을 칭찬할 줄 아는 사람도 드물다는 겁니다. (당신은 내가 거짓말도 멋지게 할 줄 안다고 덧붙일 겁니다. 그러지 않고는 순조롭게 되어나가는 일이 없으니까 말입니다. 아시겠습니까?) 나는 마침 B양에 관한 이야기를 하려는 참이었습니다. 그녀는 풍부한 마음씨를 지녔는데, 그것은 그녀의 푸른 눈동자를 보면 잘 알 수 있습니다. 그녀는 그녀의 신분이 마음의 소원을 아무것도 이뤄주지 않기 때문에 오히려 자기 신분을 짐으로 생각하고 있습니다. 그녀는 또 주위 환경의 시끄러움으로부터 벗어나기를 절실하게 고대하고 있기 때문에 우리는 곧잘 둘이서 더럽혀지지 않은 행복으로 가득 찬 시골 풍경을 머릿속에 상상하면서 오랫동안 함께 시간을 보내곤합니다.

아아, 그리고 당신에 대한 이야기도 한답니다. 그녀가 당신을 얼마나 칭송해 마지않던지. 할 수 없어서 찬탄하는 것이 아니라, 스스로 찬탄하여 마지않는 것이었습니다. 언제나 당신의 이야기를 즐거이 듣고 싶어 하였고 또 당신을 사랑하고 있습니다. 아아, 나는 아늑한 방 안에서 당신의 발치에 앉아봤으면 얼마나 좋을까 하고 생각합니다.

그리고 우리의 귀여운 아이들이 내 주위를 춤추며 빙빙 돌아주면 얼마나 즐거울까 하고 머릿속에 그려봅니다. 그러나 당신이 너무 시끄럽다고 하시면 나는 아이들을 둥그렇게 내 주위에 모아놓고 소름이 끼치는 무서운 이야기를 들려주어 그들을 달래보겠습니다.

하얀 눈으로 번쩍이는 산과 들 너머로 해는 장엄하게 지고 있습니다. 눈보라도 지나가 버렸습니다. 그리고 나는…… 다시 새장 속에 갇혀야만 하는 신세입니다. 안녕히 계십시오! 알베르트는 함께 있습니까? 어떻게 지내는지요? 이런 질문을 해서 미안합니다.

2월 8일

일주일 전부터 좋지 않은 날씨가 계속되고 있지만 차라리 내게는 그것이 잘된 셈이다. 왜냐하면 이곳에 온 다음에 아무리 쾌청한 날이라도 다른 사람 때문에 망쳐지거나 불쾌한 기분으로 지내지 않은 적은 하루도 없었기 때문이다. 그래서 비가 온다든지, 눈보라가 친다든지, 날이 추워서 얼어붙는다든지, 눈이 녹는다든지 하면 "이젠 됐다! 집에 있는 것도 바깥에 나돌아 다니는 것보다 나쁠 것이 없다. 또는 정반대로 나가건

안 나가건 다를 바 없다. 그러니까 결국 잘된 일이다." 하고 생각하는 것이다. 아침 해가 떠오르고, 날씨가 좋아지려고 하면 나는 또 이렇게 외치지 않을 수 없다. "자, 이제 그자들은 또 하늘에서 내리는 선물을 둘러싸고 서로 다투어 빼앗을 건더기가 생겼구나!" 대체로 그자들이 빼앗으려고 무자비하게 다투다가 서로 상대방을 망쳐버리지 않는 경우라곤 하나도 없다. 건강, 명성, 환희, 휴양 등, 모조리 다 그렇다고 할 수 있다. 그것도 대개는 어리석고 무식하고 마음이 좁은 데서 나온 것이며, 더구나 그자들의 말을 따르면 각자가 큰 호의를 가지고 그러고 있다는 것이다. 나는 가끔 그들 앞에 무릎을 꿇고라도 제발 그토록 미친 듯이 자기의 오장육부를 쑤시고 휘젓지 좀 말아달라고 간청을 하고 싶은 심정이다.

2월 17일

이제 공사와 나 사이는 더 이상 지속될 수 없을 듯하다. 그 인간을 나는 절대로 용납할 수가 없다. 그가 일하는 꼴이라든지 사무를 보는 모양은 우스꽝스럽기 짝이 없다. 나는 그대로 보고만 있을 수 없어서 반대를 하고 내 판단과 방식에 따라서 일을 처리할 때가 자주 있다. 그것이 그의 성미에 거슬리는 것은 말할 나위도 없지. 그는 최근 나에 대한 불평을 궁정에까지 호소했다. 그래서 나는 장관으로부터 견책을 받았는데 가볍기는 하지만 견책임에는 틀림없다. 나는 사직서를 내려고 결심했는데, 그때 마침 그 장관으로부터 개인적인 편지[22]를 받았다. 나는 그 편지 앞에 저절로 무릎을 꿇었으며 그 숭고하고 현명한 마음씨에 고개 숙이지 않을 수 없었다. 장관은 나의 지나치게 예민한 감수성을 훈계하는 한편, 활동이라든지 다른 사람에 대한 영향, 업무에 철저한 점 등에 관한 나의 과격한 이념을 젊은이의 훌륭한 기개라고 높이 평가하고, 그것을 근절시키지 말고 다만 완화시켜서 그것이 진정으로 진가를 발휘함으로써 힘찬 활동과 아울러 눈부신 성과를 거둘 수 있도록 선도하라고 권고하였다. 그분의 덕택으로 나도 일주일 동안 원기를 회복하고 기분을 가라앉힐 수 있었다. 마음의 안정이란 퍽 귀중한 것이며, 자기 자신에 대한 기쁨이기도 하다. 사랑하는 친구여, 다만 이처럼 아름답고 값비싼 보석이 그렇게 부서지기 쉬운 것만 아니라면 얼마나 좋겠는가.

2월 20일

신께서 내가 사랑해 마지않는 그대들을 축복하시고, 내게 베풀어주시지 않았던 좋은 나날을 그대들에게 내려주시기를!

알베르트, 당신이 나를 감쪽같이 속인 점에 대해서 나는

---

22) 이 훌륭한 인물에 대한 존경심에서 여기 언급된 편지와 나중에 또 언급되는 다른 한 통의 편지는 이 서한집에 수록하지 않기로 했습니다. 독자들께서 아무리 따뜻하게 감사하는 마음으로 받아들여 주신다 해도 그처럼 지나친 행동은 용서받을 수 없다고 생각하기 때문입니다(원주).

당신에게 감사하오. 나는 당신들의 결혼식 날짜가 언제가 될지 그 통지가 오기를 기다리고 있었소. 그날이 오면 내가 그린 로테의 실루엣을 엄숙하게 벽에서 떼어, 그것을 다른 서류 속에다 집어넣어 버리려고 생각하고 있었던 것이오. 그런데, 이제 당신네들이 한 쌍의 부부가 되었는데, 로테의 그림은 아직도 그냥 벽에 걸려 있다오! 이제 그 실루엣을 떼어내지 않고 그대로 걸어두기로 하겠소! 그래서 안 될 것도 없을 것이오. 그렇지, 나 역시 당신들 곁에 있는 것이오. 당신에게 폐를 끼치지 않고 나는 로테의 마음속에 깃들여 있는 것이오. 그뿐만 아니라 나는 로테의 마음속에서 두 번째 자리를 차지하고 있다고 할 수 있소. 나는 그 자리를 간직하려고 하며 또 간직해야만 되겠소. 만일 로테가 나를 잊어버리는 일이라도 있다면, 나는 미치고 말 것이오. 알베르트, 이런 생각 속에는 지옥이 도사리고 있소. 알베르트, 잘 있어요! 하늘의 천사여! 로테여, 부디 안녕!

3월 15일

나는 여기서 불쾌한 일을 당했기 때문에 아마도 이곳을 떠나야만 할 것 같다. 나는 원통해서 이를 갈고 있다! 제기랄! 이 불쾌감은 도저히 가실 길이 없다. 이렇게 된 것도 그 책임은 당신들에게 있다. 나를 선동하고 억지로 권하고 귀찮게 졸라대어 마음에도 없던 자리에 취직하도록 만든 것은 바로 당신들이었으니 말이다. 이제는 예측한 대로 끝장이 나버린 셈이다. 나도 그렇고, 당신들도 역시 마찬가지지! 나의 과격한 이념이 모든 일을 망쳐버리는 원인이 되었다고 당신들이 두 번다시 말하지 못하도록, 사랑하는 친구여, 나는 여기에 솔직하고도 간결한, 마치 연대기를 기록한 듯한 이야기 하나를 피력하겠다.

C백작이 나를 좋아하고 또 각별히 두둔해 준다는 것은 누구나 다 아는 사실이고, 이제까지 벌써 몇 백 번이나 이야기해 왔던 일이다. 어제저녁에 나는 그 백작댁 만찬에 초대를 받아서 갔었는데, 마침 상류계급의 신사 숙녀 들이 그 자리에 모이게 되어 있었다. 나로서는 그걸 알 길이 없었고 꿈에도 생각지 못했기 때문에 우리 같은 말단 공무원이 감히 그 속에 끼어들 수 없다는 사실도 미처 머리에 떠오르지 않았던 것이다. 요컨대 나는 백작과 함께 식사를 했으며, 식사가 끝나자 우리는 큰 홀 안을 이리저리 왔다 갔다 하면서 백작과 대화를 나누기도 하고, 마침 그곳에 왔던 B대령과도 이야기를 했다. 그러는 동안에 파티 시간이 다가왔다. 그런데 나는 전혀 아무런 눈치도 채지를 못했다. 거기에 굉장히 점잔을 빼는 S부인이 남편과 잘 부화된 거위 새끼 같은 딸, 그 납작한 가슴패기에다 값비싼 코르셋을 두른 딸을 거느리고 나타났다. 이 세 사람은 지나가면서, 조상으로부터 대대로 물려받은 그 거만스러운 귀족의 눈짓과 벌렁거리는 콧구멍을 보여주었다. 나는 이런 족속들을 지긋지긋하게 싫어했기 때문에 물러갈 작정을 하고, 백작의 부질없이 수다스러운 잔소리에서 풀려날 때만을 기다

리고 있었다. 그때 마침 내가 아는 B양이 들어왔다. 나는 그녀를 만나면 언제나 약간 가슴이 후련해지기 때문에 그대로 머무르기로 하고 그녀의 의자 뒤로 가서 섰다. 그런데 조금 시간이 지난 다음에 눈치 챈 사실인데 B양은 평소처럼 거리낌없는 태도가 아니고 어쩐지 당황한 빛을 보였다. 나는 그것을 이상스럽게 여겼고 '그녀 역시 다른 사람과 다를 바가 없구나!' 하는 생각이 들어 가슴을 에는 듯 화가 치밀어올라 바로 뛰쳐나오려고 했다. 그렇지만 나는 그대로 참고 머뭇거리고 있었다. 그것은 그녀에 대한 나의 오해를 풀고 싶었고, 또 그녀가 진심으로 그렇지는 않으리라고 생각했기 때문이었으며, 혹시나 그녀에게서 다정스러운 말 한 마디라도 들어볼 수 있을까 하는 기대가 있었기 때문이기도 했다. 그러는 동안 손님들이 많이 모여들었지. 프란츠 1세의 대관식 때부터 내려오는 의상을 몸에 걸친 F남작, 여기서 그 직책상 사회적 지위를 고려해서 귀족과 대등한 칭호로 불리고 있는 궁중 고문관 R과, 그의 귀머거리 부인, 그 밖에도 고대 프랑켄식 케케묵은 의상의 헐어서 떨어진 부분을 최신 유행의 천으로 꿰매고 기워 입은 허술한 옷차림의 J도 빼놓을 수 없을 것이다. 이런 사람들이 구름처럼 떼를 지어 몰려왔다. 나는 이미 낯이 익은 몇 사람과 이야기를 나눴는데, 이상스럽게도 모두들 아주 입이 무거웠다. 나는 의아하게 여기면서 오직 B양에게만 신경을 쓰고 있었다. 그래서 나는 눈치조차 채지 못하고 있었는데 홀 안 구석에서 여자들이 서로 귀에다 대고 소곤거렸으며, 그것이 남자들에게도 전해지고, 드디어 S부인은 백작에게 이야기를 했다. 이것은 모두 나중에 B양이 나에게 들려주었던 바이다. 마지막으로 백작이 나에게로 다가오더니, 나를 창문 옆으로 데리고 갔다. "당신도 이미 알고 있겠지만," 하고 백작은 말을 꺼냈다. "우리 모임의 관습은 정말 이상스러워서, 당신이 여기 있는 것이 모두들 불만인 것 같아요. 나 자신은 결코……." "각하." 하고 나는 이야기를 가로막았다. "대단히 죄송합니다. 진작 눈치 챘어야 될 걸 그랬습니다. 그러나 각하께서 이런 실수를 용서해 주실 것이라고 믿습니다. 벌써 아까부터 물러가려고 벼르고 있었으면서도 그만 귀신에게 붙들려서 이러고 있었습니다." 나는 미소를 지으면서 그렇게 덧붙여 말했고 허리를 굽혀 인사를 했다. 백작은 나의 두 손을 덥석 잡았는데, 거기에는 모든 것을 이야기하려는 듯한 풍부한 감정이 담겨 있었다. 나는 그 높은 양반들의 모임에서 살짝 빠져나와 이륜마차를 타고 그곳을 떠나서 M이란 곳으로 달렸다. 그리고 그 언덕 위에서 서산에 해가 지는 광경을 바라보며 내가 좋아하는 호메로스의 책을 펼치고, 오디세우스가 고상한 돼지 목동들의 대접을 받는, 아주 멋진 구절을 읽었다. 그 구절은 모두 훌륭했고 내 마음에 쏙 들었다.

저녁때 나는 식사를 하려고 식당으로 돌아왔는데, 아직도 그곳에는 몇 사람이 남아 있었다. 식당 한구석에서는 사람들이 식탁보를 뒤집어 놓고 주사위를 던지고 있더군. 그때 정직한 아델린이 들어오더니 모자를 내려놓으면서 나를 쳐다보았다. 그러고는 곧장 다가와 낮은 목소리로 말을 걸었다. "창피를 당했다고요?" "내가 말인가요?" 하고 나는 되물었다. "백작이 당신을 모임에서 내쫓았다고 하던데요." "파티 같은 건 지긋지긋해졌어요!" 하고 나는 말했다. "바깥으로 나와 신선한 바람을 쐬었더니 가슴이 후련해졌어요." "그러면 다행이군요." 하고 그는 말했다. "별로 대수롭게 여기지 않으니 천만다행이군요. 그렇지만 벌써 어딜 가나 소문이 자자하게 퍼졌으니 불쾌하기 짝이 없어요." 나는 그 이야기를 듣고서 비로소 가슴속에 은근히 울화가 치밀기 시작했다. 그러고 보니 식사를 하러 와서 나를 바라보던 놈들은 모조리 그것 때문에 나를 유심히 쳐다보았구나 하고 생각하니 분통이 터지고 피가 끓었다.

그뿐만 아니라, 오늘은 내가 가는 곳마다 사람들이 나를 딱하게 여기지 않겠는가. 나를 시기하는 사람들이 더욱 신이 나서 '약간 머리가 좋다고 우쭐해 가지고 지체나 관습 같은 걸 무시하고 건방지게 굴더니 결국 다시 저런 꼬락서니가 되어버리지 않았겠어.'라는 등 차마 입에 담을 수 없는 험담을 하는 소리가 귀에 들려오니 나 스스로 가슴에 칼을 찔러버리고 싶은 심정이다. '남이 무어라고 하든지 간에 태연자약한 태도를 취하면 된다.'고 사람들은 말하지만 이 악당들이 다른 사람의 약점을 기화로 하여, 이러쿵저러쿵 비난하는 소리를 꾹 참고 듣고만 있을 수 있는 사람이 있다면 정말 만나보고 싶다. 그들이 떠들어대는 소리가 전혀 근거 없는 이야기라면, 들은 체 만 체 흘려버릴 수도 있겠지만.

3월 16일

나는 모든 일에 쫓기듯 초조하기 이를 데 없다. 오늘 가로
수 길에서 B양을 만났는데, 나는 참을 수가 없어서 그녀에게
말을 걸었다. 그리고 동행하던 사람들에게서 좀 떨어져서 단
둘만 남았을 때 전날의 그녀의 태도에 대한 나의 불만을 털어
놓았다. "아아, 베르테르 씨." 하고 그녀는 자못 정다운 말투
로 이야기를 끄집어냈다. "선생님은 제 마음을 알고 계시면서
제가 당황한 것을 그렇게 해석하실 수 있어요? 홀 안에 들어
섰을 때부터 선생님 때문에 전 얼마나 괴로웠는지 몰라요! 저
는 미리부터 모든 것을 짐작하고 있었지요. 선생님에게 그 이
야기를 모조리 털어놓을까 하고, 혀끝까지 말이 나올 뻔했어
요. S부인이나 T부인이 선생님과 함께 앉아 있는 것보다는 차
라리 남편들과 같이 나가버리려고 했던 것과 백작도 이분들과
사이가 벌어져서는 안 된다는 것도, 저는 다 알고 있었지요.
그리고 드디어 이런 소란까지 벌어지다니!" "뭐라고요? 아가
씨!" 나는 놀라움을 애써 감추며 말했다. 그저께 아델린이 내
게 귀띔했던 모든 이야기가, 이 순간에 마치 펄펄 끓는 물처럼
혈관 속에서 역류하는 것이었다. "저도 그때부터 얼마나 괴로
웠는지 모르겠어요!" 하고 B양은 말했다. 상냥한 그녀의 눈에
는 눈물까지 글썽거렸다. 나는 스스로를 더 억제할 수가 없어
서 그녀의 발치에 몸을 내던질 지경이었다. "똑똑히 이야기해
주세요." 하고 나는 외쳤다. 그녀의 볼을 따라 두 줄기의 눈
물이 흘러내렸다. 나는 넋을 잃고 어리둥절했다. 그녀는 눈물

을 감추지 않고 닦으면서 이렇게 말을 시작했다. "저의 아주머니를 아시지요? 그분도 그 자리에 계셨는데 어떤 모양으로 그 광경을 목격하셨는지 아세요! 베르테르 씨, 저는 어제 밤새도록 잔소리를 꾹 참고 견디어야만 했고, 오늘 아침에도 선생님과 교제하는 것에 관해서 설교를 들었어요. 저는 선생님께서 체면이 깎이고 모욕당하는 것을 말없이 듣고만 있어야 했고, 저로서는 마음속으로 생각했던 절반도 선생님을 변호할 수가 없었으며, 변호가 허용되지도 않았어요."

그녀가 말하는 한 마디 한 마디가 마치 칼로 내 가슴을 찌르는 것 같았다. 내게 숫제 말도 하지 않는 것이 얼마나 자비로운 일인지를 그녀는 깨닫지 못했던 것 같다. 게다가 그녀는 이런 말까지 덧붙였다. 이제 앞으로 무슨 소문이 더 퍼질지 모릅니다. 이런 사람들이 신이 나서 떠들어댈 것입니다. 그리고 또 다른 사람들에 대한 당신의 거만하고 안하무인인 태도에 관해서는 전부터 비난이 자자했는데, 이제 그 보복을 받게 된 것이라고 모두들 얼마나 고소하게 생각하고 좋아들 하겠어요, 등등. 빌헬름, 그녀가 이런 이야기를 진심으로 동정 어린 목소리로 말하는 것을 듣고서 나는 한 대 얻어맞은 것처럼 녹초가 되어버렸다. 내 마음은 지금까지도 미칠 듯이 들끓고 있다. 차라리 누구든지 대담하게 나를 맞대놓고 비난해 주었으면, 그 자의 가슴에다 칼을 꽂아줄 수도 있을 것인데. 피를 보면 가슴도 후련해지고, 기분도 가라앉을 것 같은데. 나는 몇 번이나 내 손에 칼을 쥐고, 숨 막히도록 답답한 이 가슴에다 구멍을 뚫어버리겠다고 마음을 먹었던가! 귀한 혈통의 말은 무섭게 몰아대서 흥분하게 되면 본능적으로 스스로 혈관을 물어 뜯어 숨을 돌린다는 이야기를 들었다. 나도 역시 스스로 혈관을 끊어서 영원한 자유를 얻고 싶은 생각이 간절하다.

3월 24일

나는 궁정에 사직원을 냈는데, 아마도 수리될 것이다. 미리 그대들의 허락을 받지 못한 점에 대해선 용서해 주리라고 생각한다. 아무튼 나는 이곳을 떠날 수밖에 없는데, 나보고 여기 더 머물러 있으라고 권고하는 그대들의 심정을 나도 모르는 바는 아니다. 그리고 우리 어머니에게는 아무쪼록 완곡하게 말씀드려 주게. 나는 스스로의 일조차 처리해 나가지 못하는 형편이니까. 어머니는 내가 설사 어머니를 보살펴드리지 못한다고 하더라도 용서해 주실 것이다. 물론 어머니는 슬퍼하실 테지. 추밀고문관이나 공사를 목표로 삼아, 어머니의 아들이 씩씩하게 내디딘 눈부신 인생 행로가 느닷없이 중단되어 마치 말을 몰고 마굿간으로 되돌아온 격이 되어버렸으니! 좌우간 좋도록 생각하고 선처해 주기 바란다. 여러 가지 경우를 종합해서 이렇게 했더라면 내가 유임할 수 있었겠다든가 마음대로 이야기해도 좋다. 여하튼 나는 떠날 것이다. 과연 내가 어디로 갈 것인지, 그대들이 궁금하게 생각할 것 같아서 말해 두는데 이곳에는 모(某) 공작이라는 분이 있다. 그분은 나하고 교제하는 것을 퍽 흥미로워 하신다. 그분은 내가 의도하는

바를 듣고서 함께 자기의 장원으로 가서 아름다운 봄을 즐기
자고 권유하는 것이었다. 그분은 모든 것을 전적으로 내가 하
고 싶은 대로 하게 내버려두겠다고 약속했고, 그분과 나는 어
느 정도까지는 서로 이해할 수 있는 사이기 때문에, 나는 그
저 행운만을 바라면서 그분과 함께 가기로 하였다.

4월 19일

자네 편지 두 통을 고맙게 받았다. 내가 답장을 보내지 않
은 것은, 궁정으로부터 내 사직원에 대한 허가가 내릴 때까지
이 편지를 부치지 않고 보류해 두었기 때문이다. 나는 어머니
께서 장관에게 청탁을 해서 내 계획을 방해하시지나 않을까
두려웠다. 그러나 이제 일은 처리되었고, 나의 사직원에 대한
허가가 나왔다. 그러나 내게 보내온 장관의 편지가 어떤 내용
의 것이었는지, 그것에 관해선 그대들에게 알리고 싶지 않다.
이야기를 하면 그대들은 새삼 슬픔과 낙담 속에서 넋두리를
늘어놓을 테니까 말이다. 황태자께서는 석별금(惜別金)의 명
목으로 25두카텐의 돈과 석별의 말씀을 보내주셨다. 나는 그
말씀을 듣고서 감격한 나머지 눈물을 금할 길이 없었다. 따라
서 일전에 내가 어머니께 보내달라고 부탁드렸던 돈은 이제
필요가 없어졌다.

5월 5일

나는 내일 이곳을 떠난다. 마침 내가 태어난 곳이 지나가는 길목에서 10킬로미터밖에 떨어져 있지 않기 때문에 오래간만에 그곳에 들러볼까 생각한다. 그리고 행복한 꿈속에서 흘러간 옛날을 추억 속에 더듬어볼 작정이다. 나는 그 고장의 성문을 통해서 들어갈 것이다. 아버지가 돌아가셨을 때, 어머니는 나를 데리고 마차를 타고 성문 밖으로 나오셨으며, 정든 고장을 버리고 지금의 이 견딜 수 없는 도시에서 웅크리고 살게 된 것이다. 그러면 잘 있게, 빌헬름. 여행 도중에 또 소식을 전하겠네.

5월 9일

순례자의 경건한 마음가짐으로 나는 고향 방문을 끝마쳤다. 온갖 뜻하지 않았던 감회가 나를 사로잡았다. S마을로 향해서 시내로부터 십오 분쯤 걸리는 교외의 지점에는 큼직한 보리수 한 그루가 서 있다. 나는 그 근처에서 우편 마차를 세우게 하고 내렸다. 마차는 먼저 돌아가도록 보냈다. 천천히 걸어가면서 새로운 기분으로 하나하나 추억을 마음껏 더듬어 생생하게 되새겨 보고 싶었던 것이다. 그 옛날 어렸을 때, 내 산책의 목적지이자 한계선이었던 그 지점, 이제 나는 그 나무 밑에 다시 서게 되었다. 그것은 지금 얼마나 많이 변했는지 모른다! 그 당시 나는 철없이 그저 행복에 잠겨서 알 수 없는 세계를 무척 그리워했지. 그리고 그 미지의 세계로 들어가기만 하면, 동경하며 갈구하는 이 내 가슴을 가득히 채워주는 수많은 마음의 양식과 기쁨을 담뿍 얻을 수 있으리라고 기대했던 것이다. 그런데 이제 나는 넓은 세상에서 되돌아왔다. 아아, 나의 친구여, 얼마나 많은 희망이 산산이 부서지고, 또 얼마나 많은 계획이 깨어져버렸는가! 눈앞에 내다보이는 것은 왕년에 그다지도 여러 차례 내 많은 소원을 걸었던 산들이었다. 나는 그 당시 몇 시간이고 이곳에 앉아서 아득한 그 산들을 그리워하며, 그다지도 정다운 모습으로 몽롱하니 내 눈에 비치고 있는 그 숲이나 골짜기들을 절실한 마음으로 넋을 잃고 바라보았다. 이윽고 예정된 시간이 다 되어서, 집으로 돌아가야 했을 때, 얼마나 나는 이 정든 자리를 떠나기 싫었던가! 시내가 가까워지면서, 아직도 기억에 남아 있는 낡은 별장들이 정다워서 나는 일일이 알은체하고 지나갔다. 그러나 새로 지은 집들은 마음에 들지 않았다. 내가 모르는 사이에 고쳐 지은 집들과 그 밖에 달라진 것은 모두 내 눈에 거슬리더군. 나는 성문을 지나서 시내로 들어서자마자, 옛날의 나 자신으로 되돌아간 것을 깨달았다. 사랑하는 친구여, 여기서 나는 자네에게 너무 세세한 이야기까지 늘어놓고 싶진 않다. 그것이 나에게 매력적인 것이긴 하나 막상 이야기로 옮겨놓으면 아주 단조로워질 테니까. 나는 장거리에 있는 우리 옛집 바로 옆에 숙소를 정하기로 작정했다. 그쪽으로 걸어가면서 알게 된 사실이지만 당시 지나치게 엄격한 노부인이 나이 어린 우리를 가두어두었던 교실은 지금 잡화 상점으로 변해 있더군. 그 굴 속 같은 곳에서 참고 견디어내야만 했던, 그 당시의 불안한 마음과 눈물, 답답한 감정과 괴로움이 다시금 기억 속에 되살아났다. 발길을 한 걸음 옮겨놓을 때마다 나는 매번 기이한 기분에 사로잡혔다. 성지를 돌아다니는 순례자라 할지라도 종교적 추억이 담긴 고적들과 이렇게까지 많이 마주치는 일은 없을 것이다. 또 이렇게까지 성스러운 감동으로 그의 마음이 넘쳐흐르는 일도 흔치는 않을 것이다. 이야기를 하자면 한이 없지만, 한 가지만 더 해보겠네. 나는 강을 끼고 어떤 저택이 있는 곳까지 내려갔지. 그것은 내가 전에 아주 즐겨 걸었던 길이었다. 또 그곳은 우리가 어렸을 때, 납작한 돌멩이로 물수제비 멀리 뜨기를 연습했던 장소였다. 지금도 생생하게 기억나는 것은 내가 종종 이 자리에 서서 흘러가는 물길을 바라보며 또 이상스러운 예감에 사로잡히면서 흐르는 물살을 뒤쫓았던 일이다. 물이 흐르면서 지나가는 여러 나라들은 얼마나 신비한 세계일까 하고 머릿속에 혼자서 그려보았다! 바로 상상력의 한계에 부딪혀도, 생각만은 자꾸만 앞으로 달려가서 나중에도 눈에 보이지 않는 아득히 먼 곳을 헤매다가 마침내 넋을 잃고 말았다. 정말이지, 나의 친구여, 우리의 훌륭한 조상들은 그처럼 제한된 지식을 가지고 협소한 세계 안에 살았으면서도 그렇게 행복했던 것이다! 그들의 감정, 그들의 문학은 한없이 천진난만하지 않았던가! 오디세우스가 광대무변한 바다라든가 무궁한 대지에 관해서 말했을 때, 그 말은 정말로 진실하고 인간적이며 은근할 뿐 아니라 신비로 가득 차기까지 했었

다. 지금은 내가 초등학교 어린이와 함께 어울려서 지구는 둥글다고 흉내를 내서 말해 보았댔자 그런 것이 무슨 소용이랴? 인간이란 지상에서 삶을 즐기기 위해서 약간의 흙덩이만 있으면 되며, 지하에서 잠들기 위해서는 더욱 적은 흙만으로도 충분하다.

지금 나는 이곳 공작 댁의 수렵관에 와 있다. 공작과는 아주 기분 좋게 지낼 수 있을 것 같다. 그분은 진실하고 소박한 성격의 소유자다. 이상스러운 사람들이 공작을 둘러싸고 있는데, 나는 도무지 그들의 정체가 무엇인지 알 수가 없다. 악당들이라고는 생각되지 않지만, 그렇다고 성실한 사람 같아 보이지도 않는다. 더구나 내가 유감으로 생각하는 일은 공작이란 분이 다른 사람의 이야기를 듣거나 다른 사람의 글을 읽은 데 지나지 않는 일을 곧잘 이야기한다는 점이다. 그것도 다른 사람한테 들은 그대로 그 관점에서 이야기한다는 점이다.

그분은 그뿐 아니라, 내 마음보다는 내 지성과 재능을 더 높이 평가하고 있다. 하지만 내게는 내 마음만이 유일한 자랑거리이며, 오직 그것만이 모든 것의 원천, 즉 모든 힘과 행복과 불행의 원인이다. 아아, 내가 알고 있는 지식은 누구나 다 알 수 있다. 그러나 나의 마음은 나 혼자만의 것이다.

5월 25일

나는 어떤 생각을 가지고 있었는데, 그것이 실현될 때까지는 아무에게도 말하지 않으려고 했다. 하지만 그것이 좌절되어 버린 이 마당에 와서는 아무래도 상관없게 되었다. 나는 전쟁터로 나가려 했던 것이다. 나는 이 계획을 오랫동안 가슴에 품고 있었다. 공작을 따라 여기까지 온 것도, 실은 그 때문이었다. 공작은 모처에 근무하는 장군이다. 나는 산책 도중에 나의 계획을 그분에게 털어놓았는데, 그분은 나를 만류했다. 내 마음속에 움트고 있었던 것은 정열이라기보다 오히려 변덕이었는지도 모르겠다. 만약 정열뿐이었다면 그분이 내세우는 이유에 귀를 기울이지 않았을 테니까.

6월 11일

자네가 무엇이라고 말하든 나는 여기에 더 오래 머무를 수 없다. 도대체 여기서 어쩌란 말인가? 그저 내게는 시간이 지루할 뿐이다. 공작은 될 수 있는 대로 나를 정성껏 후대해 주고 있다. 그러나 나는 이곳에 안주할 수가 없다. 따지고 보면 우리 두 사람 사이에는 아무런 공통점도 없다. 그는 이지적인 인간, 그것도 아주 평범한 이지의 사람이다. 그 사람과의 교제는 잘 쓰인 책을 읽는 이상의 흥미를 자아내지 못한다. 앞으로 일주일만 더 체류하고 다시 정처 없는 방랑의 길을 떠날 예정이다. 내가 여기서 할 수 있었던 가장 보람 있는 일은 그림을 그리는 것이었다. 공작은 예술에 대한 예민한 감각을 가지고 있다. 그래서 만약 그가 현학적인 성격과 속된 학술에 얽매이지만 않았던들 예술을 더욱 강렬하게 느낄 수 있었을지도 모른다. 가끔 나는 이가 갈릴 때가 있다. 내가 상상력을 발휘하여 그를 이끌고 자연과 예술의 세계 여기저기를 돌아다니는데, 그는 판에 박은 술어들을 휘둘러서 단번에 문제를 깨끗이 해결할 수 있다고 생각하기 때문이다.

6월 16일

그렇고말고. 나는 단지 한 사람의 나그네에 지나지 않지. 이 지상에서의 일개 순례자 말이다. 자네들이라고 해서 그 이상의 존재라고 할 수 있을까?

6월 18일

내가 어디로 가려느냐고? 자네에게만은 은밀하게 고백해 두겠다. 그래도 앞으로 2주일은 여기 머물러야 되겠다. 그 후에 ○○의 광산을 방문하려고 마음 먹고 있지만 그것은 단지 구실에 지나지 않고, 사실은 그저 로테의 곁으로 다시 돌아가고 싶을 뿐이다. 그것이 전부다. 나는 스스로의 마음을 비웃으면서도 그 마음에 따라 행동하고 있는 것이다.

7월 29일

아니, 그럼 됐어. 모든 것이 괜찮아! 내가 그녀의 남편이라면! 아아 신이여, 저를 만들어내신 당신이 그런 기쁨을 내게 마련해 주셨다면, 저는 평생 쉬지도 않고 기도를 올렸을 것입니다. 저는 항의하는 것은 아닙니다. 제가 이렇게 시름에 빠져 눈물을 흘리는 것을 용서해 주십시오. 저의 이런 부질없는 소원을 용서해 주십시오! 그녀가 나의 아내라면! 이 세상에서 가장 사랑하는 그녀를 내 품에 꼭 껴안을 수 있다면……. 알베르트가 그녀의 날씬한 몸을 껴안고 있다고 생각하면, 빌헬름, 나는 온몸이 오싹해지는 것 같다.

그런데 내가 이런 말을 해도 괜찮을까? 이런 말을 해서 안될 것이 또 어디 있겠는가, 빌헬름! 그녀는 알베르트보다 나와 결혼했더라면 더 행복해졌으리라고 생각한다. 그렇지, 알베르트는 그녀가 마음속에 품고 있는 은근한 소원을 남김없이 풀어줄 만한 그런 인물은 아니다. 감수성에 일종의 결함이 있지. 결함이라, 그 해석은 자네의 자유지만, 똑같은 느낌으로 가슴이 뛰는 그런 마음의 공감이라는 것이 알베르트에게는 없단 말이다. 함께 좋아하는 책을 읽으면서 내 마음과 로테의 마음이 하나로 마주칠 그런 대목에서도, 그 밖에 수많은 여러 사건에서 제삼자의 어떤 행위에 우리가 감동하여 탄성을 지르지 않을 수 없는 경우에도, 그는 동요하지 않는다. 사랑하는 빌헬름, 그럼에도 그는 그녀를 진심으로 사랑하고 있다. 그만한 사랑이면 어떤 보답인들 못 받을까!

참을 수 없는 인간이 찾아와서 훼방을 하였다. 나의 눈물은 말라버렸고 기분도 산란해졌다. 잘 있게나, 사랑하는 친구!

8월 4일

나 혼자만이 이런 꼴을 당하는 것은 아니다. 인간이면 누구나 희망에 속게 되며 만사는 기대에 어긋나게 마련이다. 나는 보리수 아래 사는 그 마음씨 좋은 아주머니를 찾아갔다. 맏아들 녀석이 뛰어나와 나를 맞이해 주었다. 그 애가 반기며 소리 지르는 바람에 모친도 달려나왔지. 겉으로 보기에 몹시 초췌하더군. "선생님, 어떻게 하면 좋아요. 우리 한스가 죽어버렸어요."

이것이 그녀의 첫마디였다. 한스란 그녀의 막내둥이였지. 나는 잠자코 있었다. "그리고 바깥양반도." 하고 그녀는 말을 이었다. "스위스에서 돌아오긴 했지만 아무 소득이 없어서 인심 좋은 분들이 도와 주지 않았던들 구걸까지 할 뻔했대요. 글쎄, 도중에서 열병에 걸렸다는군요." 나는 아무 말도 할 수가 없어서, 어린아이에게 약간의 돈을 쥐여주었다. 그러자 사과라도 몇 개 들라고 권하기에, 나는 그것을 받아 들고, 그 슬픈 추억의 장소를 떠났다.

8월 21일

내 마음은 손바닥을 뒤집듯이 돌변하기가 일쑤다. 아아, 오직 한 순간에 불과하지만 다시 인생의 즐거운 광경이 훤히 밝아오려는 듯싶기도 하다. 이런 말을 한 것은 가끔 내가 몽상에 잠겨 있노라면, 나는 생각지 않으려 해도 얼떨결에, 만일 알베르트가 죽으면 어떻게 될까? 아마 그녀와, 필경 그녀는…… 하고 생각하고 마는 것이다. 그리고 나는 그런 공상을 계속 뒤쫓아서 심연의 가장자리까지 와서는 몸부림치면서 뒷걸음치곤 한다.

내가 로테를 무도회에 데리고 가기 위해 마차를 타고 성문을 나와서 처음으로 지났던 길을 걸어가노라니, 그새 모든 것이 얼마나 변했는지! 모든 것은 지나가 버렸다! 그 옛날의 흔적은 찾아볼 길이 없고, 흘러간 그 당시의 감정의 고동은 흔적조차 없었다. 마치 왕년에 전성기를 자랑하던 영주가 성을 쌓고 호화찬란하게 꾸며놓았다가 임종에 이르러 사랑하는 자기 아들에게 안심하고 물려주었는데, 망령이 되어서 그 성터에 다시 돌아와 다 타버리고 폐허가 되어버린 성을 본 것 같은 그런 느낌이다.

9월 3일

때때로 나는 이해할 수가 없다. 내가 이다지도 외곬으로 그녀만을 진심으로 사랑하고 있는데, 어떻게 그녀가 다른 사람을 사랑할 수 있는지, 다른 사람을 사랑해도 되는 건지, 도무지 알 수가 없다. 나는 그녀 외에는 아무것도, 아무도 모르고, 또 그녀를 제외하고는 아무것도 가진 것이 없는데!

9월 4일

그렇다, 그런 것이다. 계절이 가을로 접어들자 나의 마음도 나의 주변도 가을다워지고 있다. '나'라는 나뭇잎은 누렇게 물들고, 근방의 나뭇잎들은 벌써 떨어지고 말았다. 언젠가 내가 이곳에 왔을 때, 어떤 농가의 젊은 머슴에 대해서 자네한테 써 보낸 적이 있었지. 이번에도 나는 발하임에서 그 사람에 대해 수소문해 보았다. 그는 일하던 집에서 쫓겨났으며, 그밖의 소식은 아무도 모른다고 하더군. 그런데 어제 나는 다른 마을로 가는 길에 우연히 그를 만났다. 내가 말을 걸자 그는 자기 신상에 대한 이야기를 했는데, 나는 거기서 이중 삼중으로 감동을 받았다. 자네에게 그 이야기를 전한다면 자네도 곧 납득이 갈 것이다. 그러나 이 모든 일을 이야기해 봤자 무슨 소용이 있겠나? 무엇 때문에 자기를 불안하게 하고 한없이 괴롭히는 일을 꾹 참고 가슴속에 간직해 두지 않는 것일까? 왜 자네에게까지 걱정을 끼치는 것일까? 무엇 때문에 항상 나를 불쌍히 여기고 책망할 수 있는 기회를 자네에게 주는 것일까? 좋다, 이것도 아마 내 운명에 속하는 것일 테지!

처음에 그 젊은이는 약간 겁을 먹은 듯 슬픈 표정으로 내 질문에 대답을 했다. 그러나 곧 나라는 인간이 어떤 사람인지 깨달은 듯 전보다도 더 솔직하게 자기의 과오를 고백하고 불행한 처지를 하소연했다. 그의 말 한 마디 한 마디를 자네의 판단에 맡겨도 좋으리라고 생각한다. 그는 이렇게 고백하더군. 아니, 오히려 추억을 즐기는 일종의 쾌감과 행복감을 가지고 이야기했다는 편이 옳을 것이다. 주인 여자를 사모하는 정열은 날이 갈수록 그의 가슴속에서 불타올라 나중에는 자기가 무슨 짓을 하고 있는지 알지 못할 지경에 이르렀는데, 그의 말을 빌리면 어느 쪽으로 고개를 돌려야 할지 모르게까지 되었다는 것이다. 먹을 수도 마실 수도 잘 수도 없었다는 것이지. 목이 꽉 막히고 말았다는 거지. 해서는 안 될 일을 하게 되고, 하라고 한 일은 잊어버렸다는 것이다. 마치 마귀에게 쫓기는 듯한 기분으로 결국 어느 날, 그 여주인이 위층 방에 혼자 있는 것을 알고 뒤쫓아 갔었다는군. 아니 오히려 그쪽으로 끌려갔다고 하는 표현이 맞을 것이다. 그리고 그녀가 자기의 청을 들어주지 않자, 폭력으로 그녀를 정복하려고 했다는 거야. 그는 어떻게 해서 그렇게 되었는지 자기도 몰랐다고 했다. 여주인에 대한 자기의 생각은 언제나 진지한 것이었고, 또 무엇보다 갈망하던 것은 단지 여주인이 자기와 결혼해서 자기와 평생을 함께 지내주었으면 하는 생각뿐이었다는 것은 신을 증인으로 내세워도 좋다고 했다. 그 젊은이는 잠시 이야기를 계속하더니 아직 못 다한 말이 많지만 말문이 막혀서 말이 잘 안 나오는 듯 더듬거리기 시작했다. 그러나 마침내 수줍어하면서, 그 여주인이 자기의 조그마한 정의 표시를 기꺼이 받아 주었고, 그뿐 아니라, 자기가 그녀 옆으로 가까이 가는 것까지도 허락해 주었다고 고백했다. 그는 이렇게 말하는 동안 두세 번이나 이야기를 중단하면서 혹시 오해가 있을까 봐 열심히 변명을 늘어놓기도 했다. 내용인즉 그가 이렇게 말하는 것은 그녀를 중상해서 나쁜 사람으로 만들기 위해서가 아니며, 자기는 주인을 옛날과 변함없이 사랑하고 또 존경한다는 것이다. 그리고 이런 이야기는 여지껏 한 번도 해본 적이 없다는 것, 다만 자기가 정신이상이 아니라는 사실을 나에게 확인시켜 주기 위해서 그 모든 이야기를 했을 뿐이라고 하였다. 그리고 여기서 나의 친구여, 내가 항상 되풀이하는 옛 말버릇을 또다시 시작해 볼까 한다. 나는 그가 내 앞에 서 있던 그대로의 모습을 자네의 눈앞에 보여줄 수 있었으면 하고 생각한다. 내가 얼마나 그의 운명을 동정하는지, 또 동정하지 않을 수 없는지를 자네가 느낄 수 있도록 모든 것을 그대로 자네에게 이야기할 수 있었으면 하고 말이다! 그러나 그럴 필요는 없지. 자네는 내 운명을 알고 있을 뿐 아니라 나라는 인물까지도 잘 알고 있으니까. 내가 모든 불행한 사람들에게, 특히 그 불행한 남자에게 마음이 끌리는 이유를, 자네는 너무나 잘 알고 있을 것이다.

이 편지를 다시 읽어보고 나서 나는 이야기의 결말을 말하는 것을 깜박 잊었다는 사실을 깨달았다. 그러나 그것은 쉽사리 짐작이 가겠지. 그 여주인은 그때 반항하며 그 머슴을 밀어냈다. 그때 마침 그녀의 오빠가 찾아왔다. 그런데 오빠라는 사람은 훨씬 전부터 이 젊은 머슴을 미워했으며, 심지어는 그를 내쫓으려고 생각하고 있던 참이었다. 누이동생이 재혼을 하게 되면 자기 아이들에게 돌아올 유산의 몫이 날아가 버리지나 않을까 두려워하고 있었기 때문이다. 누이에게 어린애가 없으니까, 그녀의 유산이 자기 아이들에게로 굴러떨어질 것이라고 기대한 것이다. 그래서 그녀의 오빠는 머슴을 당장에 집에서 내쫓았다. 그리고 사건을 크게 벌여놓아서 설사 그 여주인이 다시 원한다고 하더라도 그 머슴을 다시는 집 안에 들일 수 없게 만들어버렸다. 그후 그 여주인은 다른 머슴을 두었는데, 이 머슴 때문에도 오빠와 다퉈서 사이가 벌어졌다고 한다. 소문으로는 그녀가 틀림없이 이 남자와 결혼하게 될 것이라고 하지만, 그녀의 오빠는 그런 꼴만은 절대로 허용치 않겠다는 굳은 결심을 표명했다는군.

내가 자네에게 이야기한 것은, 결코 과장이 아니다. 또한 미화해서 말한 것도 아니다. 오히려 조심해서 사실보다 약하게 이야기했다. 그리고 재래의 도덕적인 관용구를 사용해서 이야기했기 때문에 오히려 거칠고 세련되지 못한 것이 되고 말았다.

즉, 이런 사랑, 이런 성실, 이런 정열은 결코 문학적인 창작이 될 수는 없다. 그것은 살아 있는 것이다. 우리가 교양이 없다든가 야만적이라고 부르는 계급의 사람들 속에서, 최대의 순수한 모습으로 살아 있다. 그런데 우리들 소위 교양 있는 사람이란…… 아아, 아무짝에도 쓸모없는 정신적 불구자가 아닐까? 제발 이 이야기는 경건한 마음으로 읽어주게. 나는 오늘 이 글을 씀으로써 마음이 차분하게 가라앉았다.

보통 때처럼 성급하게 날림으로 쓰지 않은 이 필적을 보아도 알 수 있겠지. 사랑하는 친구여, 이것을 읽어보고, 그 이야기가 또한 자네 친구의 이야기라고 생각해 주게. 그렇지, 나의 과거가 그랬으며 나의 장래도 그럴 것이다. 그러나 나는 이 불쌍하고 불행한 남자가 지닌 결단성을 절반도 가지고 있지 못하다. 그와 나를 비교할 용기조차 나에게는 없다.

9월 5일

용무 때문에 시골에 체류하고 있는 남편에게 로테는 간단한 편지를 썼다고 한다. 그 편지의 첫머리는 이렇게 시작되었다. '사랑하고 또 진심으로 좋아하는 그대여, 될 수 있는 대로 한시라도 빨리 돌아와 주세요. 오직 그대가 돌아오시는 것만을 학수고대하겠어요.' 그때 한 친구가 찾아와서 알베르트는 사정이 생겨서 좀 늦게 돌아올 것이라는 소식을 전해 주었다. 그래서 발송되지 못한 편지가 저녁때 내 손에 들어왔다. 나는 그 편지를 읽어보고 미소를 지었다. 그녀가 무엇 때문에 웃느냐고 물어보았다.

"상상력이란 정말 신이 주신 선물입니다." 하고 나는 소리쳤다. "나는 일순간 이 편지를 나에게 쓰신 거라 멋대로 상상했지요." 그녀는 갑자기 이야기를 뚝 그쳤다. 내 대답이 그녀의 마음에 거슬리는 모양이었다. 나도 입을 다물고 침묵하였다.

9월 6일

단념하기 어려운 일이었으나 나는 로테와 처음 만나서 춤을 추었을 때 입었던 간소한 푸른색의 그 연미복을 벗어놓기로 결심했다. 이제는 보기에도 초라해져 버렸기 때문이다. 그래서 깃과 소맷부리까지 전에 입던 것과 똑같은 것으로 한 벌 더 맞추었다. 그리고 곁들여서 노란 조끼와 바지도 함께 주문했다.

그러나 아무래도 그 효과는 제대로 보지 못할 것 같다. 어째서 그런지 모르겠으나…… 아마도 시간이 흐르면, 그것도 마음에 들게 되겠지.

9월 12일

알베르트를 맞이하기 위해 로테는 며칠간 여행을 떠났다. 오늘 그녀의 집으로 찾아가서, 내가 방 안에 들어설 때, 그녀는 마침 나오고 있었다. 나는 기쁨에 넘쳐 그녀의 손에 키스를 했다.

카나리아 한 마리가 거울에서 날아와 그녀의 어깨 위에 앉았다. "새로운 친구예요." 하고 말하면서, 그녀는 카나리아를 자기 손 위에 내려앉도록 했다. "아이들에게 선물로 주려고 생각했어요. 아주 귀엽거든요! 이것 좀 보세요! 빵을 주면 날개를 팔딱거리며 얌전하게 쪼아대요. 저와 입도 맞춘답니다! 자아, 보세요!"

　그렇게 말하면서 그녀가 카나리아에게 입을 내밀자, 그 새는 아주 귀엽게 그녀의 어여쁜 입술에다 주둥이를 갖다 댔다. 마치 자기가 누리고 있는 행복을 느낄 수 있기라도 한 것 같았다.

　"당신께도 키스하도록 시켜보겠어요." 하고는 그녀가 카나리아를 내게 넘겨주었다. 조그마한 그 주둥이는 이제 로테의 입에서부터 내 입술로 옮겨왔다. 그때 내 입술을 쪼아대던 그 감촉은 사랑이 넘쳐흐르는 향락의 숨결이나 예감과도 같았다.

　"이 키스는" 하고 나는 말했다. "무엇인가 탐내는 바가 있는 것 같군요. 그것은 모이를 찾다가, 실속 없는 애무에 불만을 품고 그냥 뒤돌아서는 꼴이에요."

　"제 입으로부터도 먹이를 잘 받아 먹어요." 그녀는 빵 조각을 몇 개 입술에다 물고 그 새에게 먹여주었다. 그 입술에서는 천진난만한 사랑의 기쁨이 한없는 즐거움 속에서 넘쳐흐르며, 미소 짓고 있었다.

　나는 얼굴을 옆으로 돌려 외면했다. 그녀는 그런 짓을 하지 말았어야 했다. 그러한 천국의 순진성과 축복으로 가득 찬 장면에 의해서 나의 상상력이 자극을 받고 생에 대한 무관심이 종종 우리를 끌어넣어 버렸던 잠으로부터 내 마음을 깨우는 일은 없어야 했는데! 하지만 그래서는 안 될 까닭이 어디 있겠는가! 그녀는 나를 그렇게도 믿어주고 있는 것이다. 그리고 내가 그녀를 얼마나 사랑하고 있는지, 그녀도 잘 알고 있는 것이다.

9월 15일

　빌헬름, 이 지상에서, 그래도 아직 가치가 있다고 인정되는 아주 희소한 것을 이해할 줄도 느낄 줄도 모르는 사람들이 있다는 것을 생각하면, 정말 미칠 것만 같다. 자네도 기억하고 있겠지. 내가 성(聖) ○○의 그 독실한 목사를 찾아갔을 때, 로테와 함께 호두나무 그늘 밑에 앉아 있었던 일을 말이다. 아주 훌륭한 호두나무였다! 참으로 그 나무는 언제나 내 마음을 기쁨으로 가득 채워주곤 했다! 그 나무 때문에 목사관이 얼마나 정답게 보였으며, 그늘이 얼마나 시원하고, 또 가지들은 얼마나 멋있게 늘어졌던가! 그리고 추억을 더듬으면, 까마득한 옛날에 이 나무를 심었던 성실한 목사님들의 얘기까지 거슬러 올라가지 않을 수 없지. 학교 선생님은 자기 할아버지한테 들었다고 말하면서, 그 목사님들 가운데 한 분의 이름을 자주 우리에게 들려주었다. 아주 훌륭한 분이었다고 했다. 그 나무 밑에서 그분을 생각할 때마다, 나는 거룩한 기분에 사로잡힌다. 이 나무들을 베어버렸다는 이야기를 어제 우리가 화제에 올렸을 때 그 선생님의 눈에는 눈물이 글썽거렸다. 나무가 잘렸다! 나는 미칠 것 같다. 최초의 도끼질을 한 그 개 같은 녀석을 나는 죽여버리고 싶은 심정이다. 이런 나무가 한두 그루 집 울안에 서 있고, 그 가운데 한 그루가 늙어서 죽기만 해도 슬퍼서 견디지 못하는 내가 그대로 바라보고만 있어야 된다니 정말 기막힌 노릇이다. 사랑하는 친구여, 그런데 여기서 문제가 하나 생겼다. 인간의 감정이란 정말 미묘하다! 마을 사람 전체가 불평을 하기 시작했다. 저 나무를 베게 함으로써, 목사 부인이 마을 안에 얼마나 큰 마음의 상처를 입혔고 분노를 자아냈는지, 그 점에 대해서 그녀가 버터나 계란 그 밖에 선사품이 눈에 띄게 줄어든 것을 통해 짐작하게 되었으면 좋겠다. 사실은 바로 그녀, 즉 새 목사(늙은 목사는 세상을 떠나버렸으니까)의 부인이 장본인이었다. 그녀는 몸이 비쩍 마른 데다가 병이 잦고 아무도 그녀에게 호감을 가져주지 않으니 그녀 쪽에서 세상에 대해서 관심을 갖지 못하게 된 것도 무리가 아닌 것 같다. 그런데 어리석게도 그녀는 학자가 되겠다고 덤벼 성서를 연구한답시고 몰두하는가 하면, 새로 유행하는 도덕적 비판적 기독교 개혁에 열을 올리면서도 라바터[23]의 광신주의에 대해서는 어깨를 으쓱하고 멸시하는 입장을 취한다. 그런데 그녀는 건강을 몹시 해쳐, 신이 창조하신 이 지상에서 아무런 즐거움도 맛보지 못하는 형편이다. 사실 그런 여자였기 때문에 우리의 소중한 호두나무들을 베어버리는 일도 가능했던 것이다. 정말 어처구니가 없는 노릇이다! 내 말 좀 들어봐! 그녀의 주장은 이렇다. 나뭇잎이 떨어지면 마당이 지저분해지고 질퍽거린다. 나무 그늘이 지니 햇빛을 볼 수 없다. 호두 열매가 익으면 사내아이들이 돌멩이를 던진다. 그것이 자기의 신경을 건드려서 자극을 준다. 그리하여 신학자 케니콧[24]과

---

23) Johann Kaspar Lavater, 1741~1801, 취리히 태생의 신학자. 괴테와 친했다.
24) Benjamin Kennicott, 1718~1821, 영국의 성서학자이자 히브리어 학자.

젬러[25] 그리고 미하엘리스[26]를 비교 검토하려 해도 깊은 명상에 잠기는 데 방해가 된다, 등등이다. 마을 사람들, 그중에도 늙은이들이 아주 불만스러워 하는 듯이 보이기에 "왜 할아버지들은 보고만 계셨어요?" 하고 물어보았다. "이 고장에서는 면장(面長)이 하고 싶으면 다른 사람들은 별도리가 없다니까요." 하고 대답했다. 그러나 재미있는 사건이 하나 일어났다. 그러지 않아도 묽은 국을 끓여주는 마누라의 변덕 때문에 골머리를 앓고 있었던 목사는 그 마누라의 변덕과 심술을 거꾸로 이용하여 한몫 보려고 작정하고 면장과 짜서 나무를 판 돈을 둘로 갈라먹기로 했다는 것이다. 그러자 관리국 측에서 그 기미를 탐지하고 '나무들을 관리국으로 들여오라!'는 통고를 했다고 한다. 왜냐하면 호두나무가 서 있던 목사관 땅은 여전히 관리국에서 관할권을 가지고 있었기 때문이라는군. 결국 호두나무는 관리국에 의해서 최고 입찰자에게 팔리고 말았다. 여하튼 그 나무는 현재 쓰러져 있다! 아아, 만일에 내가 영주였다면! 면장이든 목사 부인이든 관리국이든 모조리…….하지만 영주라면! 내가 정말 영주라면, 내가 다스리는 영토 안의 나무 따위에 무슨 참견을 하겠는가!

---

25) Johann Salomo Semler, 1725~1791, 경건파의 신학자로 종교 연구의 자유를 주장했다.
26) Johann David Michaelis, 1717~1791, 경진파 성서학자로 히브리어와 동방 연구가 널리 알려졌다.

10월 10일

그녀의 검은 눈동자를 쳐다보기만 해도 나는 벌써 행복에 잠긴다! 그런데 은근히 화가 치미는 것은, 알베르트가—만약에—내가 그 사람이라면—행복해할 만큼—그렇게 행복해 보이지 않는다는 점이다. 이렇게 줄표를 남발하고 싶진 않지만, 다르게 표현할 도리가 없고, 또 내겐 이것으로도 충분히 명백한 듯하다.

10월 12일

내 마음속에서 오시안이 마침내 호메로스를 쫓아버렸다. 그 얼마나 굉장한 세계 속으로 이 영웅이 나를 끌어들이는가! 오시안은 자옥한 안개에 싸여, 어스름 달빛 속에서, 선조들의 영혼을 이끌어가는 비바람에 휘말리면서 끝없는 황야를 방랑한다. 산 쪽으로부터는 숲속을 흐르는 시냇물이 여울져 내려가는 가운데 망령들이 사라져가는 신음 소리가 동굴에서 들려온다. 또 고귀하게 죽음을 바친, 가장 사랑하는 분이 고이 잠들어 있는, 이끼 덮이고 풀 우거진 네 개의 망주석(望柱石)가에서는 숨이 넘어갈 듯이 슬퍼서 울부짖는 아가씨의 통곡이 들려온다. 이윽고 내 눈에 보이는 그이, 백발이 성성한 방랑 시인은 끝없는 황야를 헤매고 조상의 발자취를 찾다가 마침내 그분들의 망주석을 찾아내고 만다. 그리고 파도치는 바다 속에 사라져가는 정다운 저녁 별을 시름에 잠겨 하염없이 쳐다볼 때, 이 영웅의 가슴속에는 아직도 부드러운 빛이 용사들의 모험을 비추고, 달이 화환을 두르고 개선하는 그들의 배를 비춰주던 지난날이 되살아온다. 그 늙은이의 이마에는 깊은 고뇌가 아로새겨졌고, 마지막으로 홀로 뒤에 남은 이 영웅도 이제는 지칠 대로 지쳐서, 무덤을 향해서 비틀거리며 걸어간다. 그러나 지금은 벌써 사라진 사람들의 힘없이 떠도는 죽은 넋들 앞에서, 새삼스럽게 불타오르는 아린 기쁨이 솟아난다. 그는 이 기쁨을 몇 번이고 깊이 들이마시고, 차가운 땅 위를, 바람에 나부끼는 우거진 수풀을 내려다보며 소리를 지른다. '나의 아름다운 모습을 아는 나그네가 언젠가는 찾아와서 노래하던, 핑갈[27]의 훌륭한 아들은 어디에 있는가. 그의 발자국은 나의 무덤 위를 지나갈 것이고 이 땅에서 나를 찾아보려고 해도 소용이 없으리라.' 아아, 친구여, 나도 마치 숭고한 용사의 한 사람이 되어 검을 뽑아들고 서서히 숨을 거두는 단말마의 고통으로부터 우리 영주 오시안을 단번에 해방시켜 주고 싶다. 그리고 해방된 그 반신(半神)의 뒤를 쫓아 나 자신도 저승으로 건너가고 싶다.

---

27) 오시안의 아버지.

10월 19일

아아, 이 공허! 내 가슴속에서 뼈저리게 느끼는 이 무서운 공허! 단 한 번만이라도, 정말 꼭 한 번만이라도 좋으니, 그녀를 내 가슴에 안아볼 수만 있다면, 이 공허는 완전히 메워질 수 있으리라고 나는 가끔 생각한다.

10월 26일

그렇다, 나에게는 명백해지고 있다. 점점 더 확실히 느껴진다. 인간 한 사람의 존재란 참으로 보잘것없는 것이다. 정말 보잘것이 없다. 어느 여자 친구 하나가 로테를 찾아왔다. 나는 옆방으로 책을 가지러 갔다. 그러나 읽을 생각이 나지 않아서, 무엇이든 써보려고 펜을 들었다. 두 사람이 나지막이 이야기하는 소리가 들려왔다. 그들은 누가 결혼을 한다든가, 누가 병을 앓고 중태에 빠졌다든가, 하는 시답잖은 소문을 주고받고 있었다. "그분은 마른기침을 하고, 얼굴에는 뼈만 앙상하게 남았고, 가끔 졸도까지 해요. 틀림없이 오래 살진 못할 거예요." 하고 찾아온 여자가 말했다. "○○ 씨도 건강이 아주 좋지 않대요." 하고 로테가 대꾸했다. "벌써 몸이 굉장히 부어올랐다는 거예요." 그러자 나의 상상력은 활발하게 움직여서 그 불행한 사람들의 병석으로 옮겨가 그들을 역력히 볼 수 있었다. 그들은 이 세상을 등지게 되는 것을 얼마나 싫어하고 있는지 모른다. 빌헬름! 그런데 저 여자들의 말투는 마치 모르는 제삼자라도 죽었을 때처럼 그렇게 태연했다. 나는 주위를 둘러보았다. 방 안을 둘러보고 그곳에 걸려 있는 로테의 옷가지며 알베르트의 서류, 그리고 이제는 아주 눈에 익어서 익숙해지고 정이 든 가구들과 잉크병까지도 바라보며 깊은 생각에 잠겼다. '잘 생각해 보아라! 도대체 너는 이 집에서 뭐란 말인가? 모두들 너의 친구들이고, 너를 존경하고 있다. 너는 가끔 이 친구들을 기쁘게 해준다. 그리고 너는 마음속으로 이들이 없으면 살아갈 수 없다고 생각한다. 그러나 막상 네가 떠나버린다면, 이 모임을 떠난다면? 이들은 과연 언제까지, 너를 잃음으로써 그들의 운명 속에 뚫어진 구멍의 공허함을 느낄 것인가? 과연 언제까지 느낄 것인가?'

아아, 인간이란 이다지도 허무한 것인가, 자기의 존재를 참으로 확신할 수 있는 곳에서도, 자기의 존재를 정말로 깊이 새겨놓을 수 있는 유일한 장소, 자기가 사랑하는 연인의 추억이나 마음속에서까지도 인간은 흔적도 없이 사라져버리고 마는 것이다. 그것도 순식간에 말이다!

10월 27일

인간들이 서로 이다지도 쌀쌀할 수 있다고 생각하면 나는 내 가슴을 갈기갈기 찢고 머리통을 부숴버리고 싶을 때가 한두 번이 아니다. 아아, 사랑이든, 기쁨이든, 정이든, 즐거움이든, 내가 남에게 베풀지 않는 한 남도 내게 주지 않는 법이다. 그리고 진심으로 남을 행복하게 하려고 해도 내 앞에 쌀쌀하고 힘없이 서 있는 사람에게는 어찌할 도리가 없다.

저녁에

나는 이렇게 많은 것들을 가지고 있다. 그러나 그녀를 그리워하는 마음이 모든 것을 삼켜버리고 만다. 나는 이렇게도 많은 것을 지니고 있다. 그러나 그녀가 없으면 모든 것이 무(無)로 돌아가 버리고 만다.

10월 30일

나는 벌써 수백 번이나 자칫 그녀의 목에 매달릴 뻔했다! 이처럼 사랑스러운 사람이 눈앞에서 얼씬거리고 있는데, 손을 뻗칠 수가 없을 때 어떤 심정이 되는지는 신만이 알 것이다. 손을 내밀고 붙잡는 것은 인간의 가장 자연스러운 충동이다! 어린애들은 눈에 띄는 것이 있으면 무엇이든 손을 내밀고 붙잡으려고 하지 않는가. 그런데 나는?

11월 3일

정말 나는 가끔 다시 깨어나지 않기를 원하면서, 때로는 그렇게 희망하면서 잠자리에 든다. 그리고 아침이 되어 눈을 뜨고 다시 햇빛을 보면, 몸은 비참하고, 마음은 한심스러워진다. 아아, 나는 내 마음이 쉽게 변했으면 하고 생각한다. 그리하여 마음이 형편없어져서, 날씨 탓을 한다든지, 책임을 제삼자에게 전가한다든지, 그도 아니면 계획대로 굴러가지 않은 탓을 할 수만 있다면, 참을 수 없는 불만과 초조라는 무거운 짐도 반으로 감해질 것이다. 그러나 슬프고 딱하게도 나 자신에게 모든 죄가 있다는 사실을 너무나도 뚜렷하게 느끼고 있다. 아니, 죄라고는 할 수 없지! 그러나 과거에 모든 행복의 원천이 내 가슴속에 깃들어 있었던 것처럼 이제는 결국 모든 불행의 원인이 내 마음속에 잠겨 있다. 전 같으면, 넘쳐흐르는 감정의 소용돌이 속에서 한 발을 내디딜 때마다 천국이 뒤따르고 세계 전체를 사랑스럽게 껴안는 마음을 가졌던 나와, 지금의 나는 같은 인물이 아닌가? 그러나 이런 마음은 이제 죽어버렸고, 어떤 감격도 거기서 흘러나오지 않으며, 이미 눈물마저 말라버렸다. 그리고 이제 나의 감각은 상쾌한 눈물 덕에 생기를 되찾을 때가 없을 뿐 아니라, 나의 이마에는 불안에 겨워 주름이 잡힌다. 내 삶에서 단 하나의 기쁨이었던 것을 잃어버렸기 때문에 나는 한없이 괴로워하고 있다. 내 주위의 온갖 세계를 만들어냈던 그 생명력이 없어졌기 때문이다. 창문에서 멀리 언덕을 내다보면, 아침 해가 언덕 너머로부터 안개를 헤치고 고요한 초원을 비춰주고, 조용히 흐르는 시냇물은 기슭의 잎사귀가 떨어진 버드나무 사이를 누비며 내게로 다가온다. 아아, 그러나 이처럼 아름다운 대자연마저 내게는 한낱 니스 칠한 한 폭의 그림처럼 굳게 엉겨붙어 보일 따름이다. 그리고 이런 온갖 기쁨마저 나의 심장으로부터 한 방울의 행복감조차, 두뇌 속으로 길어올리지 못한다. 또한 이른바 대장부가 되어가지고 물이 마른 우물이나 물기가 가신 물통처럼 신 앞에 서 있는 것이다! 마치 머리 위에서 하늘이 황동같이 번쩍이고 주위의 대지가 바싹 말랐을 때 농부들이 비를 기다리고 간청하는 것처럼 나는 땅 위에 엎드려 신에게 눈물을 내려주십사 기도를 드린 것이 몇 번이었던가!

그러나 아아, 우리의 미칠 듯한 간청에도 신은 비도 햇빛도 우리에게 내려주시지 않는다. 나는 그것을 느낀다. 생각하면 할수록 마음이 괴로워지는 그 시절, 어째서, 그 시절은 그다지도 성스러웠던가! 그것은 내가 참을성을 가지고 성령을 기다리고 신이 내게 베풀어주시는 기쁨을 마음속으로 감사하면서 받아들였기 때문이다.

11월 8일

그녀는 나의 무절제한 생활을 나무랐다. 그러나 나무라는 그녀의 태도가 어찌나 사랑스러웠던지. 그녀는 내가 포도주 한 잔으로 기분을 내기 시작해서 한 병을 몽땅 마셔버리는 버릇을 말하는 것이었다. "그렇게 하지 마세요." 하고 그녀는 말하더군. "로테를 생각해 주셔야죠!" "생각하라고요?" 하고 나는 반문했다. "그렇게 하라고 내게 말할 필요가 있을까요? 나는 생각하고 있어요! 생각하는 정도가 아니지요! 당신은 언제나 내 머릿속에 있고 한시도 떠난 적이 없어요. 오늘도 저는 당신이 그때 그 마차에서 내린 장소에 앉아 있었지요." 그녀는, 이런 이야기 속으로 나를 더 깊이 끌어들이지 않으려고 화제를 바꿔버렸다. 친구여, 나는 마치 정신이 나간 사람처럼 벌써 끝장나 버렸다. 그녀는 나를 마음대로 할 수 있다.

11월 15일

빌헬름, 나는 자네의 진심 어린 배려에 감사하고 호의에 가득 찬 충고에 감사한다. 그러나 끝까지 견디어볼 작정이니까 제발 염려하지 말게. 극도로 피로하지만, 내겐 아직도 뚫고나갈 힘이 있다. 자네도 알고 있다시피 나는 종교를 높이 평가하고 있다. 종교가 많은 고달픈 사람들에게 지팡이가 되고, 몸이 수척한 사람들에게 강장제가 된다는 사실을 나는 잘 알고 있다. 그러나 종교가 누구에게나 똑같이 그런 작용을 할 수 있을까, 그리고 해야만 되는 것일까? 이 넓은 세상을 살펴보면 설교를 들었건 안 들었건, 종교가 그런 작용을 끼치지 않았던 사람, 끼치지도 않을 사람들이 얼마든지 있다는 사실을 자네도 알게 될 것이다. 그런데 종교가 나에게는 그렇게 작용해야만 된단 말인가? 하느님의 아들조차, 자기 주위에 모여드는 사람은 신께서 자기에게 보내주신 사람들[28]이라고 말하고 있지 않은가? 만일 내가 그분에게 주어진 인간이 아니라면? 내 마음이 나에게 이야기해 주듯이, 만일에 어버이인 하느님께서 나를 자기 곁에 붙잡아 두시려고 한다면? 제발 부탁이니, 오해하지 말게. 내가 이렇게 순진하게 말하는 것을 조롱이라고 생각하진 말아주게. 나는 자네에게 내 마음속까지 솔직하게 털어놓고 이야기하고 있어. 그게 아니라면, 나는 오히려 잠자코 있었을 거야. 나는 나뿐만 아니라 아무도 알지 못하는 일에 대해서 이러쿵저러쿵 말하고 싶지 않다. 결국 인간의 운명이란 자기에게 주어진 분수를 참고 견디어내고 자기 잔의 술을 남김없이 마셔버리는 것이 아니겠는가? 그리고 이 술잔은 하늘에 계신 주님께서도 인간의 모습으로 태어나셨을 때 너무나 입맛이 쓰다고 말씀하셨거늘, 어찌하여 내가 허세를 부려 그것이 내 입에 단 것처럼 가장할 필요가 있겠는가? 나의 존재 전체가 생과 사 사이에 끼여 몸부림치고 과거가 번갯불처럼 어두운 미래의 절벽 위에 번쩍이고 나를 둘러싼 모든 것이 가라앉아 나와 더불어 멸망하려고 하는 이 무서운 찰나에 무엇 때문에 내가 수치스러운 생각을 할 필요가 있겠는가? "하느님, 나의 하느님! 어찌하여 나를 버리시나이까?"[29] 이렇게 헛되이 솟아오르려고 몸부림치는 힘의 깊은 밑바닥으로부터 이를 갈면서 부르짖는 것은, 자기 자신만을 의지할 수밖에 없는 궁지에 몰려서, 오도 가도 못한 채 정신을 잃고 어찌할 도리 없이 낭떠러지로 굴러떨어지는 인간의 부르짖음이 아니겠는가? 그

---

28) 「요한복음」 17장 4절 참조.
29) 「마태복음」 27장 46절 참조.

런데 내가 그런 부르짖음을 부끄럽게 여기고 그런 순간을 겁낼 필요가 어디 있을까? 하늘을 한 폭의 피륙[30]처럼 둘둘 말아버릴 수 있다는 하느님의 아들도 피하지 못했던 그 순간이 아닌가.

11월 21일

그녀 자신과 나를 파멸시키는 독약을 스스로 마련하고 있다는 사실을 그녀는 깨닫지도 느끼지도 못하고 있다. 그리고 나는 내 몸을 파멸로 이끄는 술잔을 그녀가 내밀 때 감지덕지 그것을 들이켜는 것이다. 자주—자주라고?—아니, 자주라고 할 수는 없지만, 그래도 가끔 나를 쳐다보는 그녀의 정다운 눈초리, 나도 모르는 사이에 밖으로 나타내고 마는 내 감정을 달갑게 받아들이는 그녀의 호의, 그리고 그녀의 이마에 아로새겨진 나의 인고(忍苦)에 대한 동정, 이것들은 결국 무엇을 의미하는 것인가?

어제 내가 떠나려고 나왔을 때, 그녀는 내게 손을 내밀고 악수를 청하면서 이렇게 말했다. "안녕히 가세요, 사랑하는 베르테르!" 사랑하는 베르테르! 그녀가 나보고 '사랑한다'는 말을 붙여서 부른 것은 이번이 처음이었고 그 말이 나의 골수

---

30) 「요한계시록」 6장 14절에 '그리고 하늘은 두루마리 책처럼 지나가고'를 끌어와 책[Buch]을 두루마리 피륙[Tuch]에 빗댄 듯하다.

에 사무쳤다. 나는 혼자서 그 말을 백 번도 더 되풀이했다. 그리고 밤이 되어, 잠자리에 들며 횡설수설 혼자서 중얼거리다가 "안녕히 주무세요, 사랑하는 베르테르!"라는 말이 잠결에 튀어나오고 말았다. 그러고는 혼자서 웃지 않을 수 없었다.

11월 22일

"그녀를 내게서 멀어지게 해주십시오!" 하고 기도를 할 수는 없다. 그녀가 가끔 나의 것처럼 느껴지곤 한다. "그녀를 내게 주십시오!" 나는 그렇게 빌 수도 없는 입장이다. 그녀가 다른 남자의 여자기 때문이다. 나는 한없이 괴로운 마음으로 그런 궤변을 늘어놓고 있다. 이렇게 나가다가는 명제와 반명제의 끝없는 되풀이가 되어버리겠다.

11월 24일

내가 얼마나 괴로움을 참고 있는지 그녀는 짐작하고 있다. 오늘 그녀의 눈초리는 내 가슴속을 깊이 꿰뚫었다. 내가 찾아갔을 때 그녀는 혼자 있었다. 나는 아무 말도 하지 않았고 그녀는 나를 물끄러미 쳐다보았다. 나는 이제 그녀의 사랑스러운 아름다움이라든지, 훌륭한 정신의 광휘 같은 것은 보지 않는다. 그런 것은 모두 내 눈앞에서 사라져버리고 말았다. 그

보다 훨씬 더 숭고한 눈초리가 내 가슴을 울렸다. 깊은 동정과, 괴로움에 대한 안타깝고도 절실한 공감이 그 눈초리에 깃들어 있었다. 어째서 나는 그녀의 발치에 몸을 던지지 못했던가? 왜 나는 그녀의 목에 매달려서 수천의 키스를 퍼붓지 못하는가? 로테는 피아노 옆으로 몸을 피해 가더니, 피아노를 치면서 그 소리에 맞춰 달콤하고 나지막하게 노래를 불렀다. 나는 그렇게 매력적인 그녀의 입술을 일찍이 본 적이 없었다. 그 입술은 악기에서 흘러나오는 달콤한 곡조를 들이마시려고 허덕이는 듯 벌어져 있었다. 그리하여 오직 은밀한 메아리만이 그 순결한 입에서 새어나오는 듯했다. 그 장면을 자네에게 말로 전할 수 있으면 좋겠는데. 나는 더 이상 참을 수가 없어서 고개를 수그리고 맹세했다. '거룩한 하늘의 영(靈)들이 감돌고 있는 입술이여, 나는 감히 네게 입을 맞추어보겠다는 생각을 못 하겠다.' 그러나 맹세를 하면서도 나는 단념할 수가 없다. 나는 하고 싶단 말이다. 아아, 그것이 마치 둘로 갈라놓는 장벽처럼 내 마음을 가로막고 있다. 그 행복, 그것을 얻을 수만 있다면, 몸을 파멸시켜서 속죄해도 좋다. 이것을 과연 죄라고 할 수 있을까?

11월 26일

가끔 나는 스스로에게 이렇게 말한다. '너의 운명은 비할 데가 없다. 다른 사람들의 행복을 축하해 주어라! 이만큼 괴로움을 당한 자는 아직 없었다.' 그리고 나는 옛 시인의 시 한 구절을 읊어본다. 그러면 내 마음속을 들여다보는 것 같다. 나는 이런 고생을 참아내야 한다. 대체 나보다 비참한 인간이 이전에 있었을까?

11월 30일

나는 아무래도 나 자신에게로 되돌아오지는 못할 것 같다. 어디를 가나 나를 당황하게 하는 사건에 부딪힌다. 오늘도! 아아, 운명이란! 아아, 인간이란!

점심때 나는 물가를 따라 강기슭을 걸어갔는데, 식욕은 전혀 없었다. 모든 것이 처량했으며, 축축하고 서늘한 서풍이 산에서 불어오고 회색 비구름이 골짜기 속으로 몰려들어 왔다. 멀리 떨어진 곳에 초라한 초록색 옷차림을 한 남자 하나가 눈에 띄었다. 바위 사이를 기어다니며 약초를 뜯고 있는 듯싶었다. 내가 그에게 가까이 갔을 때, 그는 인기척에 뒤돌아보았다. 나는 그의 얼굴을 보고 흥미를 느꼈다. 그의 얼굴에는 조용한 슬픔이 감도는 것이었다. 그 밖에는 오로지 착하고 곧은 마음씨만이 표정으로 나타나 있을 뿐이었다. 검은 머리는 핀으로 두 다발로 묶었고, 나머지 머리는 굵게 땋아서 등허리에 늘어뜨리고 있었다. 옷차림으로 보아서 신분이 낮은 사람 같기에, 뭘 하느냐고 물어보아도 상관없으리라 생각했다. 그래서 나는 그에게, 무엇을 찾고 있느냐고, 물어보았다. "꽃을 찾고 있습니다." 그는 긴 한숨을 내쉬면서 대꾸했다. "그런데 하나도 눈에 띄지 않습니다." "우기라서겠죠." 하고 나는 미소를 지으면서 말했다. "꽃에는 여러 가지가 있답니다." 하고 그는 말하면서 내가 있는 곳으로 내려왔다. "우리 집 정원에는 장미와 인동초가 있습니다. 그중 하나는 아버지가 주신 것인데, 둘 다 잡초처럼 우거졌습니다. 벌써 이틀째나 찾아다니고 있는데 도무지 찾을 수가 없습니다. 이 근처에도 언제나 꽃이 있었습니다. 노란 푸른 붉은 꽃들인데 그것 말고도 용담초에는 아름다운 꽃이 핀답니다. 그런데 하나도 찾을 수가 없습니다." 나는 왠지 소름이 오싹 끼쳤다. 그에게 넌지시 물어보았다. "꽃은 무엇에다 쓰려는 건가요?" 야릇하게 실룩거리는 듯한 미소가 그의 얼굴을 일그러뜨렸다. "다른 사람에게 말씀하지 말아주십시오." 하고 그는 말하면서 입에다 손가락을 갖다 대었다. "애인에게 꽃다발을 준다고 약속했답니다." "그거 참 멋있네요." 하고 나는 말했다. "제 애인은 다른 것은 얼마든지 가지고 있습니다. 그녀는 부자니까요." "그래도 당신의 꽃다발을 기꺼이 받을 거요." "아아!" 하고 그는 말을 계속했다. "보석도 관(冠)도 많이 갖고 있습니다." "대체 애인의 이름이 뭐죠?" "네덜란드 정부에서 저에게 봉급을 지불해 주었더라면." 하고 그는 딴전을 부렸다. "저도 이렇게 되진 않았을 거예요! 저도 한때는 정말 경기가 좋았답니다. 그런데 이젠 정말 글렀습니다. 이제 저는……." 하늘을 바라보며 눈물을 글썽거리는 꼴이 모든 것을 다 나타내주고 있었다. "그러면 전에는 행복하셨군요?" 하고 내가 물었다. "아아, 다시 그렇게 되었으면 좋겠습니다!" 하고 그는 말했다. "그때는 참 좋았습니다. 즐겁기가 마치 물에서 노는 물고기 같았습니다!" 그때 "하인리히!" 하고 부르는 소리가 들리더니, 어느 노부인이 이쪽으로 오면서 소리쳤다. "하인리히야, 너 여기 있었니? 사방을 찾아다녔단다. 자, 밥 먹으러 가자!" "아드님이신가요?" 하고 나는 그 노파에게 다가서면서 물어보았다. "그래요, 나의 불쌍한 아이랍니다." 하고 노파는 대답했다. "하느님은 우리에게 무거운 십자가를 지우신 거지요." "이렇게 된 지는 얼마나 되었나요?" 하고 나는 다시 물었다. "이렇게 조용해진 것은 이제 반년쯤 되었습니다. 이만한 게 천만다행이지요. 그전에는 일 년 동안을 미쳐서 날뛰었기 때문에, 정신병원에 가두고 사슬로 묶어놓았답니다. 이제는 아무에게도 난폭한 짓을 하지 않습니다. 다만 왕이니 황제니 하는 것만 찾고 있을 뿐입니다. 옛날에는 정말 착하고 얌전한 아이여서 집안 생활비도 보태고 글씨도 곧잘 썼습니다. 그런데 갑자기 우울증에 걸려서 높은 열이 나더니 그만 미치기 시작했습니다. 지금은 보시는 대로입니다. 말씀을 드리자면 그렇습니다. 선생님." 나는 물 흐르듯 쏟아져나오는 노파의 말문을 가로막고 이렇게 물어보았다. "그렇게도 행복했고 즐거웠다고 아드님이 자랑하던데 그것은 어느 때였던가요?" "참 어리석은 인간입니다!" 하고 노파는 애처롭다는 듯이 미소를 지으며 소리쳤다. "미쳤을 때의 이야기를 하는 겁니다. 항상 그것을 자랑으로 삼고 있답니다. 정신병원에 들어가 있어서 자신이 어떻게 되었는지조차 몰랐던 때였는데도 말입니다." 이 말은 마치 벼락처럼 내 마음에 충격을 주었다. 나는 돈을 한 닢 노파의 손에 쥐여주고 황급히 그 자리를 떠났다.

"행복했던 시절이라!" 나는 소리치면서 걸음을 재촉해 시내로 들어갔다. "그때는 정말 물속에서 노는 물고기처럼 즐거웠겠지!" 하늘에 계신 하느님! 지각을 얻기 이전과 또 그 지각을 다시 잃어버린 뒤를 제외하고는 누구나 행복해지지 못하도록 당신께서는 인간의 운명을 결정지어 놓으신 건지요! 불쌍한 인간! 그렇지만 나는 그대의 슬픔과 그대를 괴롭히는 그 정신착란을 오히려 부러워한다! 그대는 희망이 가득하여 사랑하는 그대의 여왕을 위하여 겨울에도 꽃을 꺾으려고 헤매고 다니지 않는가. 그러곤 꽃을 한 송이도 찾을 수 없다고 슬퍼하면서 왜 찾을 수 없는지 그 이유는 알지 못한다. 나는 희망도 목적도 없이 훌쩍 떠났다가, 나갔을 때와 같은 모양으로 되돌아왔다. 그러나 그대는 네덜란드 정부가 봉급을 지불해준다면 스스로 어떤 인간이 될 것인가를 상상하고 있는 것이다. 행복한 사람이다! 자신의 불행한 처지를 이 세상의 현실적인 장애 탓으로 돌릴 수가 있다니 말이다. 그대는 깨닫지를 못한다. 스스로의 마음이 파괴되고 정신착란을 일으킨 점에 그대의 불행의 원인이 있고, 이 지상의 제왕들도 그 불행으로부터 그대를 구원할 수 없다는 사실을 깨닫지 못하는 것이다.

"질병을 고치려고 머나먼 온천으로 여행을 떠났다가 그 때문에 오히려 자기 병을 악화시키고 더 괴로운 임종을 맞는 사람을 비웃는 인간이라든지, 양심의 가책에서 벗어나고 마음의 고뇌를 덜려고 그리스도의 무덤을 찾아 순례의 길을 떠나는 사람들을 업신여기는 인간이라면 위안도 받지 못하고 죽어야 마땅하리라. 길도 없는 길을 걷다가 발바닥에 상처를 입을 때, 그 한 발짝마다가 고민하는 영혼에겐 진통제의 한 방울 한 방울인 것이다. 고생스러운 하루의 여행을 견뎌낼 때마다, 그만큼 가슴은 수많은 괴로움에서 벗어나고, 마음은 더욱 가라앉는 것이다. 그런데 안락한 자리에 앉아서 탁상공론만을 일삼는 그대들이여, 그대들은 감히 이것을 망상이라고 부를 수 있겠는가? 망상! 아아, 신이여! 당신은 저의 눈물을 보시겠지요! 당신은 이처럼 빈약하게 인간을 만들어내셨으면서, 이 보잘것없는 가난뿐만이 아니라 인간이 당신에게 품은 그 쥐꼬리만 한 신뢰마저 앗아가 버리는 동포들까지 우리에게 덤으로 붙여주셔야만 했습니까. 대자대비하신 신이여, 병을 고쳐주는 나무뿌리나 포도즙의 효험을 믿는 것은, 우리를 둘러싼 모든 것 속에다가 우리가 시시각각으로 필요로 하는, 치유시키고 진정시키는 힘을 당신께서 감춰두셨다는 것을 믿는 마음이 아니고 무엇이겠습니까? 제가 알 수 없는 아버지시여! 아버지께서는 옛날에 제 마음을 온통 가득 채워주셨는데, 이제는 저를 외면해 버리셨습니다. 더 이상 침묵만 지키지 마시고 제발 저를 당신 곁으로 불러주십시오! 당신의 침묵은 이처럼 목이 타는 영혼을 참을 수 없게 합니다. 뜻밖에 되돌아온 아들이 아버지의 목에 매달려서 이렇게 외칠 때 인간으로서, 더욱이 아버지의 입장에서 화를 낼 수가 있겠습니까? '아버지, 다시 돌아왔습니다. 화내지 말아주세요. 아버지의 뜻대로라면 좀 더 참고 계속했어야 할 여행을 중도에서 그만두었습니다. 세상은 어디를 가봐도 다 똑같다고 생각합니다. 고생하고 일하면 보람과 기쁨이 따릅니다. 그러나 그것이 무슨 소용이겠습니까? 저는 오직 아버지가 계신 곳만이 좋습니다. 저는 아버지 앞에서 괴로워도 하고 즐거워도 하고 싶습니다.' 하늘에 계신 아버지, 그래도 당신은 이 아들을 쫓아내시렵니까?"

12월 1일

빌헬름! 내가 자네에게 편지로 그의 이야기를 써 보냈던 남자, 행복하고도 불행한 그 남자는 로테의 아버지 밑에서 서기로 있었다. 그는 남몰래 로테를 사모하다가 마침내 사랑을 고백했고 그 때문에 파면당했다는 것이다. 그리고 끝내는 미쳐 버렸다. 이 이야기를 들었을 때, 내 마음이 얼마나 사로잡혔는지, 이 무미건조한 글로나마 짐작해 주기 바란다. 알베르트는 아주 냉정하게 이 이야기를 나한테 들려주었다. 아마 자네도 그렇게 차분하게 이 글을 읽겠지.

12월 4일

제발 부탁이니 이해를 해줘. 나는 이제 끝장이다. 더 이상 참을 수가 없다! 오늘 나는 그녀 곁에 앉아 있었다. 앉아 있었단 말이다. 그녀는 피아노를 치고 있었다. 다양한 멜로디가 흘러나오고 온갖 감정이 넘쳐흘렀다. 온갖, 정말 갖가지 감정이었다. 자네는 어떻게 생각하는가? 그녀의 어린 여동생이 내 무릎 위에서 인형에게 옷을 입혀주고 있었다. 내 눈에는 눈물이 글썽거렸다. 나는 고개를 숙였다. 그런데 그녀의 결혼반지가 눈에 띄었다. 자꾸만 눈물이 흘렀다. 갑자기 그녀는 꿈과 같이 감미로운 옛 멜로디를 치기 시작했다. 참으로 돌발적인 일이었다. 마음을 쓰다듬어주는 감정과 추억이 가슴속으로 스며들었다. 옛날에 이 곡조를 들었을 때의 일들, 로테와 헤어져서 우울했던 때의 생각들, 화나던 일들, 그리고 수포로 돌아가 버린 희망의 추억들이 주마등처럼 머릿속을 오갔다. 나는 방 안을 이리저리 거닐었다. 밀어닥치는 격정으로 가슴이 미어지는 것 같았다. "제발이지!" 나는 격한 감정의 폭발에 떠밀려 그녀 곁으로 다가가면서 말했다. "제발 그만두십시오!" 그녀는 피아노를 치던 손을 멈추고 나를 응시했다. "베르테르!" 그녀는 미소를 지으면서 말했는데 그것이 마음속 깊이 사무쳤다. "베르테르, 당신은 몹시 아픈 모양이에요. 당신이 좋아하는 곡도 마음에 안 드니 말이에요. 돌아가 주세요! 제발 부탁이니 마음을 가라앉히세요." 나는 그 자리를 뿌리치고 나왔다. 그리고, 오오, 하느님! 당신은 나의 이 비참함을 아실 것이오니 이제 그만 끝나게 해주시옵소서.

12월 6일

그녀의 모습이 내게서 영 떠나질 않는다! 자나 깨나 그녀의 그림자가 내 마음을 완전히 점령하고 있다. 눈을 감으면, 이마 속으로 마음의 시력이 집중되어, 그녀의 검은 눈동자가 나타난다. 바로 이곳에 말이다. 자네에게 뭐라고 표현하면 좋을지 모르겠다! 눈을 감으면 그것이 나타난다. 바다처럼 심연처럼 그녀의 눈동자는 내 앞에 내 속에 깃들이고 내 이마 속을 꽉 채운다.

반신(半神)이라고 찬양받는 인간이란 존재는 과연 무엇인가? 힘을 가장 필요로 하는 그 순간에 하필이면 힘이 빠져버리는 게 아닌가? 기뻐서 날뛸 때나, 슬픔에 잠겨 가라앉을 때나, 무한한 자의 충일(充溢) 속으로 용해되어 들어가기를 바라는 바로 그 순간에, 인간은 덜미를 잡힌 채 무디고 냉철한 의식 속으로 끌려 돌아가는 것이 아닌가?

편자(編者)가 독자에게

나는 우리의 친구 베르테르의 특기할 만한 마지막 며칠간에 관해서 될 수 있는 대로 많은 자필 기록이 남아 있었으면하고 얼마나 바랐는지 모릅니다. 나의 서술로 말미암아, 그의 편지가 중단되는 일을 피하고 싶었기 때문입니다. 나는 그의 신상에 관해서 잘 알고 있는 사람들로부터 직접 정확한 보고를 들어보려고 노력했습니다. 그 일은 간단하였으며 몇 가지 사소한 점을 제외하고는 이야기가 모두 일치했습니다. 다만 관계자들의 심리 상태에 관해서만은 의견이 각각이었고, 판단도 구구했습니다.

결국 우리가 취할 수 있는 방법은, 지금까지 여러모로 애써서 얻어들은 이야기 자료를 양심적으로 서술하고, 고인(故人)이 남겨놓은 편지를 사이사이에 다 집어넣고, 또 아무리 작은 쪽지라도 찾아낸 것은 소홀히 다루지 않는 것, 이 밖에는 없습니다. 특히 비범한 인간의 경우에는 아무리 단순한 행위일지라도 그 독특하고 진실한 동기를 찾아내기가 매우 어려운 만큼, 더욱 그러지 않을 수 없는 것입니다.

불만과 불쾌감은 베르테르의 마음속에 점점 깊이 뿌리를 박고 더욱 단단히 얽혀서 차츰 그의 존재 전체를 사로잡고 말았습니다. 그의 정신의 조화는 완전히 깨어지고, 내심의 흥분과 격정은 그의 본성이 지녔던 모든 힘을 뒤죽박죽으로 혼란스럽게 만들었을 뿐 아니라 가장 불행한 작용을 일으켜서, 마침내 그는 일종의 허탈 상태에 빠져들었습니다. 그는 이 허탈 상태에서 벗어나려고 이제껏 어떤 불행과 싸웠을 때보다도 더 안간힘을 다했습니다. 그러나 그의 가슴속에 있는 불안감은 그의 정신이 지닌 다른 힘들, 그의 활기, 그의 날카로운 예지 등을 좀먹어 들어갔기 때문에, 그는 다른 사람들과 사귀면서도 슬픈 표정을 짓게 되었고, 자기가 불행한 신세로 변해감에 따라, 남에게 고집을 부리고, 부당하게 행동하는 일도 많아졌다는 것입니다. 적어도 알베르트의 친구들은 그렇게 말하고 있습니다. 그들이 주장하는 바로는, 알베르트는 순수하고도 조용한 성격을 가진 인물로서 오랫동안 바라던 행복을 손에 넣은 다음 그 행복을 미래에까지 고이 간직해 나가기를 원했는데, 베르테르는 이 같은 알베르트의 태도를 제대로 평가하지 못했다는 것입니다. 말하자면 베르테르는 날마다 자기 재산을 탕진해 버리고 저녁때가 되면 굶주리고 괴로워하는 그런 식이었다는 것입니다. 그들은, 알베르트가 그렇게 단기간에 변했을 리가 없으며, 베르테르가 처음부터 알고 있었던, 그리고 존경을 아끼지 않았던 그대로의 인물이었다는 것입니다. 그는 무엇보다도 로테를 사랑하였고 그녀를 자랑으로 생각했으며, 그녀가 모든 사람들에게 이를 데 없이 훌륭한 여성으로 인정받기를 원했다는 것입니다. 그러니 그가 조금이라도 의혹의 빛을 빚어내는 일을 회피했다고 해서, 또는 그런 것이 염려될 때, 지극히 단순한 방법일지라도 이 귀중한 보물을 누구와도 나누려 하지 않았다고 해서, 그것을 나쁘게 생각할 수 있겠습니까? 그뿐 아니라 그들은, 베르테르가 로테를 찾아갔을 때 가끔 알베르트는 아내의 방에서 나와버렸다는 사실을 인정합니다. 그러나 그것은 그의 친구인 베르테르에 대한 반감이나 증오심에서가 아니었고, 오직 자기가 그 자리에 있으면 베르테르가 압박감을 느낀다는 사실을 알아차렸기 때문이라는 것입니다.

로테의 아버지가 병에 걸려서 방안에서만 지내게 되었기 때문에, 아버지는 로테를 데려오도록 마차를 보냈습니다. 로테는 그 마차를 타고 갔습니다. 아름다운 겨울날이었고, 첫눈이 많이 내려서 그 일대는 눈에 뒤덮여 있었습니다.

베르테르는 그다음 날 아침 그녀의 뒤를 쫓아갔습니다. 만일 알베르트가 그녀를 데리러 오지 않는다면 자기가 데리고 돌아올 생각이었습니다.

그 맑은 날씨도 베르테르의 우울한 기분을 명랑하게 하지는 못했습니다. 그의 마음은 답답하게 억눌려 있었고 슬픈 그림자 같은 것이 드리워져 있었습니다. 그의 생각은 끊임없이 괴로움에서 괴로움으로 옮겨갈 뿐이었습니다.

베르테르는 스스로에 대한 끝없는 불만을 품고 살아왔기 때문에, 다른 사람들의 삶도 점점 더 수상하고 혼란스럽게만 느껴졌습니다. 그는 알베르트와 그의 아내 로테의 아름다운 관계를 자신이 파괴했다고 생각했기 때문에 스스로를 책망했습니다. 다만 그런 속에는 남편 알베르트에 대한 어렴풋한 반감도 섞여 있었습니다.

이번에도 길을 가면서 그의 생각은 바로 이 문제에 부딪혔습니다. "그렇지, 그렇지." 하고 그는 남몰래 이를 갈며 혼자 말했습니다. 이어서 "그렇고말고, 그것이 정답고 친절하고 어떤 일에도 터놓고 지내는 다정스러운 교제란 말이지! 침착하고 영속되는 신의라고! 아니, 그것은 권태감과 무관심이란 말이다! 그는 그 훌륭하고 소중한 아내보다도 보잘것없이 하찮은 일들에 더 마음을 쏟고 있지 않은가? 그는 자기의 행복을 평가할 줄이나 아는가? 그는 그녀가 지닌 값어치에 맞게 그녀를 존경할 줄 아는가? 그런데도 그는 그녀를 차지하고 있다. 그래, 그는 그녀를 소유하고 있다. 그것은 말하지 않아도 잘 알고 있는 사실이다. 나는 그 생각에는 벌써 익숙해졌다고 여기는데. 그렇지만 역시 그 생각을 하면 미칠 것만 같구나! 그 생각이 나를 죽일 것 같다. 도대체 그는 나에게 아직도 우정을 느낀단 말인가? 혹시 그는 로테에 대한 나의 애착을 자기 권리에 대한 침해라고 생각하고, 그녀에 대한 관심을 자기에 대한 남모르는 비난으로 여기지는 않을까? 나는 그렇다는 걸 잘 알고 있다. 절감하고 있다. 그는 나를 만나기를 좋아하지 않는다. 내가 떠나기를 바라고 있는 것이다. 내가 여기에 있는 것 자체가 그에게는 거추장스러운 것이다."

베르테르는 몇 번이나 자기의 빠른 걸음을 멈추고 우뚝 서기도 하고, 되돌아가려고도 하는 것 같았습니다. 그러나 그는 그럴 때마다 발걸음을 앞으로 내디뎠고, 생각에 잠기며 혼잣말을 중얼거리기도 했습니다. 그러다가 어느덧 로테의 아버지 소유인 수렵 별장에 이르고 만 것입니다.

그는 현관 안으로 들어가서 노인과 로테에 관해서 물어보았는데 집 안 분위기가 좀 어수선하게 느껴졌습니다. 맏아들의 말을 들어보니, 발하임에서 불상사가 일어나서 농부 한 사람이 맞아 죽었다는 것입니다! 그러나 그 소식은 그 이상의 아무런 충격도 그에게 주지 못했습니다. 그가 방에 들어서자, 로테는 노인을 열심히 설득하고 있었습니다. 노인은 몸이 불편한데도 범행을 조사하기 위해서 현장에 나가겠다는 것이었습니다. 범인이 누군지 아직 밝혀지지 않았습니다. 피살자는 어느 과부의 머슴이었습니다. 그녀는 전에 다른 머슴을 부리고 있었는데 그 사람이 해고당했을 때 불만을 품고 집을 나갔다는 등 여러 가지로 추측을 하고 있었습니다.

베르테르는 그 말을 듣자 펄쩍 뛰면서 소리쳤습니다. "정말인가요! 그럴 수가 있습니까! 가봐야겠어요! 한시도 지체할 수 없어요!" 그는 발하임을 향해서 급히 떠났습니다. 기억이 하나하나 생생해졌습니다. 그렇게 자주 이야기를 나누었고 그동안에 매우 다정스럽게 느껴진 그 사나이가 그런 범행을 저질렀다는 것을 그는 잠시도 의심치 않았습니다.

시체가 놓여 있는 그 주막으로 가기 위해서는 보리수 사이를 지나야 했습니다. 그는 이제까지 그렇게 좋았던 그 장소가 갑자기 서먹해지고 겁이 났습니다. 근처 어린애들이 곧잘 놀던 그 문지방도 피로 물들어 있었습니다. 인간의 가장 아름다운 감정이라고 할 수 있는 사랑과 성실이 폭력과 살인으로 변해 버린 것입니다. 그 듬직한 보리수들은 잎사귀가 다 떨어지고 서리가 앉았으며, 묘지의 나지막한 돌담 위를 뒤덮고 우거졌던 아름다운 생울타리는 잎사귀가 져버려서 그 사이로 눈덮인 비석들이 들여다보였습니다.

주막 앞에는 온 마을 사람들이 모여 있었는데, 그가 다가가

자 갑자기 고함 소리가 일어났습니다. 멀리 무장한 사람들이 떼 지어 있는 것이 눈에 띄었기 때문입니다. 범인이 잡혀 온다고 사람마다 외치고 야단이었습니다. 베르테르가 그쪽을 바라보니 의심할 여지가 없었습니다. 그자는 바로 그 과부를 일편단심으로 사랑하던 머슴이었습니다. 얼마 전에도 남모르게 분노와 절망을 품고 헤매던 그를 베르테르는 만난 적이 있었습니다.

"왜 그런 짓을 저질렀나! 정말 딱한 사람이군!" 하고 베르테르는 붙잡혀 온 자에게로 달려가면서 외쳤습니다. 그자는 조용히 베르테르를 바라보며 잠자코 있더니 마침내 침착하게 대꾸했습니다. "아무도 주인 아주머니를 차지하진 못해요. 그녀가 어떤 남자도 취하지 않을 테니까요." 잡혀 온 남자는 주막 안으로 끌려 들어왔고 베르테르는 바삐 그 자리를 떠났습니다.

충격과 강렬한 감정에 휩싸인 베르테르의 정신은 송두리째 흔들려 뒤죽박죽이 되었습니다. 그는 자신의 슬픔, 불만, 냉담한 자포자기의 상태로부터 순간적으로 벗어날 수 있었습니다. 그는 견디어내기 어려울 정도로 동정심에 사로잡혔으며, 그 사나이를 구해 주고 싶은 강력한 욕망이 엄습했습니다. 그는 이 사람이 너무나 불쌍했습니다. 설사 범인이더라도 죄가 없다고 보았으며, 그의 입장과 자신의 입장을 바꿔서 생각했기 때문에 다른 사람들에게도 그렇게 설득할 수 있다고 믿었습니다. 그는 이 사람을 변호하고 싶었습니다. 열렬한 변론의 말마디가 목을 통해서 입술에까지 치밀어 올랐습니다. 그는 수렵 별장을 향해서 급히 걸어가면서도 법무관 앞에서 진술할 말을 반쯤 소리 내서 모조리 외어보지 않을 수 없을 정도였습니다.

방에 들어가 보니, 알베르트가 있었기 때문에 베르테르는 순간적으로 기분이 상했습니다. 그러나 그는 마음을 가다듬고, 법무관에게 자기 의견을 불을 뿜듯 열을 내며 토로했습니다. 법무관은 두서너 번 고개를 흔들었습니다. 베르테르가 최대의 활기와 정열과 진심을 가지고 한 인간이 다른 인간을 변호하는 데 필요한 모든 말을 남김없이 동원하였건만, 쉽게 추측할 수 있듯 법무관은 조금도 감동하지 못했습니다. 그러기는커녕, 우리 친구의 말이 끝나기를 기다리지도 않고, 강경하게 반박을 하며 그가 살인범을 옹호하고 있다고 오히려 베르테르를 비난했습니다. 베르테르 식대로라면 모든 법률은 무효가 되고 국가의 질서는 완전히 파괴되고 말 것이라고 주장한 다음, 이런 일에는 어떤 조치를 취하든지 간에 항상 자기가 최고의 책임자라는 점을 명심해야 하며 모든 일은 규칙대로 질서정연하게 처리되어야 한다고 했습니다.

베르테르는 그래도 굽히지 않고 그 사람이 도망치도록 도와주는 사람이 있더라도 너그럽게 봐달라고 간청했습니다. 그러나 법무관은 그 간청조차 거절했습니다. 마침내 알베르트마저 이야기에 끼어들어 늙은 법무관의 편을 들었습니다. 베르테르는 결국 그 두 사람의 완강함에 압도되고 말았습니다. 법무관이 "안 돼요. 그 사람을 구원할 길은 없어요."라고 말하는 소리를 듣고서, 베르테르는 말할 수 없이 괴로운 표정을 지으며 그곳을 떠났습니다.

이 말이 얼마나 베르테르에게 심한 충격을 주었는지에 대해서는 그의 서류 속에 끼여 있는 쪽지 한 장을 보아도 알 수 있습니다. 그것은 틀림없이 그날 쓰인 것입니다.

'그대는 구원받을 수 없다, 불쌍한 인간이여! 우리가 살아날 수 없다는 사실을 나는 잘 알고 있다.'

알베르트가 법무관 앞에서 체포된 사람에 관해서 진술한 말은 베르테르의 비위에 몹시 거슬렸습니다. 그 말 가운데에는 자신에 대한 반감이 깃들어 있다고 베르테르는 느꼈기 때문입니다. 원래 그는 두뇌가 명석하였기 때문에 곰곰이 생각해 보았다면 두 사람의 말이 옳다는 사실을 모를 리 없었지만, 막상 그것을 고백하고 승인한다면 자기 존재의 가장 핵심적인 부분을 버리지 않으면 안 된다고 느꼈던 것입니다.

이것과 관련된 쪽지가 그가 남겨놓은 서류 가운데서 발견되었는데, 아마도 베르테르와 알베르트와의 관계를 남김없이 알려줄 것이라고 생각됩니다.

'그가 훌륭하고 착한 사람이라고 내가 몇 번이고 되풀이해서 말해 봤자 무슨 소용이 있겠는가! 오직 나의 내장이 갈기갈기 찢어지는 듯할 따름이다. 나는 도저히 공정할 수가 없다.'

포근한 저녁이었고 눈이 녹기 시작한 날씨였기 때문에 로테는 알베르트와 함께 걸어서 돌아왔습니다. 그녀는 걸으면서도 몇 번이나 뒤를 돌아다보았는데, 마치 베르테르가 따라오지 않는 것을 서운해 하는 것 같았습니다. 알베르트는 베르테르에 관해서 이야기를 끄집어내고는 공평한 태도를 취하기는 했지만 그를 비난했습니다. 알베르트는 베르테르의 불행한 정열에 대해서 언급하고 그럴 수만 있으면 그를 멀리하고 싶다고 말했습니다. "우리 두 사람을 위해서도 그것이 바람직하다고 생각해요." 하고 그는 말하더니, 이어서 "제발 부탁이니, 앞으로 그가 당신에 대한 태도를 고치도록 주의해 주어요. 너무자주 집으로 찾아오지 않도록 말이오. 자연히 세상 사람들의 이목을 끌게 될 것이오. 벌써 여기저기서 소문이 도는 것을 나는 알고 있어요."라고 했습니다. 로테는 아무 말도 하지 않았는데, 그녀의 침묵이 알베르트의 마음에 걸리는 모양이었습니다. 적어도 그때부터 그는 두 번 다시 로테에게 베르테르의 이야기를 비치지 않았으며, 로테가 베르테르의 이야기를 끄집어내도 그는 이야기를 중간에서 그만두거나 다른 데로 화제를 돌려버리곤 했습니다.

베르테르가 그 불쌍한 사람을 구원해 보려고 온갖 힘을 기울였던 것은 꺼지려고 가물거리는 등불의 마지막 불길이었습니다. 그는 더욱 깊은 고통과 무위(無爲) 속에 빠져들 뿐이었습니다. 특히 범인이 범행을 완강히 부인하는 형편이기 때문에, 어쩌면 그가 반대 증인으로 소환받을지도 모른다는 이야기를 들었을 때, 그는 거의 실신할 지경이었습니다.

이제껏 사회생활에서 겪었던 모든 불쾌한 일, 공사관에서 일어났던 화나는 일, 지금까지 저지른 모든 실수, 여태까지 참아왔던 감정을 해치는 일들, 이런 일들이 주마등처럼 그의 머릿속을 스쳐갔습니다. 그는 이러한 일을 겪었기 때문에 자기가 허송세월하게 된 것도 당연하다고 느끼게 되었습니다. 장래에 대한 희망이 모두 끊어져버렸고 사회 활동을 하려고 해도, 발을 붙이고 기회를 포착할 길이 없다고 생각했습니다. 이리하여 그는 마침내 자기의 희한한 감정과 사고방식, 끝없는 정열에 몸을 맡기고, 사랑하는 여성과 언제까지나 슬픈 관계를 단조롭게 계속하면서, 그녀의 평화를 해치는 동시에 무리하게 있는 힘을 다 쏟아서 부질없이 정력을 소모했기 때문에 점점더 슬픈 종말을 향해서 다가갔습니다.

그의 정신의 혼란과 정열, 끊임없는 몸부림과 노력, 생의 권태, 그런 것에 대해서는 그가 남기고 간 몇 통의 편지가 가장 유력한 증거이기 때문에 여기에 그것을 소개하겠습니다.

12월 12일

사랑하는 빌헬름! 나는 지금 마귀에 쫓기는 불행한 사람들이 틀림없이 그러했으리라고 짐작되는 그런 상태에 놓여 있다. 때때로 무언가가 나를 엄습하곤 한다. 그것은 불안도 아니고 욕망도 아니다. 그것은 내 가슴을 갈기갈기 찢고 내 목을 졸라매려고 위협하는 내적인 광란이다. 못 견디겠다! 정말 못 견디겠다! 나는 할 수 없이 이 고약한 계절에 그 무서운 밤 경치 속을 정처 없이 헤매고 돌아다닌다.

어제저녁에도 나는 밖으로 나가야 했다. 갑자기 눈을 녹이는 날씨로 접어들더니 강물이 범람하고, 냇물은 모조리 넘쳐 흘러서 발하임의 아래쪽, 내가 사랑하던 계곡이 완전히 물에 잠겼다는 말을 들었다! 밤 열한 시가 넘어서 나는 집을 뛰쳐 나갔다. 무서운 광경이었다. 바위 위에 서서 아래를 내려다보니 줄기차게 흐르는 홍수가 달빛 속에 맴돌면서 밭이고 목장이고 생울타리고 할 것 없이 모두 뒤덮어 버려서, 그 넓은 골짜기는 이리저리 몰아치는 폭풍 속에 온통 거세게 물결치는 바다가 되어 있었다! 이윽고 숨었던 달이 다시 검은 구름 위로 솟아오르자, 내 눈앞에서 물결은 소름 끼치도록 장엄하게 달빛을 반사하고 소리 내며 흘러 내려갔다. 그 순간 나는 몸부림쳤다. 이어서 동경심 같은 것이 나를 엄습했다. 아아, 나는 그때 두 팔을 활짝 벌리고 심연을 향해 우뚝 서서, 깊이 숨을 내쉬었다. 아래로! 저 아래로! 나의 괴로움과 나의 슬픔이 노도처럼 휩쓸려 내려가는 그 기쁨에 잠겨 나는 넋을 잃고 말았다. 아아! 그러나, 나는 땅에서 발을 떼어 이 모든 괴로움을 단번에 청산하지는 못했다. 내 생명의 시계는 아직 다 돌아가서 끝장이 나지는 않았다는 사실을 느꼈다. 오오, 빌헬름, 저 비바람을 가지고 구름을 갈기갈기 찢고 홍수를 일으키기 위해서라면 나는 인간으로서의 내 생명을 얼마나 기꺼이 바치고 싶었는지 모른다! 얼마 안 있어 이승에 사로잡힌 이 몸에도 그 기쁨이 주어지지 않겠는가?

언젠가 더운 여름날에 로테와 산책하다가 쉰 적이 있었던 버드나무 그늘을 구슬피 내려다보았지만, 지금 그곳 역시 물에 잠겨 버드나무조차 거의 알아볼 수가 없었다. 빌헬름, 그녀의 목장, 그녀의 수렵 별장을 둘러싼 일대는 어떻게 되었을까 하고 나는 생각했다. 우리의 정자는 지금쯤 격류에 휩쓸려 얼마나 형편없이 되었을까 하고 말이다. 마치 감옥에 갇힌 죄수의 마음에 가축의 무리와 목장에 대한 꿈, 그리고 고관대작이 되는 꿈이 스며드는 것처럼, 흘러간 지난날의 햇빛이 비쳐 들어왔다. 나는 그대로 그 자리에 서 있었다! 나는 자신을 나무라지 않겠다. 죽을 각오가 되어 있기 때문이다. 나는 차라리…… 지금, 나는 여기 이렇게, 기쁨도 즐거움도 없는 인생이지만 찰나라도 연장시켜 편히 지내보려고 생울타리에서 땔감을 긁어모으고 남의 집 문전에서 빵을 구걸하는 노파처럼, 이 자리에 앉아 있다.

12월 14일

사랑하는 친구여, 이것은 어쩐 일일까? 내가 나 자신을 겁내고 스스로에게 놀라다니! 그녀에 대한 나의 사랑은 어디까지나 거룩하고 순수하고 남매간 같은 우애, 사랑이 아니던가? 이제까지 단 한 번이라도 마음속으로 죄스러운 소원이나 엉큼한 욕망을 가진 적이 있었던가? 물론 맹세할 수는 없다. 그런데 꿈을 꾼 것이다. 아아, 이처럼 모순되는 갖가지 작용을 불가사의한 힘의 탓으로 돌렸던 옛사람들의 느낌은 얼마나 진실하였던가? 간밤의 일이었다! 입 밖에 내는 것조차 몸이 떨린다. 나는 그녀를 두 팔로 껴안고 가슴에다 꼭 품은 채, 사랑을 속삭이는 그녀의 입술에다 한없이 뜨거운 키스를 퍼부었다. 나의 눈은 그녀의 황홀한 눈동자 속에서 떠돌고 있었다. 신이여, 지금도 저 불타는 기쁨을 마음속 깊이 가득한 그리움으로 되살려 생각하고 행복감에 잠긴다면, 과연 나는 벌을 받아야 할 죄를 짓는 것입니까? 로테! 로테, 나는 이제 마지막에 다다른 것 같다! 나의 감각은 혼란스러워지고 벌써 일주일 전부터 사고력을 잃었다. 나의 눈에는 눈물이 가득 고이고, 어딜 가도 기분이 좋지 못하고 그래서 어디에 있어도 아무 상관이 없다. 아무것도 바라는 게 없으니, 떠나버리는 것이 좋을 듯싶다.

이 무렵 이러한 상황에서, 세상을 떠나려는 베르테르의 결심은 점점 더 굳어갔습니다. 로테의 곁으로 되돌아온 다음에, 죽음은 언제나 그의 마지막 기대이자 희망이었습니다. 그러나 지나치게 성급하게 굴어서는 안 되며, 최선의 확신과 될 수 있는 대로 냉정한 결의를 가지고 마지막 행동을 취해야 된다고 그는 자신에게 타일렀습니다. 그의 회의, 자신과의 갈등은 종이 쪽지 한 장 속에 잘 나타나고 있습니다. 그것은 아마 빌헬름에게 보내는 편지의 첫머리라고 생각되는데, 날짜는 적혀 있지 않았고 다른 서류 속에서 발견됐습니다.

'그녀가 살아 있다는 사실, 그녀의 운명, 내 운명에 대한 그녀의 동정심은 나의 다 타버린 머리에서 그래도 마지막 눈물을 짜낸다.'
'커튼을 걷어올리고 그 속으로 발을 들여놓는다! 그러면 모든 것이 끝난다! 그런데 왜 머뭇거리고 망설이며 두려워하는 것이냐? 그 속이 어떻게 생겼는지 몰라서 그러느냐, 아니면 두 번 다시 돌아오지 못하기 때문이냐. 확실한 것을 알지 못할 때 우리는 곧바로 혼란과 암흑이 있다고 짐작하는 법이지. 그것이 우리 인간 정신의 특징이란 말이다!'

이처럼 베르테르는 슬픈 생각에 더 익숙해지면서 결심은 돌이킬 수 없이 굳어졌습니다. 그 점에 관해서는 친구에게 보낸, 두 가지 뜻으로 해석되는 편지가 그 증거를 보여줍니다.

12월 20일

그 말을 그런 뜻으로 받아들여 주다니, 빌헬름, 나는 자네의 우정에 감사한다. 물론 자네 말이 옳아. 나는 떠나는 게 좋을 것 같다. 그러나 자네들에게로 돌아오라는 제안은 선뜻 받아들일 수 없다. 적어도 나는 우회로를 택하고 싶다. 더군다나 이제부터는 추위가 계속되어 자연히 길도 좋아질 것이기 때문이다. 자네가 나를 데리러 오겠다는 것도, 나에게는 고마운 일이다. 그러나 2주일만 더 연기해 주게. 그리고 내가 편지로 자세한 소식을 알릴 때까지 기다려주게. 무엇이든 무르익기 전에는 따지 않는 것이다. 2주일 더 많고 적고의 차이는 대단한 것이다. 우리 어머니께는 아들을 위해서 기도를 해달라고, 그리고 내가 어머니께 여러 가지로 걱정을 끼쳐드린 점에 대하여 용서를 바라고 있다고 말씀드려 주게. 기쁘게 해줘야 할 사람들을 슬프게 하고 말았는데, 이것도 어쩔 수 없는 나의 운명인 것 같다. 그러면 잘 있게! 나의 사랑하는 친구! 하늘의 모든 축복이 자네에게 있기 바란다! 안녕!

그 무렵 남편에 대해서, 그리고 그 불쌍한 친구에 대해서 로테의 마음속에 무엇이 오고 갔는지, 감히 그녀의 심경을 말로 나타내기는 어렵습니다. 다만 우리는 로테의 성격을 잘 알고 있기 때문에 내심 상상도 할 수 있으며 또 아름다운 마음씨를 가진 여성이라면 그녀의 속마음을 짐작해서, 로테와 공감할 수도 있을 것입니다.

여하튼 이것만은 확실합니다. 로테가 베르테르를 멀리하기 위해서 모든 수단을 다 써야겠다고 마음속으로 굳게 다짐했던 것 말입니다. 그녀가 그것을 망설였다면, 그것은 진심으로 친구를 아끼는 우정에서 나온 것이었습니다. 왜냐하면 그것이 베르테르에게 얼마나 쓰라린 희생을 요구하는 것인지를, 아니, 거의 불가능한 일에 속한다는 사실을 그녀는 잘 알고 있었기 때문입니다. 그러나 그즈음 그녀는 더욱 단호한 태도를 취해야 될 처지였습니다. 그 일에 대해 그녀는 줄곧 침묵을 지켜왔으며 그녀의 남편 역시 전혀 입을 열지 않았습니다. 그런 만큼 그녀는 자기의 마음가짐이 남편과 비교해서 손색없다는 사실을 행동으로써 남편에게 보여주는 것이 중요하다고 생각했던 것입니다.

여기 마지막으로 삽입된 편지를 베르테르가 친구에게 쓴

것은 크리스마스 전의 일요일이었는데, 그날 저녁에 그는 로테를 찾아갔던 것입니다. 그때 로테는 마침 혼자 있었으며, 어린 동생들을 위해서 크리스마스 선물을 마련하려고 장난감 몇 개를 정리하고 있었습니다. 베르테르는 어린애들이 누릴 기쁨에 대해서 이야기하고 특히, 갑자기 문이 열리면서 양초와 과자와 사과 등으로 장식된 크리스마스트리가 눈앞에 나타나, 마치 천국에라도 간 것같이 황홀했던 어린 시절에 관해 이야기했습니다. "당신도" 하고 로테는 말하면서 당황한 빛을 사랑스러운 미소 속에 감췄습니다. "당신도 얌전하게 계시면, 선물을 받으실 거예요. 조그만 양초나 다른 뭔가를요." "얌전한 태도를 취하다니 어떻게 하는 겁니까?" 하고 그는 물었습니다. "어떻게 하면 되지요? 대체 어떻게 하면 될까요? 로테!" "목요일 저녁이" 하고 그녀는 말했습니다. "크리스마스이브지요. 그날 저녁에 아이들이 와요. 그리고 아버지께서도 오십니다. 그때 모두 선물을 받게 돼요. 그때 당신도 오세요. 그러나 그전에는 안 돼요." 베르테르는 그 말에 찔끔하였습니다. "제발 부탁이에요. 다른 도리가 없어요. 제 마음의 안정을 위해서도 그렇게 해주세요. 이대로는 안 돼요. 이렇게 그냥 계속될 수는 없어요." 그는 그녀에게서 눈길을 돌리고, 방 안을 이리저리 왔다 갔다 하면서 "이대로는 안 돼요." 하고 입속으로 중얼거렸습니다. 베르테르의 말투로 미뤄보아 그가 빠져 들어간 무서운 상태를 알아차린 로테는, 이것저것 여러 가지 질문을 던져서 그의 생각을 다른 곳으로 돌려보려고 했지만 아무 소용이 없었습니다. "좋아요, 로테!" 하고 그는 소리쳤습니다. "앞으론 두 번 다시 당신을 만나지 않겠습니다!" "왜 그런 말씀을 하시는 거지요?" 하고 그녀는 말했습니다. "베르테르, 당신은 우리와 만나실 수 있고 또 만나주셔야만 해요. 다만 그 정도를 적당히 해주시라는 거예요. 아아, 어째서 당신은 무엇이든 한번 손 댄 것을 끝까지 고집하는 그 정열과 격렬한 성격을 지니고 태어나신 건가요! 제발 부탁이에요." 하면서 로테는 그의 손을 잡았습니다. "적당히 해주세요! 당신의 정신과 학식, 그리고 재능, 그런 것들이 당신에게 많은 즐거움을 마련해 줄 수 있을 거예요! 남자답게 되어주세요. 당신을 딱하게 여기며 동정하는 것밖에는 별도리가 없는 저 같은 여자를 향한 그 슬픈 애착심을 다른 곳으로 돌려주세요." 베르테르는 이를 갈며 어두운 표정으로 그녀를 물끄러미 쳐다보았습니다. 로테는 여전히 베르테르의 손을 붙잡은 채로 있었습니다. "잠시나마 마음을 가라앉히세요, 베르테르!" 하고 그녀는 말했습니다. "당신은 자신을 속이고 자진해서 스스로를 파멸로 이끌고 있다는 사실을 모르시나요? 하필이면 무엇 때문에 저를, 베르테르! 다른 사람의 소유인 저를? 저는 두렵습니다. 저를 소유할 수 없다는 바로 그 점이 당신에게 그런 욕망을 자극하는 것이 아닌가 해서 더욱 두려워지는 거예요." 베르테르는 잡혀 있던 자기 손을 로테의 손에서 빼고는 못마땅한 표정으로 로테를 물끄러미 쳐다보았습니다.

"훌륭하십니다!" 하고 베르테르는 외쳤습니다. "아주 물샐 틈없이 현명합니다. 알베르트가 아마 그런 대사를 만들어낸 모양이지요. 정치적이군요. 아주 정치적인데요!" "그 정도 말은 누구라도 할 수 있어요." 하고 로테는 대꾸했습니다. "이 넓은 세상에서 당신의 소원을 이뤄드릴 여자가 한 사람도 없을 리가 있겠어요? 마음먹고 열심히 찾아보세요. 틀림없이 찾아내실 수 있을 거예요. 이런 말씀을 드리는 것은, 벌써 오래전부터 당신을 위해서나 우리를 위해서 염려가 되었기 때문이에요. 요즘 당신은 자신을 좁은 곳으로 몰아넣고 스스로 결박당하시는 형편이니 말이에요. 마음을 가다듬고 용기를 내보세요! 여행을 하시면 기분도 좀 풀리실 거예요! 훌륭한 사랑의 상대자를 찾아내 가지고 돌아오세요. 그래서 우리 함께 진정한 우정의 행복을 누리면 얼마나 좋겠어요."

"그런 말씀은" 하고 베르테르는 차디찬 미소를 띠며 말했습니다. "인쇄를 시켜서 모든 가정교사들에게나 나눠주면 좋겠습니다. 사랑하는 로테! 제발 저에게 조금만 더 여유를 주십시오! 그러면 모든 일은 잘될 테니까요." "어쨌건, 베르테르, 크리스마스이브까지는 오지 말아주세요!" 베르테르가 대답을 하려고 했는데 그때 마침 공교롭게도 알베르트가 방으로 들어왔습니다. 두 사람은 싸늘하게 저녁 인사를 나눈 다음 어색한 태도로 나란히 서서 방 안을 이리저리 거닐었습니다. 베르테르는 부질없는 이야기를 끄집어냈는데, 그것도 곧 끝장이 나고 말았습니다. 알베르트의 경우도 역시 마찬가지였습니다. 그는 부탁해 두었던 일을 아내에게 물어보았는데, 아직도 그 일이 다 처리되지 못했다는 대답을 듣자, 두서너 마디 아내에게 말을 건넸습니다. 그 말투가 베르테르에게는 차갑게, 아니 냉혹하게까지 들렸습니다. 그는 나오려고 마음먹었으나 뜻대로 하지 못하고 여덟 시까지 머뭇거리고 있었습니다. 그러자 불쾌감과 불만은 자꾸 커져가기만 했습니다. 마침내 식사 준비가 다 되었을 때, 그는 모자와 단장을 집어들었습니다. 알베르트는 더 놀다 가라고 붙들었지만, 그는 겉치레 인사말을 듣는 듯했으므로 그저 고맙다고 인사하고 냉정하게 나와버렸습니다.

그는 집으로 돌아왔습니다. 젊은 하인이 불을 켜 들고 발길을 비춰주려고 하자, 그는 하인의 손에서 불을 받아 들고 혼자서 자기 방으로 들어가 큰 소리로 울음을 터뜨렸습니다. 흥분해서 중얼거리기도 하고 요란스럽게 방 안을 이리저리 거닐기도 하다가, 나중에는 옷을 입은 채 침대 위에 쓰러지고 말았습니다. 열한 시쯤 되어서 하인이 장화를 벗겨야 할지 물어보기 위해 용기를 내어 방에 들어갔을 때에도 여전히 똑같은 모습으로 드러누워 있었습니다. 베르테르는 장화를 벗기라고 명했지만, 다음 날 아침 자기가 부를 때까지는 방에 들어와서는 안 된다고 엄중히 일렀습니다.

12월 21일, 월요일 아침 그는 로테에게 다음과 같은 편지를 썼습니다. 봉인된 그 편지는 그가 죽은 다음에 그의 책상 위에서 발견되어 로테에게 전해졌습니다. 여러 가지 사정으로 말미암아 그가 이 편지를 단속적으로 쓴 것이 뚜렷한 만큼, 그 순서에 따라서 여기에서도 띄엄띄엄 삽입해서 소개하겠습니다.

'드디어 결심을 하였습니다. 로테, 나는 죽으려고 합니다. 나는 이 편지를, 내가 당신을 만나는 마지막이 될 날의 아침에, 낭만적인 과장 없이 아주 냉정한 기분으로 쓰고 있습니다. 당신이 이 편지를 읽을 무렵에는 사랑하는 로테, 벌써 차디찬 무덤이, 불행하고 불안한 남자의 빳빳이 굳어버린 시체를 덮고 있을 겁니다. 그 사람은 인생의 마지막 순간에도 당신과 이야기를 나누는 것보다 더 큰 즐거움은 몰랐던 것입니다. 간밤에는 무섭고 소름이 끼치는 시간을 겪었지만, 그러나 아아, 고마운 밤이기도 했습니다. 죽으려는 나의 결심이 굳어지고 판가름난 것이 바로 어젯밤이었기 때문입니다. 어제 심하게 흥분해서 당신을 뿌리치고 왔을 때, 모든 일들이 마음속에 치밀어 오르고 당신 곁에서 희망도 기쁨도 없는 내 존재가 소름 끼칠 정도로 차갑게 나를 사로잡았을 때, 나는 간신히 방으로 돌아와 나도 모르는 사이에 무릎을 꿇고 말았습니다. 오오, 신이여, 당신은 나에게 마지막 위안으로 쓰디쓴 눈물을 베풀어 주셨습니다! 수많은 계획과 기대가 내 마음속에서 미친 듯이 날뛰었습니다. 그러나 결국 죽어버리자는 단 하나의 생각만이 마지막으로 내 마음을 확고하게 사로잡고 말았습니다. 그대로 드러누워 아침에 눈을 떴을 때, 담담해진 기분 속에서도 죽어버리자는 그 생각은 변함없이 굳건하게 남아 있었습니다. 이것은 절망이 아닙니다. 스스로 참고 견디어냈다는 것, 당신을 위해서 스스로 몸을 바쳐 희생하겠다는 것에 대한 확신입니다. 그렇습니다. 로테, 내가 침묵을 지킬 필요가 어디 있습니까? 우리 세 사람 가운데 한 사람은 사라져야 합니다. 나는 그 한 사람이 되려는 겁니다! 사랑하는 나의 로테, 이 갈기갈기 찢어진 가슴속에 이런 생각이 미친 듯이 가물거리기도 하였습니다. 당신의 남편을 죽여버리자. 당신을, 나 자신을, 아니, 나 스스로를 죽여 없애자! 아름다운 여름날 저녁, 산에 올라가는 일이라도 있으면, 아무쪼록 내가 그다지도 기껍게 이 산골짜기를 오르던 일을 기억해 주십시오. 그리고 묘지에 고이 잠든 내 무덤을 바라보고, 낙조의 석양 속에 높이 자란 풀들이 쓸쓸히 바람에 나부끼는 광경을 건너다봐 주십시오. 이 글을 쓰기 시작했을 때에는 마음이 가라앉았는데 이제는 어린 애처럼 울고 있습니다. 이 모든 정경이 너무나 선하게 눈앞에 떠오르기 때문입니다!'

베르테르는 열 시경에 하인을 불렀고, 옷을 입으면서 이삼 일 이내에 여행을 떠날 예정이니, 양복에 솔질을 하고 필요한 모든 짐을 꾸릴 수 있도록 준비를 해두라고 지시했습니다. 그리고 채권채무 일체를 정리하고 빌려준 책 몇 권은 찾아올 것이며, 또 매주 약간의 돈을 보태주고 있는 가난한 몇 사람에게는 두 달분을 미리 지불해 주도록 명했습니다.

그는 하인에게 식사를 방으로 가져오게 했으며, 식사가 끝난 다음 말을 타고 법무관에게로 갔는데, 법무관은 집에 없었습니다. 베르테르는 시름에 잠겨서 정원을 이리저리 왔다 갔다 했습니다. 그것은 마치 온갖 슬픈 추억을 스스로의 가슴속에 간직해 두려는 듯이 보였습니다.

그 댁 어린애들은 베르테르를 그냥 내버려둘 리가 없었습니다. 그들은 그의 뒤를 쫓아와서 덤벼들더니, 내일 그리고 내일

모레 그리고 또 하루만 더 지나면, 로테에게로 찾아가서 크리스마스 선물을 받는다고 이야기하면서 조그마한 상상력이 기대할 수 있는 한의 기적을 이야기하였습니다. "내일 그리고 모레 그리고 또 하루만 더 있으면!" 하고 베르테르는 외치면서 어린애들 모두에게 진심으로 키스를 했습니다. 그가 떠나려고 했을 때, 작은 꼬마 아이가 무슨 소린지 베르테르의 귀에다 대고 속삭이려고 했습니다. 그 꼬마가 남몰래 고백한 이야기는 형들이 예쁜 연하장을, 그것도 아주 큼직한 카드를 썼다는 것입니다. 한 장은 아빠에게, 또 한 장은 알베르트와 로테에게, 그리고 베르테르 씨에게도 한 장 썼다는 것입니다. 그것을 설날 아침에 드릴 작정이라는 것이었습니다. 베르테르는 그 말을 듣고 마음이 크게 동요했습니다. 그는 아이들 하나하나에게 약간의 돈을 쥐여준 다음 말에 올라타고 아버지에게 안부 말씀 전해 달라고 부탁하면서 눈에 눈물을 머금고 그곳을 떠났습니다.

다섯 시경 집에 돌아오자, 그는 하녀에게 불을 살펴보고 밤중까지 꺼뜨리지 말라고 일렀습니다. 하인에게는 아래층에 있는 책들과 내의를 트렁크에 담고 옷가지는 보자기에다 싸서 여행 주머니 속에 꿰매 넣도록 지시했습니다. 아마도 그 후에, 로테에게 보내는 마지막 편지의 다음과 같은 구절을 썼다고 생각됩니다.

'당신은 내가 찾아오리라고는 꿈에도 생각하지 못합니다! 내가 당신의 말씀에 복종하여 크리스마스이브 때나 되어야 다시 만나리라고 믿고 계십니다. 오오, 로테, 오늘 찾아가지 않으면 영원히 다시 만날 기회는 없을 겁니다. 당신은 크리스마스이브에 이 편지를 손에 들고 떨면서 뜨거운 눈물로 편지를 적실 겁니다. 나는 단행하겠습니다. 그렇게 하지 않을 수 없습니다! 아아, 결심을 하고 나니 얼마나 마음이 후련한지 모르겠습니다.'

한편 로테는 아주 이상스러운 상태에 빠져 있었습니다. 베르테르와 마지막 대화를 나누고부터 베르테르와 헤어지는 것이 자신에게 얼마나 쓰라린 일이며 동시에 베르테르도 그녀와 떨어지는 것을 얼마나 가슴 아파할 것인가를 절감한 것입니다.

베르테르가 크리스마스이브까지 찾아오지 않으리라는 것을 알베르트 앞에서 넌지시 말했었고 알베르트는 말을 타고 이웃에 사는 어느 관리를 찾아갔습니다. 그 관리와 만나 처리해야 할 용건이 있어서 그날 밤은 그곳에 묵게 되었습니다.

로테는 이제 혼자 앉아 있었습니다. 그녀의 동생들은 아무도 곁에 없었습니다. 그래서 그녀는 조용히 자신의 처지를 생각해 보았습니다. 그녀는 자신이 남편과 영원한 인연으로 맺어져 있다는 사실을 뚜렷하게 인식하였습니다. 그녀는 남편의 사랑과 성실성을 알고 있을 뿐 아니라, 마음을 다해 남편을 좋아하고 있었습니다. 남편의 침착성과 믿음직함은 좋은 아내로서 평생의 행복을 그 위에다 쌓도록 하늘이 정해 주신 것처럼 느껴졌습니다. 남편의 존재가 자기와 마찬가지로 자기가 낳은 아이들에게도 얼마나 귀중한가를 깨닫게 된 것입니다. 한

편 그녀에게는 베르테르의 존재도 퍽 소중한 것이 되어 있었습니다. 서로 알게 된 당초부터 두 사람의 마음은 그처럼 아름답게 일치하고 조화를 이루었던 겁니다. 오랫동안 계속된 교제와 이제까지 겪어온 여러 가지 일들은 지울 수 없는 인상을 그녀의 마음속에 아로새겼습니다. 그녀가 흥미로워 했던 것은 무엇이든 그와 함께 나누었기 때문에, 만일 그가 떠난다면 그녀의 마음속에는 다시 메울 수 없는 공허가 생길 것만 같았습니다. 아아, 이럴 때 베르테르를 그녀의 형제로 바꿀 수만 있다면! 그녀는 얼마나 행복할 것인가! 그를 그녀의 친구 가운데 한 사람과 결혼시킬 수만 있다면, 베르테르와 알베르트의 관계를 완전히 전과 같이 회복시킬 희망을 가져볼 텐데!

로테는 자기 여자 친구들을 차례로 생각해 보았습니다. 그러나 그들은 누구나 예외 없이 어디엔가 난점이 있어서 베르테르의 배필로서 어울릴 만한 사람은 하나도 없었습니다.

이처럼 깊은 생각에 잠기는 동안, 그녀는 또렷하게 의식한 것은 아니었지만, 베르테르를 자기 곁에 머무르게 하고 싶은 것이 자기 마음속의 은근한 소원임을 이제야 처음으로 깊이 느꼈던 것입니다. 동시에 그녀는 그를 자기 곁에 붙잡아 두는 일이 사실상 가능하지도 않고 또 허용될 수도 없음을 스스로에게 타일렀습니다. 그렇게 깨끗하고 아름다운 마음으로 늘 쾌활하고 거리낌 없었던 그녀가 이제는 행복에 대한 희망을 잃고 우수와 비애에 짓눌려서 가슴이 답답함을 느꼈습니다. 그녀의 가슴은 무겁게 조여들었으며 먹구름의 기운이 그녀의 눈 위에 어른거렸습니다.

그럭저럭 여섯 시 반쯤 되었을 무렵, 그녀는 베르테르가 계단을 올라오는 발소리를 들었습니다. 그의 독특한 발소리와 그녀를 찾는 그의 목소리를 곧 알아들을 수 있었습니다. 그녀의 가슴은 얼마나 거세게 뛰었는지 모릅니다. 베르테르가 찾아왔을 때, 이다지도 세차게 심장이 뛴 것은 이번이 처음이라고 말할 수 있을 것입니다! 그녀는 집에 없다며 면회를 사절하고 싶은 생각이 간절했습니다. 그래서 베르테르가 방에 들어왔을 때, 로테는 흥분해서 갈피를 잡지 못하는 어조로 외쳤습니다. "약속을 안 지키셨군요!" "나는 약속은 하지 않았습니다." 하고 그가 대꾸했습니다. "약속은 안 했어도 제 소원을 들어주셔도 좋았을 텐데요." 하고 그녀는 말했습니다. "서로의 안정과 평화를 위해서 청을 했던 거예요."

그녀는 스스로 무슨 말을 하고 있는지조차 알지 못했습니다. 뚜렷한 의식도 없이 그저 베르테르와 단둘이 있는 것을 피하기 위해 여자 친구를 두서넛 불러 오라고 하녀를 보냈습니다. 베르테르는 가지고 온 책을 몇 권 내려놓고 다른 사람들에 대해서 물어보았습니다. 로테는 한편으로 여자 친구들이 빨리 와주었으면 하면서 또 한편으로는 그들이 와주지 않았으면 했습니다. 하녀가 여자 친구 두 사람이 다 못 오신다는 전갈을 가져왔습니다.

로테는 하녀에게 옆방에 가서 일하도록 시키려다가 다시 생각을 고쳤습니다. 베르테르는 방 안을 이리저리 왔다 갔다 했습니다. 로테는 피아노 옆으로 가서 미뉴에트를 치기 시작했는데, 제대로 잘 나가지 않았습니다. 그녀는 마음을 가다듬고,

베르테르 옆으로 가서 앉았습니다. 그는 평소처럼 긴 의자에 자리 잡고 앉아 있었습니다.

"읽을 거리가 없으세요?" 하고 그녀가 말했습니다. 그는 아무것도 가진 것이 없었습니다. "저기 제 서랍 속에" 하고 그녀는 입을 열었습니다. "당신이 번역한 「오시안의 노래」 몇 구절이 들어 있어요. 저도 아직 읽어보지 못했어요. 당신께서 읽어주었으면 하고 늘 생각하고 있었기 때문이에요. 그러나 이제까지 그 기회를 얻을 수도 만들어낼 수도 없었어요." 베르테르는 미소를 지으며 시집 원고를 찾아냈습니다. 그것을 손에 집어 들었을 때 온몸에 소름이 끼쳤습니다. 원고를 들여다보노라니 눈물이 가득 고였습니다. 그는 자리에 앉아 읽기 시작했습니다.

저물어가는 밤하늘의 별이여, 그대는 아름답게 서쪽에서 반짝이며, 구름 사이로 그대의 빛나는 고개를 쳐들고 엄숙하게 그대의 언덕을 지나가는구나. 황야를 향하여 그대는 대체 무엇을 구하는가, 휘몰아치던 바람은 가라앉고 멀리서 시냇물이 졸졸거리는 소리 들려온다. 아득히 출렁거리는 물결이 바윗전을 희롱하고 저녁 날벌레들은 붕붕거리며 들판을 떼 지어 간다. 아름다운 빛이여, 그대 무엇을 쳐다보는가? 그러나 웃으며 지나가는 그대를 기쁘게 반기는 듯 파도가 감돌며, 그대의 사랑스러운 머리카락을 감겨주누나. 그러면 잘 있거라, 조용한 빛이여. 나타나거라, 오시안의 영혼의 장한 빛이여!

이리하여 그 빛은 힘차게 나타났도다. 내 죽은 친구들이 지난날처럼 로라에 모여든 것을 본다. 핑갈은 축축한 안개의 기둥이 되어 찾아오고, 그를 둘러싼 이들은 그의 용사들이다. 그리고 보라, 노래하는 시인들을. 백발이 성성한 울린! 체구도 당당한 리노! 사랑스러운 가인(歌人) 알핀! 그리고 그대 하소연도 애처로운 미노나여! 친구들이여, 셸마의 축제일부터 그대들은 얼마나 변했는가. 그때는 가냘프게 속삭이는 풀잎을 스치듯이 언덕 위로 봄바람이 불고 지나갔는데, 우리는 노래의 영광을 서로 겨루지 않았던가.

때마침 어여쁜 미노나가 앞으로 나오지 않았던가. 내리깐 눈에는 눈물이 괴었고, 언덕 아래로 불어내리는 바람에 나부껴 그녀의 머리칼은 물결치고 있었도다. 미노나가 귀여운 목소리로 음성을 높였을 때, 용사들의 마음은 어두워졌느니라. 그들은 벌써 몇 번이나 살가르의 무덤, 하얀 콜마의 슬픔에 잠긴 집을 보아왔기 때문이다. 목청이 아름다운 콜마는 언덕 위에 버림을 받았단다. 살가르는 돌아오겠다고 약속했으나 사방은 이미 밤의 어두운 장막으로 둘러싸이고 말았도다. 이제 홀로 언덕 위에 앉아 있는 콜마의 목소리를 들어보라!

콜마

밤이 되었노라. 나 여기 홀로 바람 부는 언덕 위에 버림을 받았도다. 바람은 산속에서 울고 물줄기는 울부짖는 소리를 내며 바위를 흘러내린다. 버림받은 내게는 비를 막아줄 오막살이조차 없구나.

아아, 달이여, 구름을 헤치고 나오라! 밤하늘의 별이여, 나타나다오! 어떤 불빛이든지 내 애인이 있는 곳으로 나를 이끌어주려무나! 이제 그는 시위 푼 활을 곁에 놓아둔 채 입김 거센 개들이 숨 가쁘게 허덕이는 가운데 사냥의 피곤을 풀고 있으리라! 그런데 나는 여기, 버드나무 우거진 가운데 솟은 바위 위에 홀로 앉아 있어야만 된다니. 물결 소리, 비바람 소리는 요란해도 내 사랑하는 그의 목소리는 들려오지 않는도다!

무엇 때문의 나의 살가르는 망설이고 있는가? 약속의 말을 그가 잊었단 말인가? 바위와 나무는 저곳에 서 있고 촬촬 흐르는 물결은 이곳에 있나니, 밤이 내리면 곧바로 그대는 이곳으로 오겠다고 하지 않았는가? 아아, 살가르는 어디를 헤매고 돌아다니는 것일까? 그대가 오면, 오만한 어버이와 오라비를 버리고 함께 도망가려 했건만! 그대와 우리 집안은 오랜 세월을 두고 원수지간이었지만, 우리 두 사람은 결코 원수가 아니로다. 아아, 살가르여!

바람이여, 아아, 잠깐만 조용히 있어다오! 흐름이여, 아아, 조금만 멎어다오! 내 목소리가 골짜기에 울려퍼져서, 헤매고 돌아다닐 그가 내 소리를 들을 수 있게끔! 살가르여, 외치고 있는 것은 바로 나이니라! 여기에 나무와 바위가 있도다! 살가르, 그리운 님이여! 나는 여기에 있노라, 무엇 때문에 그대는 망설이는 것인가?

보라, 아아, 달이 나타나도다. 냇물이 골짜기에서 빛나고 바위는 언덕 위에 회색빛으로 우뚝 솟아오른다. 하나, 그 높은 산언덕 위에도 그의 모습은 보이지 않노라. 도착을 알리는 개들도 그 모습을 나타내지 않으니, 나 여기 홀로 앉아 있어야 하는가.

　그러나 저 아래 황야에 몸을 누이고 있는 이는 누구인가? 내가 사랑하는 그분일까? 나의 오라버니일까? 아아, 친애하는 벗들이여, 이야기해 다오! 한데 대답이 없구나. 내 가슴은 얼마나 설레는가! 아아, 그들은 죽은 사람들이로다! 그들의 칼은 싸움으로 빨갛게 물들어 있도다! 아아, 오라버님, 오라버님, 어인 일로 나의 살가르를 죽여버리셨나이까? 아아, 살가르여, 무엇 때문에 그대는 나의 오라버니를 죽이셨나이까? 두 분 다 내게는 똑같이 사랑스러운 분이었는데! 아아, 그대는 언덕 위의 수많은 사람들 가운데서도 그렇게 빼어났건만! 워낙 처절한 싸움이었으니. 대답을 해다오! 내 목소리를 들어다오! 그리운 사람들이여! 그러나 그들은 말이 없도다. 영원히 말이 없도다! 그들의 가슴은 흙처럼 차기만 하더라! 아아, 언덕의 바위에서, 폭풍이 휘몰아치는 산봉우리에서, 말해 다오, 죽은 자들의 영혼이여! 이야기를 해다오! 나는 조금도 두렵지 않노라! 그대들은 어디로 쉬러 갔느냐? 첩첩산중의 그 어느 굴에서 내 그대들을 다시 찾아내리? 바람 속에 귀기울여 보아도 가느다란 소리조차 들리지 않는다. 언덕의 비바람 속에 날려오는 대답마저 들리지 않는구나.

　나는 슬픔에 잠겨, 이곳에 앉아서, 눈물에 젖어 아침을 기다리노라. 그대들 죽은 자의 벗들이여, 어서 무덤을 파헤쳐 다오! 그러나 내가 갈 때까지는 다시 파묻지 말아다오! 나의 목숨은 꿈길처럼 사라져가는데 어찌하여 내가 살아남을 것인가? 그러나 나는 정다운 벗들과 함께 물살이 바위에 부딪쳐

울려 퍼지는 여기 냇가에서 살리라. 언덕 위에 밤이 찾아오고 바람이 황야에 몰아치면 나의 영혼은 바람 속에 서성거리며, 정다운 벗들의 죽음을 서러워하리라. 사냥꾼은 오막살이에서 내 외침 소리를 듣고 두려워하며, 또한 그리워도 하리라. 정다운 벗들을 서러워하는 내 소리가 감미롭기에. 그들 둘이 다 나에게는 사랑스러웠기 때문에.

미노나여, 아아, 이것이 그대의 노래였노라. 토르만의 딸, 상냥하고 얼굴 붉히며 수줍어하는 처녀여! 우리는 콜마를 위해서 눈물을 흘렸고, 우리의 마음은 암담하였노라.

울린은 하프를 손에 들고 나와서 알핀의 노래를 들려주었도다. 알핀의 목소리는 부드럽고, 리노의 마음은 뜨겁게 불타올랐노라. 그들은 이미 비좁은 집 속에 고이 쉬고 있으며, 그들의 목소리는 셀마의 나라에 울려 퍼지지 못했노라. 일찍이 그 용사들이 아직 살아 있었을 때, 울린은 사냥에서 돌아와 언덕 위에서 그들의 노래자랑을 들은 적이 있었노라. 그 노래는 부드러우면서도 슬프게, 그들 가운데 으뜸가는 용사 모라르의 죽음을 서러워하는 것이었더라. 모라르의 마음은 핑갈과 닮았고, 그의 칼은 오스카와 같았노라. 그러나 모라르는 쓰러졌노라. 그의 어버이는 슬픔에 잠기고 그 누이동생의 눈에는 눈물이 가득하더라. 그 장한 모라르의 여동생 미노나의 눈에 눈물이 넘쳐 내렸던 것이로다. 비바람을 미리 알아차리고 아름다운 얼굴을 구름 속에 감춰버리는 서쪽 하늘의 달처럼 미노나는 울린의 노래에 앞서서 미리 물러났던 것이라. 나는 울린과 더불어 그 슬픈 비탄의 노래에 맞춰 하프를 탔노라.

리노

바람은 자고, 비는 멈추어, 남쪽 하늘은 밝아지고 구름은 흩어졌다. 머무를 줄 모르는 태양은 도망치면서 언덕을 비춰 주니, 산속의 계곡물은 빨갛게 물들면서 골짜기에 흘러내린다. 계곡물이여, 그대의 속삭임은 감미롭구나. 그러나 내 귀에 들려오는 더 감미로운 소리가 있으니. 그것은 죽은 자들을 슬퍼하는 알핀의 목소리라. 그들의 고개는 늙어 수그러지고 눈물 어린 그 눈은 빨갛게 부었다. 알핀이여, 뛰어난 가인이여! 왜 말 없는 언덕 위에 홀로 서 있는가? 어찌하여 그대들은 숲속에 이는 바람처럼, 아득하게 먼 기슭의 물결처럼, 슬피 한탄하는가?

알핀

리노여, 나의 눈물은 죽은 자들을 위한 것이며, 나의 목소리는 무덤에 사는 자들을 위한 것이로다. 그대는 언덕 위에서는 날씬하고 황야의 아들들 사이에서는 아름답도다. 그러나 그대는 모라르처럼 쓰러지고 말리라. 그리고 그대 무덤 위에는 슬퍼하는 자가 앉으리라. 언덕은 그대를 잊고 그대 활은 시위를 푼 채 대청에 쓰러져 있으리라.

아아, 모라르여, 그대는 언덕 위를 달리는 노루처럼 날쌔고, 밤하늘에 타오르는 불처럼 무서웠다. 그대 분노는 거센 비바람 같았고, 그대의 검은 황야의 싸움터에 떨어지는 번갯불이었노라. 그대 목소리는 비 내린 후의 산여울 같았고, 또 아득한 언덕 위의 우레 소리와도 닮았노라. 많은 자들이 그대 손에 쓰러졌고, 그대 분노의 불길은 그들을 삼켜버렸도다. 하나 그대가 싸움터에서 돌아왔을 때, 그대의 얼굴 표정은 얼마나 온화했던가! 그대의 얼굴빛은 소나기 내린 후의 태양과도 같았고, 소리 없이 고요한 밤의 달과도 같았노라. 그리고 그대의 가슴은, 거센 바람이 지나간 뒤의 바다처럼 조용했느니라.

이제 그대의 집은 비좁고, 그대의 자리는 어둡도다! 나는 세 걸음으로 그대의 무덤을 잴 수 있노라. 오오, 지난날에 그다지도 위대했던 그대여, 이끼로 덮인 네 개의 망두석이 그대의 유일한 기념물이런가! 잎사귀 떨어진 한 그루 나무, 바람에 나부끼는 긴 풀들이 사냥꾼들의 눈에 씩씩했던 모라르의 무덤을 알려주고 있을 뿐이로다. 그대를 슬퍼하며 울어줄 어머니도 없고 사랑의 뜨거운 눈물을 뿌릴 처녀도 없나니, 그대를 낳은 이 이미 돌아가셨고 모르글란의 딸도 죽어서 없기 때문이라.

지팡이에 몸을 의지하고 다니는 자는 누구이뇨? 늙어서 백발이 성성하고, 눈에는 눈물이 괴어 벌겋게 충혈되었구나. 바로 그대의 아버지로다. 오오, 모라르여! 그대를 낳고 다른 자식이란 없는 그대의 아버지로다. 그는 싸움터에서 용감했던 그대의 명성을 들었고, 뿔뿔이 흩어져 도주하던 적군의 이야기를 들었노라. 아아, 그러나 모라르의 상처에 대해서는 아무 이야기도 듣지 못했던가! 통곡하라, 모라르의 아버지여, 통곡하라! 그러나 그대 아들은 그 소리를 듣지 못하리라! 죽은 자의 잠은 깊고 티끌로 된 베개는 얕으니. 부르는 소리에도 반응이 없고 외치는 소리 들어도 잠 깨지 못하느니라. 오오, 무덤 속에도 언젠가 아침이 찾아와서, 잠든 사람들에게 '잠을 깨라' 명하는 날이 있겠는가?

잘 있거라! 가장 고귀한 인간이여! 싸움터의 승리자여! 하나 싸움터가 그대의 모습을 다시 보는 일은 없으리라. 어둠침침한 숲도 이제는 그대의 강철 칼빛으로 번쩍이는 일 없으리라. 그대는 자식도 두지 않았지만, 노래가 그대의 이름을 길이 전할 것이라. 그리하여 후세 사람들은, 그대 싸움터에서 쓰러진 모라르의 이야기를 듣게 되리라!

용사들이 슬퍼하는 소리 드높고, 아르민의 찢어질 듯한 한숨 소리는 그중에서도 가장 높았도다. 젊은 나이에 싸움터에서 사라진 자식의 죽음을 회상했기 때문이리라. 그 이름을 사방에 떨친 갈말의 영주 카르모르는 용사들을 거느리고 가까이 앉아 있었노라. "어째서 아르민은 한숨을 쉬고, 흐느껴 우는 것인가?" 그는 물었노라. "왜 그대는 여기서 우는가? 노랫가락이 울려 나와 마음을 녹이고 즐겁게 해주지 않는가? 노래는 호수에서 피어나 산골에 뿌리는 안개와도 같은 것. 그 물기는 피어나는 꽃들을 충만하게 하리라. 그러나 태양은 힘차게 다시 떠오르고 안개는 사라져버리나니 아르민이여, 바다로 둘러싸인 고르마의 지배자여, 어찌하여 그대는 그토록 슬픔에 잠겨 있는가?"

슬픔에 잠겨 있다고 말했는데, 과연 그렇도다. 나는 이를 데 없는 슬픔에 잠겨 있노라. 이 슬픔의 원인을 따지면 결코 작지 않으리. 카르모르여, 그대는 자식을 잃은 적이 없으며, 또 꽃처럼 피어나는 딸을 빼앗긴 일도 없노라. 용감무쌍한 젊은이 콜가르는 존재하고, 그지없이 아름다운 안니라 아가씨도 살아 있노라. 그대 집안의 가지에는 말하자면 꽃이 만발하고 있는 것이다. 오오, 카르모르여, 그러나 이 아르민은 그 집안의 마지막 자손이다. 오오, 다우라여, 그대의 잠자리는 어둡도다! 무덤 속에서 잠자는 그대는 답답하기만 하리라. 어느 세월에 그대 눈 떠서 내 마음을 즐겁게 해주는 노래를 들려줄 것인가? 일어나라! 가을바람이여, 일어나라! 어두운 황야를 휘몰아쳐라! 숲속을 지나가는 물결이여, 줄기차게 흘러내려라. 울부짖어라, 비바람이여, 떡갈나무 위에서! 오오, 달이여, 찢어진 구름을 헤치고 나아가서 그대의 창백한 얼굴을 이따금씩 보여다오! 나의 자식들이 죽어간 달밤, 억센 아린달이 쓰러지고 사랑스러운 다우라가 숨져버린 그 무서운 밤을 내게 회상시켜다오!

다우라여, 나의 딸이여, 너는 아름다웠도다! 푸라의 언덕 위에 떠오른 달처럼 아름다웠고, 방금 내린 눈처럼 하얗고, 들이마시는 공기처럼 감미로웠다! 아린달이여, 싸움터에서 너의 활은 힘찼고, 너의 창은 날쌔며, 너의 눈초리는 물결 위의 안개와 같았느니라. 그리고 너의 방패는 폭풍 속의 불구름이었노라!

싸움터에서 이름을 떨친 아르마르가 찾아와 다우라의 사랑을 구했으니, 다우라는 끝내 거절하지 못했더라. 이들의 친구들이 품은 기대는 아름다웠도다.

오드갈의 아들 에라트는 그의 동생이 아르마르에게 죽임을
당했기에 그에게 원한을 품게 되었더라. 에라트는 뱃사공으로
변장하고 찾아왔느니라. 물결 위에 떠도는 그의 배는 아름다
웠고 그의 머리카락은 나이 탓으로 희게 세었으며, 점잖은 얼
굴은 태연자약했노라. "아름다운 아가씨 가운데서 가장 아름
다운 아가씨여." 하고 그는 말했느니라. "아르민의 귀여운 딸이
여, 저기 저 바위 곁, 바다에서 멀지 않은 곳, 저 나무의 붉은
열매가 반짝이는 곳, 거기서 아르마르가 그대 다우라를 기다
리고 있다오. 거세게 물결치는 바다를 건너서, 그의 애인을 인
도하기 위하여 나는 왔소이다."

　다우라는 에라트를 따라갔도다. 그리고 아르마르를 소리 높
여 불렀건만 대답하는 것이라곤 오직 바위뿐이더라. "아르마
르여, 그리운 사람이여, 나의 사랑이여! 어째서 내 마음을 이
다지도 불안스럽게 하는가요! 아르나르트의 아들이여, 대답을
보내주오! 그대를 부르고 있는 것은 다우라예요!"

　배신자 에라트는 웃음을 머금고 뭍으로 도망쳤도다. 다우라
는 목청을 높여서 아버지를 부르고 또 오라비를 불렀노라. "아
린달이여, 아르민이여, 다우라를 구해 주는 사람은 없는가요?"

　그녀의 목소리는 바다를 건너서 울려 퍼졌노라. 나의 아들
아린달은 사냥의 노획물에 마음 설레이며 언덕을 내려왔더라.
그 순간 화살이 그의 허리에서 덜그럭거렸고, 어느덧 활은 그
의 손에 잡혀 있었도다. 흑회색 맹견 다섯 마리도 그의 주위
에 몰려들었노라. 그는 대담무쌍한 에라트를 기슭에서 만나
자, 그를 사로잡아 떡갈나무에 결박한 다음 허리를 몹시 동여

매었도다. 에라트의 신음 소리가 공중에 가득 찼더라. 아린달은 다우라를 데려오려고, 일엽편주로 바다에 뛰어들었노라. 아르마르는 분노를 참지 못하고 달려와서 회색빛 깃의 화살을 날렸도다. 화살은 공중에 떠오르더니 오오, 아린달이여, 나의 아들이여! 너의 가슴에 박혀버렸구나. 배신자 에라트를 대신해서 네가 죽었단 말이다. 작은 배는 바위에 닿았는데, 거기서 아린달은 쓰러져 숨을 거두고 말았도다. 오오, 다우라여! 너의 발치에서 너의 오라비는 피를 흘렸도다. 너의 그 애통함을 무엇에 비길 것인가!

거센 파도는 작은 배를 산산이 부숴버렸도다. 아르마르는 그의 다우라를 살려내든가 그러지 못하면 스스로 죽음을 택하려고 바닷속으로 뛰어들었노라. 갑자기 모진 바람이 언덕 위에서부터 바다 쪽으로 휘몰아치더니, 물결이 거세게 일어, 아르마르는 다시는 떠오르지 않았도다.

나는 바닷물에 씻기는 바위에 홀로 남아 슬퍼하는 내 딸의 울음소리를 들었노라. 그 부르짖음은 처절하고 컸으나 아버지인 나는 딸을 구할 길 없었노라. 나는 기슭에서 밤새도록 어슴푸레한 달빛 속에 딸의 모습을 눈여겨보았으며, 밤새 울부짖는 그 소리 들었노라. 바람 소리 요란하고 비는 거세게 산허리를 때리더라. 동이 트기 전에 딸의 목소리는 가냘퍼지더니, 바위 틈새 풀숲을 스치며 사라지는 저녁 바람처럼, 마침내 딸은 숨을 거두고 말았도다. 슬픔에 잠겨 다우라는 죽어버렸고, 아르민만 홀로 뒤에 남았느니라. 싸움터에서 떨쳤던 나의 용맹도 사라지고 처녀들 사이에서의 나의 자랑도 없어져 버렸노라.

산에 비바람이 불어올 때나 삭풍이 파도를 높일 때마다 나는 울부짖는 기슭에 앉아 그 무서운 바위를 바라보노라. 저기 지는 저 달빛 속에서 내 자식들의 넋을 바라본 것이 몇 번이었던가! 그들, 희미한 모습으로 서로 어울려 구슬피 떠돌아다니는 넋들을.

로테의 눈에서 눈물이 줄줄이 쏟아졌습니다. 그녀의 억눌린 가슴을 시원하게 해주는 그 눈물은 베르테르의 노래를 중단시키고 말았습니다. 그는 원고지를 내던지고 로테의 손을 잡고 몹시 흐느껴 울었습니다. 로테는 한쪽 손으로 몸을 의지하고, 손수건으로 눈을 가렸습니다. 두 사람의 감동은 심각한 것이었습니다. 그들은 고귀한 사람들의 운명 속에서 스스로의 불행을 느끼고 또 서로 공감했던 것입니다. 두 사람의 눈물은 하나로 합쳐져 흘러내렸습니다. 베르테르의 입술과 눈은 로테의 팔에 파묻혀 타올랐습니다. 로테는 온몸으로 전율하며 몸부림쳤고 그 전율 속에서도 몸을 뿌리치고 떨어지려고 시도했습니다. 그러나 괴로움과 동정심이 납덩이처럼 짓눌러 꼼짝달싹할 수가 없었습니다. 그녀는 숨을 내쉬고 정신을 차린 뒤, 흐느끼면서 다음을 계속 읽어달라고 부탁했습니다. 그것은 천상의 목소리를 쥐어짜서 애원하는 것 같았습니다! 베르테르의 몸이 떨렸고, 가슴은 터지는 듯싶었습니다. 그는 원고지를 집어 들고, 더듬거리며 읽기 시작했습니다.

어찌하여 그대는 나를 깨우느뇨? 봄바람이여! 그대는 유혹

하면서 '나는 천상의 물방울로 적시노라'라고 하누나. 하나 나
또한 여위고 시들 때가 가까웠노라. 나의 잎사귀를 휘몰아 떨
어뜨릴 비바람도 이제 가까웠느니라. 그 언젠가 내 아름다운
모습을 보았던 나그네가 내일 찾아오리라. 그는 들판에서 내
모습을 찾겠지만, 끝내 나를 찾아내지는 못하리라.

　　이 구절이 지닌 온갖 힘이 불행한 베르테르의 마음을 완전
히 압도하였습니다. 그는 극도의 절망에 빠져, 로테 앞에 꿇어
엎드리고 그녀의 두 손을 붙잡고 차례로 자기의 눈과 이마에
다 갖다 꼭 눌러댔습니다. 남자의 무서운 의도에 대한 예감이
로테의 머릿속을 번갯불처럼 스쳐갔습니다. 그녀의 감각은 극
도로 혼란해졌습니다. 그래서 그의 두 손을 꼭 잡고 자기 가
슴에 갖다가 꼭 눌러댄 다음 슬픈 감동에 못 이겨 그에게로
몸을 구부렸습니다. 두 사람의 타오르는 뺨이 맞닿았습니다.
바깥 세계는 그 두 사람에게서 이미 사라지고 없었습니다. 베
르테르는 두 팔로 그녀를 휘감아 가슴에 꼭 껴안은 다음, 떨
리고 웅얼거리는 입술에다 미친 듯 키스를 퍼부었습니다. "베
르테르!" 하고 로테는 외면하면서 숨 막히는 목소리로 외쳤습
니다. "베르테르!" 그녀는 힘없는 가냘픈 손으로 자기 가슴에
서 그의 가슴을 떠밀었습니다. 이윽고 "베르테르!" 하며 그녀
는 말할 수 없이 숭고한 감정이 깃들인, 차분한 목소리로 소
리쳤습니다. 그 남자는 거역하지 않고, 껴안고 있던 그녀를 두
팔에서 풀어주고 미친 듯이 그녀 앞에 꿇어 엎드렸습니다. 그
녀는 몸을 뿌리치고 일어나더니 사랑인지 분노인지 분간할

WERTHER.

수 없는 불안에 사로잡혀 몸을 떨면서 말했습니다. "이것이 마지막이에요. 베르테르, 이제 다시는 만나지 않겠어요!" 그리고 로테는 이 불쌍한 베르테르에게 사랑이 가득한 눈길을 보내면서 옆방으로 뛰어 들어가 문을 잠가버렸습니다. 베르테르는 그쪽으로 두 팔을 뻗기는 했지만, 차마 그녀를 붙잡지는 못했습니다. 그는 머리를 소파에 기댄 채 바닥에 앉아서 그대로 반시간 이상이나 쓰러져 있었습니다. 이윽고 어떤 소리가 들리는 바람에 그는 정신을 다시 차렸습니다. 그것은 식탁을 준비하려고 방에 들어온 하녀였습니다. 베르테르는 방안을 이리저리 왔다 갔다 하다가, 하녀가 나가자 작은 옆방의 문 곁으로 가서 나지막한 목소리로 불렀습니다. "로테, 로테, 한마디만! 잘 있으라는 작별 인사만이라도!" 그녀는 아무 대꾸도 하지 않았습니다. 베르테르는 기다리고 또 애원해 보고 다시 기다렸습니다. 마침내 그는 몸을 뿌리치듯 문에서 떨어지면서, "로테, 안녕! 영원히 안녕!" 하고 외쳤습니다.

베르테르는 그 도시의 성문에 이르렀습니다. 문지기는 베르테르를 전부터 자주 보아서 낯이 익었기 때문에 아무 말 없이 그를 문 밖으로 내보내 주었습니다. 밖에는 진눈깨비가 내리고 있었으며 그는 열한 시쯤 되어서야 집으로 돌아와 문을 두드렸습니다. 집으로 돌아왔을 때, 그의 하인은 주인이 모자를 쓰고 있지 않은 것을 알아차렸습니다. 하인은 그러나 감히 참견할 처지가 못 되므로, 말없이 주인의 옷을 벗겼는데, 옷은 함빡 젖어 있었습니다. 모자는 나중에 골짜기를 내려다볼 수 있는 비탈진 언덕의 바위 위에서 발견되었습니다. 비가 내리는 어두운 밤에, 그가 어떻게 굴러떨어지지 않고 바위를 기어오를 수 있었는지는 알 도리가 없었습니다.

베르테르는 침대에 드러누워 오랫동안 잠을 잤습니다. 이튿날 아침, 하인이 부름을 받고 커피를 가지고 방 안에 들어갔을 때, 베르테르는 무엇인지 글을 쓰고 있었습니다. 그는 로테에게 보내는 편지의 다음 구절을 쓰고 있었던 것입니다.

'제가 눈을 뜨는 것도 이것이 마지막입니다. 정말 마지막입니다. 이 눈은 아아, 이제 다시는 태양을 볼 수 없을 겁니다. 날씨가 흐리고 안개가 자욱이 끼어서, 태양이 가려져버렸습니다. 자아, 자연이여, 그대도 슬퍼해 다오! 그대의 아들, 그대의 친구, 그대가 사랑하는 연인이 지금 그 마지막 순간으로 다가가고 있다. 로테, 이것이 마지막 날의 아침이라고 스스로 타이르는 기분은 정말 뭐라고 표현할 수가 없습니다. 그러나 그것은 어렴풋이 꿈을 꾸는 상태와 아주 가까운 것 같습니다. 로테, 나는 마지막이라는 말의 참뜻을 알 수 없습니다. 나는 조금도 힘을 잃지 않고, 여기 이렇게 서 있지 않습니까? 그런데 내일은 사지를 축 늘어뜨린 채, 바닥에 뻗어 있을 겁니다. 죽는다! 그것은 무엇을 뜻할까요? 보십시오, 죽음에 관해서 이야기할 때, 우리는 꿈을 꾸고 있는 것입니다. 나는 몇 번이나 사람이 죽는 모습을 봤습니다. 그러나 인간의 힘은 아주 제한되어 있고 생각이 좁아서, 우물 안 개구리처럼 자기 존재의 시초와 종말에 관해서는 아무것도 모릅니다. 아직까지는 이 몸이 나의 것입니다. 아니 당신의 것입니다. 당신의 것이지요. 아아, 사랑하는 로테! 그런데 그것이 눈 깜박할 사이에 떨어지고 헤어지게 되다니, 그것도 아마 영원히? 아니, 로테, 그럴 수가…… 어떻게 내가 없어져버립니까? 그리고 어떻게 당신이 사라져버릴 수가 있습니까? 우리는 이렇게 엄연히 존재하고 있습니다. 사라져버리다니, 그것은 대체 무엇을 뜻하는 것일까요? 그것도 그저 한 마디 말에 지나지 않습니다. 하나의 공허한 울림에 지나지 않습니다. 내 마음에는 아무런 느낌도 주지 못합니다. 로테, 죽어서 차가운 흙 속에 파묻힌다는 것, 저렇게 비좁고 저렇게 어두운 곳에! 내겐 여자 친구가 한 사람 있었습니다. 의지할 곳 없던 어린 시절에 나에게는 이 세상 그 무엇에도 비길 수 없는 그런 소중한 사람이었습니다. 그 사람이 죽어서, 나는 유해를 따라서 묘지까지 갔었습니다. 관이 무덤 구덩이 속으로 내려지고 스르르 밧줄이 관 밑에서 풀려나와 위로 당겨 올려졌습니다. 그리고 첫 번째 삽이 흙덩어리를 던져 넣자 관의 덮개가 둔중한 소리를 냈는데, 그렇게 그 둔한 소리는 점점 낮아지면서 드디어 흙으로 다 덮이고 말았습니다. 나는 그 무덤 옆에 쓰러져버렸습니다. 마음속 깊이 뭔가에 사로잡히고, 뒤흔들리고, 겁에 질려서 가슴이 갈기갈기 찢기는 것 같았습니다. 그러나 나는 어떻게 된 것인지 영문조차 몰랐습니다. 또 앞으로 어떻게 될 것인지 알 수 없었습니다. 죽는다! 무덤! 이런 말들의 뜻을 이해할 수가 없었습니다.

'아아, 용서하십시오! 제발 어제 일을 용서해 주십시오! 사실 나는 일생의 마지막 순간이 되기를 바랐던 것입니다. 오오, 나의 천사여! 처음으로, 생전처음으로 조금도 의심할 여지 없이 마음속 깊은 밑바닥으로부터 기쁨의 감정이 뜨겁게 불타올랐던 것입니다. 로테가 나를 사랑하고 있다! 그녀가 나를 사랑해 준다는 그 기쁨이었습니다. 당신의 입술에서 흘러나온 거룩한 불길이 지금도 나의 입술에서 불타고 있습니다. 새롭고 뜨거운 즐거움이 나의 마음속에 깃들어 넘쳐흐르고 있습니다. 용서해 주십시오! 나를 용서해 주세요!'

'아아, 당신이 나를 사랑한다는 사실을 나는 맨 처음 만났을 때부터 진심으로 가득 찬 그 눈초리에서 그리고 정성 어린 악수에서 알았습니다. 그러나 내가 다시 당신에게서 떠나고 알베르트가 당신 곁에 있는 것을 볼 때면, 열병처럼 다시금 의심이 일어나서 기가 죽고 맥이 풀려버렸던 것입니다. 언젠가 그 지긋지긋한 모임에서, 당신이 내게 말을 걸거나 손을 내밀 수도 없었을 때 꽃을 보내주셨던 일을 기억하고 계십니까? 아아, 나는 거의 밤을 새우다시피 그 꽃 앞에서 무릎을 꿇고 있었습니다. 그것은 나에 대한 당신의 사랑을 보증해 주는 꽃이었기 때문입니다. 그러나 그런 인상조차 이젠 희미해지고 마음속에 아로새겼던 그 확신마저 없어지는 것입니다. 심지어 성스러운 계시를 눈으로 보고서 믿음으로 충만해졌던 신자가 신의 은총에 감사하는 마음을 점점 잃어가는 경우와 비슷합니다.'

'이 모든 것은 허무한 것입니다. 그러나 내가 어제 당신의 입술에서 맛보고 지금까지도 내 가슴속에서 불타오르고 있는 숨결은 영원히 사라지지 않는 것입니다. 그녀는 나를 사랑하고 있다! 나는 이 팔로 그녀를 껴안았고 이 입술은 그녀의 입술 위에서 떨렸으며, 이 내 입이 그녀의 입에 맞닿아 웅얼거렸다. 그녀는 내 것이다! 로테! 그렇습니다. 당신은 영원히 내 소유인 것입니다!'

'알베르트가 당신의 남편이라는 것, 그것이 무어란 말입니까? 남편! 그것은 오직 이 세상에서만의 이야기가 아닙니까. 이 세상에서는 죄가 되는지도 모릅니다. 내가 당신을 사랑하고, 당신을 남편의 팔에서 내 팔 속으로 빼앗아 온다는 것이 말입니다. 죄라고요? 좋습니다. 나는 스스로 나 자신에게 벌을 주겠습니다. 나는 그 죄의 천국 같은 기쁨을 남김없이 맛보는 동시에 생명의 그윽한 향기와 힘을 내 가슴속 가득히 들이마셨습니다. 당신은 이 순간부터 저의 것입니다! 오오, 로테, 나는 먼저 갑니다. 하늘에 계신 나의 아버지 곁으로, 그리고 당신의 아버지 곁으로 갑니다. 그리고 아버지께 호소하렵니다. 그러면 그분은 당신이 올 때까지, 나를 위로해 주실 겁니다. 당신이 오면, 나는 뛰어가서 당신을 반갑게 맞이하고 당신을 붙잡고, 당신 곁에서 떠나지 않은 채 무한한 신께서 내려다보시는 가운데서 영원한 포옹을 계속할 겁니다.'

'나는 꿈을 꾸는 것도 망상에 잠겨 있는 것도 아닙니다. 무덤 가까이에 와서 나의 마음은 더욱 밝아지고 머리는 점점 또렷해집니다. 우리는 존재할 것입니다. 우리는 저세상에서 다시 만날 겁니다. 나는 당신의 어머니도 만날 겁니다. 당신의 어머니를 찾아낼 겁니다. 그리고 그분에게 내 마음을 털어놓겠습니다! 당신의 어머니, 당신과 꼭 닮은 그분!'

열한 시경 베르테르는 하인에게 혹시나 알베르트가 돌아오지 않았는가 물어보았습니다. 하인은 그분의 말이 저쪽으로 끌려가는 것을 봤다고 대답했습니다. 그 말을 듣고 베르테르는 다음과 같은 내용의 쪽지를 봉하지 않은 채 하인에게 내주었습니다.

'여행을 하려고 하는데, 선생의 권총을 빌려주시겠습니까? 그럼, 안녕히 계십시오.'

로테는 간밤에 거의 잠을 이루지 못했습니다. 그녀가 전부터 두려워해 왔던 일이 드디어 결판나게 되었기 때문입니다. 짐작도 못 하고 두려워하지도 않았던 뜻밖의 방향으로 판가름이 나고 만 것입니다. 평소에는 그렇게 깨끗하고 가볍게 흐르던 그녀의 피가 열병에 걸린 것처럼 들끓고 갖가지 감정이 아름다운 그녀의 마음을 극도로 뒤흔들어 놓았습니다. 그녀가 가슴속에 느낀 것은 베르테르의 포옹에서 생겨난 불길이었던가? 아니면 그의 불손한 태도에 대한 불쾌감이었던가? 그렇지 않으면, 지난날의 거리낌 없던 천진성과 근심 걱정 없던 자신에 비해 현재의 상태가 불만스러워서일까? 남편을 어떻게 대해야 할 것인가? 고백을 해도 마음속에 거리낄 것은 없지만 그렇다고 그대로 고백할 만한 용기도 나지 않는 그런 장면을 그에게 어떻게 고백할 것인가? 이미 상당히 오랫동안 두 사람은 서로 침묵을 지켜왔다. 그런데 이제, 자기 쪽에서 이 침묵을 깨뜨리고, 하필이면 지금 이 적당치 못한 시기에 뜻하지 않았던 사건에 관해서 남편에게 고백해야만 될 것인가? 베르테르가 찾아왔다는 소식을 그에게 전하는 것만으로도 불쾌한 인상을 주지 않을까 염려되는데, 하물며 이와 같이 뜻하지 않은 불상사에 관해서 어떻게 말할 수 있을 것인가? 거기다가 남편이 자기를 어디까지나 공정한 눈으로 보고, 아무 편견 없이 받아들일 것을 기대할 수 있을까? 또 그녀의 마음속까지 들여다보고 이해해 주기를 바랄 수 있을까? 지금까지는 매사를 투명한 수정처럼 숨김없이 솔직하게 남편에게 털어놓았으며, 어떤 기분이나 감정도 숨긴 일이 없고 또 숨길 수도 없었는데, 이제 남편 앞에서 자기기만을 할 수 있을까? 그런 생각들이 차례로 그녀를 괴롭혔고 당황 속으로 몰아넣었습니다. 그리고 또 그녀의 생각은 끊임없이 베르테르에게로 되돌아왔는데, 그녀에게는 그가 잃어버린 것이나 다름없는 존재였습니다. 그녀로서는 그를 버린다는 것이 참을 수 없는 일이었지만, 유감스럽게도 그를 내버려두는 수밖에 다른 도리가 없었던 것입니다. 그리고 베르테르는 로테를 잃어버린다면, 이 세상에서 그에게 남는 것이라곤 아무것도 없게 됩니다.

로테가 그 순간 뚜렷하게 자각은 못 했지만, 베르테르와 남편과의 사이에 뿌리 깊은 위화감이 얼마나 무겁게 그녀의 마음을 억눌렀는지 모릅니다! 그렇게 이해심이 많고 그렇게 착한 마음씨를 가진 두 사람이 어떤 눈에 보이지 않는 견해차로 말미암아, 서로 침묵을 지키게 되었고, 각자가 자신의 정당성과 상대방의 부당성을 생각하게 되었던 것입니다. 이런 사태는 더욱 얽히고 악화되어 마침내 모든 운명이 걸려 있는 위기일발의 순간에 가서도 그 매듭을 풀 수가 없게 되었습니다. 그런 사태에 이르기 전에 좀 더 일찍 두 사람이 지난날처럼 행복한 친밀감으로 가깝게 지냈더라면, 사랑과 관용이 번갈아서 그들의 마음을 발랄하게 하였더라면, 그리하여 서로 흉금을 털어놓았더라면, 아마도 우리의 친구는 구원되었을는지도 모릅니다.

거기다가 또 한 가지 특수한 사정이 첨가되었습니다. 그의 편지를 읽어보아도 알 수 있지만 베르테르는 이 세상을 떠나고 싶다는 간절한 소원을 전혀 비밀로 하고 있지 않았습니다. 알베르트는 몇 번이나 베르테르의 이런 생각을 반박하였던 것입니다. 로테와 남편 사이에도 가끔 이것에 관한 이야기가 화제에 올랐습니다. 알베르트는 그런 행위에 대해서 철저한 반감을 품고 있었기 때문에, 평소에는 그의 성격에서 찾아볼 수 없는 일종의 신경과민 증세를 나타내면서, '자살 계획 같은 건 도저히 진지하다고 믿어지지 않는 충분한 이유가 있다.'고 여러 번 역설했던 것이며, 심지어 농담까지 섞어서 믿을 수 없다는 자신의 의견을 로테에게 피력한 바 있었습니다. 물론 그것은 한편으로는 로테가 그런 슬픈 장면을 상상하게 될 때 그녀의 마음을 가라앉혀 주는 효과가 있었지만, 또 다른 한편으로는 남편의 그런 태도로 말미암아 로테는 자신을 괴롭히고 있는 문제를 고백하기 어려워진 것도 사실이었습니다.

알베르트가 돌아왔을 때 로테는 당황한 기색으로 그를 맞았습니다. 알베르트는 기분이 좋지 않은 듯 우울한 표정을 짓고 있었습니다. 일이 완전히 처리되지 못한 데다가, 이웃 마을에서 근무하는 법무관이 융통성이 없고 편협한 인간이었던 것입니다. 도중에 길이 좋지 못했던 것도 그의 마음을 불쾌하게 한 또 하나의 원인이었습니다.

알베르트가 아무 일도 없었느냐고 로테에게 물었을 때, 그녀는 성급히 베르테르가 어제저녁에 다녀갔다고 대답했습니다. 알베르트는 편지 온 것이 있느냐고 물었고, 편지 한 통과 소포가 몇 개 그의 방에 놓여 있다는 대답을 듣고 자기 방으로 들어갔습니다. 그래서 로테는 혼자 남았습니다. 사랑하고 존경하는 남편이 돌아와 곁에 있다는 사실은 그녀의 마음에 새로운 인상을 주었습니다. 남편의 고귀한 마음, 애정, 친절한 태도를 생각하자 그녀의 마음도 한결 가라앉았습니다. 로테는 남편을 뒤따라가 보고 싶은 충동이 일어서 평소에 늘 하던 대로 일거리를 추려 가지고 남편 방으로 들어갔습니다. 남편은 소포를 풀고 편지를 읽는 일에 몰두하고 있었습니다. 그중에는 별로 유쾌하지 못한 내용이 들어 있는 것 같았습니다. 로테는 몇 가지 질문을 하였는데 알베르트는 아주 간단히 대꾸를 한 다음, 책상에 가서 무엇인지 쓰기 시작했습니다.

두 사람은 이렇게 한 시간쯤 함께 앉아 있었는데, 로테의 마음은 점점 어두워졌습니다. 남편의 기분이 아무리 좋을 때라도, 지금 자기가 마음먹고 있는 일을 남편에게 고백한다는 것은 여간 어려운 일이 아님을 느꼈던 것입니다. 그녀는 우울한 기분에 사로잡혔는데 그것을 내색하지 않도록 눈물을 감추려 하면 할수록 더욱 마음은 불안해졌습니다.

베르테르의 심부름을 하는 시동 아이가 찾아왔을 때, 그녀는 극도로 당황하였습니다. 아이는 알베르트에게 쪽지 하나를 전했는데, 알베르트는 태연하게 아내 쪽을 향해 "이 아이에게 권총을 내줘요." 하고는 시동 아이에게는 "여행 중 안녕하시기를 바란다고 전해 다오."라고 했습니다. 그 말은 로테에게는 번갯불을 맞은 것 같은 충격이었습니다. 그녀는 비틀거리며 일어섰는데 어찌된 셈인지 분간조차 못했습니다. 천천히 벽 쪽을 향하여 걸어가서 떨리는 손으로 권총을 집어 내렸는데, 먼지를 털고서도 머뭇거리기만 하였습니다. 만일 알베르트가 의아스러운 눈초리로 재촉하지 않았던들 오랜 시간 그녀는 망설이고만 있었을 것입니다. 로테는 한 마디 말도 입 밖에 내지 못하고 그 불길한 무기를 시동에게 내주었습니다. 그리고 그 아이가 집에서 나가자, 일거리를 거두어 이루 말할 수 없이 불안해 하며 자기 방으로 되돌아왔습니다. 그녀의 마음은 갖가지 무서운 사건이 일어날 것 같은 예감으로 가득했습니다. 그녀는 당장 남편의 발치에 꿇어 엎드려 간밤에 일어났던 일, 자기의 잘못과 예감을 모조리 털어놓을까 하고 생각했습니다. 그러나 그런다고 해도 아무런 효과가 없다는 것을 깨달았습니다. 무엇보다도 남편을 설득해서 베르테르에게로 가도록 한다는 것은 바랄 수조차 없는 일임을 깨달은 겁니다. 식사 준비가 다 되었습니다. 친절한 여자 친구 한 사람이 물어볼 일이 있어서 찾아왔다가, 바로 돌아가지 않고 그대로 남아서 식사 분위기를 어색하지 않게 해주었습니다. 로테는 억지로라도 기분을 내서 말을 하고 이야기를 주고받아 스스로를 잊으려 하였습니다.

시동 아이는 권총을 받아가지고 베르테르에게로 돌아왔습

니다. 로테가 손수 내주더라는 이야기를 듣자, 베르테르는 자못 기쁜 듯이 그것을 받아들었습니다. 그는 빵과 포도주를 가져오게 하고 아이에게는 식사를 하라고 이른 다음 자신은 자리에 앉아서 글을 쓰기 시작했습니다.

'권총은 당신의 손을 거쳐서 왔습니다. 당신이 권총의 먼지를 털어주셨다고요. 당신이 직접 손을 대고 만졌던 권총이기에 나는 천 번이나 그것에다 키스를 했답니다. 그대, 하늘의 정령이시여! 당신은 나의 결심을 확고하게 해줍니다. 로테! 당신이 내게 무기를 내주었습니다. 나는 당신 손에서 죽음을 받기가 소원이었는데, 아아, 이제 이렇게 받게 되었습니다. 오오, 나는 시동 아이에게 꼬치꼬치 캐물어 보았습니다. 당신은 권총을 내어주실 때 떨고 계셨고, 잘 가란 말은 한 마디도 하지 않았습니다! 슬픕니다. 정말 슬픈 일입니다! 잘 가란 말 한 마디 하지 않다니! 나를 영원히 당신에게 붙들어 맸던 그때 그 순간 때문에 당신은 나에 대해서 마음을 꼭 닫아야만 되는 겁니까? 로테, 천 년이라는 세월이 흘러가도, 그때 받은 감명은 사라지지 않을 겁니다. 이다지도 당신 때문에 마음을 불태우는 이 남자를 설마 당신은 미워하진 못하겠지요.'

식사가 끝나자, 베르테르는 그 시동 아이에게 모든 것을 정리하고 완전히 짐을 꾸리도록 지시했습니다. 수많은 서류를 찢어버린 다음, 외출해서 아직까지 남아 있는 사소한 빚들을 깨끗이 청산했습니다. 그는 일단 집으로 돌아왔다 다시 밖으

로 나갔습니다. 비가 오는데도 이번에는 성문을 지나 교외로 나가 백작의 정원으로 들어가더니 더욱 먼 곳까지 그 근처를 배회하였습니다. 그리하여 어둑어둑할 무렵에 집으로 돌아와, 다시 글을 쓰기 시작했습니다.

'빌헬름! 마지막으로 나는 들과 숲과 하늘을 보고 돌아왔네. 자네도 부디 잘 있게! 어머니, 용서해 주십시오! 빌헬름, 어머니를 위로해 주게! 하느님께서 그대들을 모두 축복해 주시기를! 내 소지품은 모조리 정리해 두었다. 잘 있게! 우리는 앞으로 더욱 즐거운 마음으로 만날 수 있게 될 거야.'

'알베르트 씨, 나는 당신의 호의를 악으로 보답하였습니다. 그러나 당신은 나를 용서해 주겠죠. 나는 당신의 평화를 방해했고, 당신들 부부 사이에 불신과 의혹의 씨를 뿌렸습니다. 안녕히 계십시오! 나는 이제 끝내려 합니다. 오오, 나의 죽음으로 해서 그대들이 부디 행복해지기 바랍니다. 알베르트! 알베르트! 저 천사를 제발 행복하게 해주십시오! 자, 그러면 하느님의 축복이 그대 위에 깃들기를!'

베르테르는 그날 저녁에도 자꾸만 서류를 뒤적거리고 많은 종이를 찢어버리고 난로 속에 던져 넣었으며 꾸러미 몇 개는 빌헬름의 이름으로 봉인했습니다. 그 속에는 짤막한 수필과 단편적인 감상문 등이 들어 있었습니다. 그중 몇 개는 나도 기록을 추리면서 볼 수 있었습니다. 열 시에 그는 난로에다 불을 더 지피게 하고 포도주를 한 병 더 가져오도록 시킨 다음, 하인을 자러 가게 했습니다. 하인 방은 이 집 사람들의 침실과 마찬가지로 훨씬 뒤쪽에 자리 잡고 있습니다. 하인은 다음 날 아침 눈뜨는 대로 곧 대령할 수 있도록, 옷을 입은 채로 누웠습니다. 새벽 여섯 시가 되기 전에 역마차가 집 앞으로 오게 되어 있다고 주인한테서 들었기 때문입니다.

열한시 넘어서

주위는 아주 고요합니다. 내 마음도 정말 조용합니다. 하느님, 이 마지막 순간에, 이 따스함과 솟아오르는 힘을 베풀어주신 데 대해서, 나는 당신께 감사드립니다.

사랑해 마지않는 그대여, 나는 창가에 가서 바깥을 내다봅니다. 휘몰아치며 흘러가는 구름 사이에, 아직도 영원한 하늘에 빛나는 별들을 하나하나 봅니다! 아니, 너희들은 영원히 떨어지지 않으리라. 영원하신 분이 너희들 모두와 나를 품안에 꺼안아 주리라. 큰곰자리의 북두칠성이 보입니다. 모든 별들 가운데서 내가 가장 좋아하는 별이지요. 내가 밤에 당신과 헤어져서 당신 집 문을 나서면 언제나 그 별은 나를 마주 바라보고 있었습니다. 얼마나 도취되어 그 별들을 쳐다보았는지 모릅니다! 그리고 얼마나 자주 두 손을 치켜올리고 그것을 현재의 나의 행복에 대한 표지로 삼았는지 모릅니다! 그리고 지금도 역시 오오, 로테, 당신을 생각나게 하지 않는 것이라곤 하나도 없습니다! 당신은 나를 둘러싸고 있지 않습니까! 그뿐만 아니라, 나는 마치 어린애들처럼, 거룩한 당신이 손을 댔던 것이면 아무리 하찮아도 무엇이든 긁어모으지 않았습니까!

정다운 그대의 실루엣 그림이여! 나는 이것을 당신에게 기념품으로 남겨놓고 가겠습니다. 로테, 아무쪼록 이것을 소중히 간직해 주십시오. 밖으로 나갈 때나 집으로 돌아왔을 때, 나는 수천 번이나 그 그림에다 키스했고 또 수천 번이나 눈인사를 했습니다.

나는 당신의 아버지께 내 유해를 보호해 주시도록 편지로 부탁을 드렸습니다. 묘지 뒤쪽에 밭을 향한 안쪽 한구석에 두 그루의 보리수가 서 있습니다. 나는 그곳에서 고이 잠들고 싶습니다. 아버지께서는 친구를 위해서 이런 부탁을 들어주실 수 있으며 들어주실 겁니다. 당신도 아버지께 부탁드려 주십시오. 그러나 거룩하고 독실한 기독교 신자라면, 이 불행한 사람 옆에 묻히기를 싫어할 것이니 나도 억지로 요구할 생각은 없습니다. 그렇습니다. 아아, 나는 당신네들의 손으로 길가나 쓸쓸한 골짜기에다 파묻어 주기를 바랐고 사제나 레위[31] 사람들이 십자를 그으면서 묘석 앞을 지나고 사마리아 사람이 한 방울의 눈물을 뿌려주기를 원했던 것입니다.

자, 로테, 나는 두려워하지 않고, 차갑고 무서운 술잔을 손에 들어 죽음의 도취를 다 마셔버리렵니다. 당신이 이 잔을 내게 손수 내어주셨습니다. 나는 망설이지 않겠습니다. 모든 것이! 모든 것이 내 인생의 모든 소원과 희망이 이뤄졌습니다! 이렇게 냉정하게, 이렇게 담담하게 죽음의 철문을 두드립니다!

---

31) 「누가복음」 10장 30절 이하 참조.

로테! 될 수만 있다면 당신을 위해서 목숨을 바치고 싶었습니다. 당신을 위해서 이 몸을 바치는 행복을 누려봤으면 했던 것입니다! 당신의 생활에 평화와 기쁨을 다시 찾게 해드릴 수만 있다면 나는 아무 미련도 없이 기꺼이 용감하게 죽으려고 했습니다. 그러나 아아, 가까운 사람을 위하여 스스로 피를 흘리고 죽음으로써 친구들에게 백 배의 새로운 생을 북돋아 줄 수 있는 것은 오직 소수의 숭고한 사람에게만 부여된 일입니다.

로테! 당신이 손을 대고 만져서, 거룩하고 정결해진 이 옷을 입은 채로 나는 묻히고 싶습니다. 그것은 당신의 아버지께도 부탁드렸습니다. 내 영혼은 벌써 관 위를 떠돌고 있습니다. 아무도 내 주머니 속을 뒤지는 일이 없도록 해주십시오. 이 분홍색 리본은 내가 처음으로 당신을 만났을 때, 당신이 가슴에 달고 있었던 것입니다. 그때 당신은 어린애들에게 둘러싸여 있었습니다. 아아, 어린애들에게 천 번이라도 키스를 해주십시오. 그리고 이 불쌍한 친구의 운명을 이야기해 주십시오. 정말 귀여운 어린애들이니까요! 그 아이들은 언제나 내 주위에 몰려 있었습니다. 아아, 나는 얼마나 당신과 긴밀하게 맺어져 있었던가요! 첫 순간부터 나는 당신의 곁을 떠날 수가 없었습니다. 이 리본은 나와 함께 묻어주십시오. 당신은 내 생일에 그것을 선물로 주셨습니다! 그런 것들을, 나는 얼마나 갈망하며 모아두었는지 모르겠습니다. 아아, 이 길이 나를 이리로 이끌어올 줄은 미처 몰랐습니다. 마음을 가라앉혀 주십시오! 제발 부탁입니다! 진정해 주십시오!

탄환은 재어놓았습니다. 지금 열두 시를 치고 있습니다. 자, 그럼 됐습니다. 로테! 로테! 안녕, 안녕!

어떤 이웃 사람이 화약의 불빛을 보았고, 총소리를 들었습니다. 그러나 모든 것이 조용하였기 때문에, 그 이상 별로 염두에 두지도 않았습니다.

다음 날 새벽 여섯 시에, 하인은 불을 켜들고 방으로 들어갔습니다. 주인은 방바닥에 쓰러져 있었고 그 옆에 권총이 떨어져 있었으며, 피가 낭자했습니다. 하인은 소리치며 주인의 몸을 끌어 일으켰으나 아무 대답도 없었습니다. 그저 목구멍에서 골골거리는 소리를 낼 뿐이었습니다. 하인은 의사를 부르러 뛰어갔으며, 알베르트에게도 달려갔습니다. 로테는 초인종이 울리는 소리를 들었을 때, 온몸이 오싹하였습니다. 그녀는 허둥지둥 남편을 깨워 일으키고 함께 부랴부랴 나왔습니다. 하인은 울면서 말을 더듬고 사건에 관해서 보고했습니다. 로테는 정신을 잃고 알베르트 앞에 쓰러졌습니다.

의사가 도착했을 때 불쌍한 베르테르는 이미 회복될 수가 없는 상태였습니다. 방바닥에 쓰러진 채 맥은 아직도 뛰고 있었으나, 그의 손발은 모두 마비되어 있었던 것입니다. 오른쪽 눈 위에서 머리를 관통하여 쏘아서 뇌수가 밖으로 터져나와 있었습니다. 별 효과는 없는 줄 알면서도 팔의 정맥을 째고 방혈(放血)을 시켰습니다. 피가 흘러나왔습니다. 숨은 간신히나마 아직 쉬고 있었습니다.

안락의자의 팔걸이에 묻은 피로 미뤄보아, 아마도 베르테르는 책상을 마주하고 앉은 채로 권총의 방아쇠를 당겼던 모

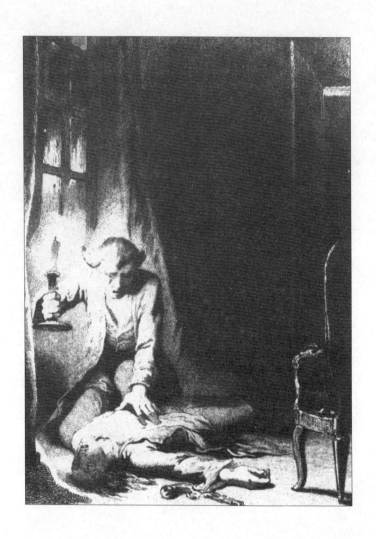

양입니다. 그리고 그는 방바닥으로 떨어져서 경련을 일으키며
의자 둘레를 뒹군 모양이었습니다. 베르테르는 기진하여 창문
쪽으로 고개를 돌리고 하늘을 쳐다보면서 누워 있었습니다.
그는 단정하게 옷을 입고 장화를 신은 채였습니다. 푸른 연미
복에다 노란 조끼였습니다.

집안과 이웃과 온 시내가 발칵 뒤집혔습니다. 알베르트가
방으로 들어왔습니다. 베르테르는 침대 위에 뉘여 있었습니다.
이마에는 붕대를 감았고, 얼굴빛은 벌써 죽은 사람 같았습니
다. 그의 손발은 전혀 움직이지 않았습니다. 오직 허파만이 무
섭게 골골 소리를 냈습니다. 때로는 약하게, 때로는 강하게. 모
두들 그의 임종을 기다릴 뿐이었습니다.

그는 옆에 놓였던 포도주를 한 잔 정도밖에는 마시지 않았습
니다. 책상 위에는 『에밀리아 갈로티』[32]가 펼쳐져 있었습니다.

여기서 알베르트의 당황이나 로테의 슬픔에 대해서는 언급
하지 않기로 하겠습니다.

늙은 법무관은 소식을 듣고 말을 달려 찾아왔습니다. 그
는 뜨거운 눈물을 흘리면서 죽어가는 베르테르의 입에다 키
스를 했습니다. 큰 아들들은 아버지의 뒤를 따라 걸어서 왔습
니다. 그들은 슬픔을 못 이겨 침대 옆에 무릎을 꿇고 엎드려
서 베르테르의 손과 입술에다 키스를 했습니다. 베르테르에게
가장 사랑을 받았던 맏아들은 베르테르의 입술에서 떨어지려

---

32) 극작가 레싱의 희곡. 시민의 비극을 다루었으며 거룩한 자살로 끝이
난다.

고 하지 않았습니다. 그래서 베르테르가 숨을 거둔 다음에 여러 사람들이 그 애를 억지로 떼어놓아야 했습니다. 정오 열두시 정각에 그는 숨을 거뒀습니다. 법무관이 그곳 현장에서 지휘하고 선처했기 때문에 별다른 소동은 없었습니다. 밤 열한시경 법무관의 알선으로 베르테르는 자신이 원했던 장소에 매장되었습니다. 그 늙은 법무관과 그의 아들들이 유해를 뒤따랐습니다. 알베르트는 따라갈 수가 없었습니다. 로테의 생명이 염려되었기 때문입니다. 일꾼들이 유해를 운반해 갔습니다. 성직자는 한 사람도 따라가지 않았습니다.

괴테의 문학 세계와 『젊은 베르테르의 슬픔』의 위상

1 괴테의 문학과 인간

독일의 대표적인 시인 괴테는 1749년 8월 28일 마인 강변에 있는 프랑크푸르트 자유시(自由市)에서 유서 깊은 명문 집안의 장남으로 태어났으며 1832년 3월 22일 바이마르에서 뜻깊은 일생을 끝마쳤다. 25세 때 발표한 『젊은 베르테르의 슬픔』은 그를 일약 세계적인 작가로 만든 문제작이었다. 그보다 앞서 그는 슈트라스부르크와 라이프치히에서 법학을 전공하였으며 때마침 불어닥친 젊은 혈기의 문학 운동 '슈투름 운트 드랑(Sturm und Drang, 질풍노도)'에 휩쓸려서 새로운 문단의 중심이 되었던 것이다. 그후 그는 바이마르 공국으로 초빙되어 정치에 참여하였고 국력 배양과 국민 복지를 위하여 약 10년간 다방면에서 활약했다. 1786년, 이탈리아 여행을 계기로 그의 문학 및 예술관에는 일대 전환이 이루어졌다. 즉 어두운 격동과 정열 과잉의 시인으로부터 밝고 우아한 고전적 세계로 돌아간 것이다.

괴테는『식물 변형론(Metamorphose der Pflanzen)』등 자연과학 분야에서의 업적도 크지만, 시, 소설, 희곡 등 문학의 각 분야에서 놀랄 만큼 많은 작품을 남겼다. 그중에서도『파우스트(Faust)』『빌헬름 마이스터(Wilhelm Meister)』『친화력(Die Wahlverwandtschaften)』『서동시집(West-östlicher Divan)』등은 높은 예술성과 깊은 사상성으로 후세까지 매우 높이 평가되는 작품들이다. 특히나 자신의 온갖 경험과 사상을 한 편에 쏟아부은 비극『파우스트』야말로 그의 대표작이라고 할 것이다.

2 슈투름 운트 드랑

젊은 괴테가 최초로 접촉을 가지게 된 당시의 독일 문단은 계몽주의 일색이었다. 더구나 고도로 발달한 프랑스 고전주의의 영향이 독일에서는 공허한 형식미와 미사여구를 논하는 기교로 변모하고 있었다. 여기서 시대적인 요구로서, 과거의 무미건조한 형식과 외면적 도덕률을 타파하고 진실로 독일적인 생명과 인간 감정의 본질을 회복하려는 새로운 운동이 일어난 것이다. 그리하여 시대정신은 이제 합리주의에서 비합리주의로, 섭리의 질서에서 파괴적 카오스로, 프랑스적 고전 비극에서 셰익스피어적 성격 비극의 방향으로 전환하기 시작했던 것이다. 이 같은 질풍노도 운동이 독일 문단에서 그 결실을 맺기까지는 젊은 괴테와 헤르더의 우연한 해후가 매우 중요한 역할을 한다. 헤르더는 마침 파리 여행을 마치고 슈트라스부르크에서 눈 수술을 받기 위해 체류하고 있었는데, 21세의 괴테는 그곳 대학에 유학하고 있으면서, 5년 선배인 그를 자주 방문하여 담소했다. 그때 헤르더의 자유분방한 정신은 자기도 모르는 사이에 괴테에게로 전파되었고, 그의 독창적이고 해박한 지식과 더불어 후일 괴테에게서 시적 표현으로 결실 맺을 소지가 되었던 것이며 자연히 인간 감정의 심연으로부터 우러나오는 참된 문학의 본질을 암시받게 되었다. 그래서 문학의 전형으로서도 성서, 민요, 오시안의 시, 호메로스, 셰익스피어의 작품 등이 지적되었고, 프랑스적인 형식의 세련보다도 한층 근원적이고 소박한 요소가 강조되었다. 그러기위해서는 독일 문학이 독일의 민족성으로 다시 돌아갈 필요가 있다는 것도 깨달았다.

그래서 그 당시의 괴테의 시에서는 소박하고 신선한 자연 감각이 넘쳐흐른다. 모든 기교로부터 벗어나 청순하고 솔직한 인간 감정이 대자연과 융합되면서 있는 그대로 표현되기 때문이다.

자연은 어쩌면 저렇게도 화려하게,
나를 향해서 빛나는 것일까!
태양은 저렇게 번쩍이고
풀밭은 저렇게 다정한 것일까!

그러나 아무리 아름다운 자연의 감각에도 '사랑'이 있어야 비로소 진실한 행복과 보람이 나타난다. 그리고 괴테는 각 시기마다 항상 이상적인 여성을 만났던 행운의 사나이다.

어느 날 괴테는 슈트라스부르크의 교외, 제젠하임으로 소풍을 갔다가 그 마을 목사의 딸 프리데리케를 보고, 그녀의 청순하고 목가적인 아름다움에 반했다. 그 아름다운 자연 속에서 감미로운 사랑을 속삭일 수 있었던 괴테는 그때 연속적으로 '프리데리케'의 노래를 작시(作詩)하였으며, 서정시인으로서의 괴테가 이때 이루어졌다고도 한다. 물론 그의 라이프치히 시대의 장식적인 아나크레온류의 시와는 근본적으로 다른 시풍(詩風)이었다. 그런데 이번의 괴테의 사랑은 먼젓번의 케트헨에 대한 사랑과는 달리 그렇게 불붙는 열광적인 것은 아니었으며 약 일 년간의 교제 후에는 그녀를 버리고 훌쩍 떠나고 말았다. 이것이 괴테의 두 번째의 도주인데, 그때그때의 여성으로부터 최대의 것을 취한 다음에는 자신의 보다 높은 비약을 위해서 매번 그 여성들을 버렸던 것이다. 그것이 그처럼 위대한 시인을 탄생시키기 위해 불가피했다고는 하지만 도덕적으로 그가 나중까지 비난받는 동기가 되었으며, 자신도 양심에 크게 가책을 느끼기도 했다. 그래서 그 직후에 집필된 희곡 『괴츠(Götz von Berlichingen)』에는, 바이스링엔이 충실한 약혼녀 마리아를 버리고 요부 아델하이트의 미색(美色)을 탐닉하다가 끝내 부하에게 독살당하는 이야기가 있는데, 이것은 다분히 괴테 자신의 자책의 심정을 토로한 것으로 간주된다. 이 작품은 또한 괴테의 질풍노도적 요소를 가장 강하게 나타내는 것으로 유명하다. 예컨대, 사회적 예술적 전통에 대한 대담한 반항, 자연으로 향하는 뜨거운 정열, 문학의 형식과 법칙을 벗어나는 분방한 태도 등이 나타나 있다.

이어 발행된 『젊은 베르테르의 슬픔』은 앞 작품의 정신을 그대로 이어받으면서도, 그 결함과 무리를 다분히 극복한 괴테 최초의 성공작이라고 하겠다. 단순한 성공작이라기보다는 적절한 시기에 젊은이들의 가슴에 충격을 안겨주어서 독자를 감격의 소용돌이에 빠뜨린 문제작이라고 하는 편이 더 적절할 것 같다.

3 릴리와의 약혼

괴테가 약혼했던 16세의 아름다운 처녀 릴리는 부유한 은행가의 딸로, 본명은 엘리자베트 쇠네만이라고 하였다. 26세의 괴테는 그 소녀와 사귄 지 불과 3개월 만에 정식으로 약혼까지 하였으나 끝내 결혼에는 이르지 못했다. 대체로 괴테의 여성에 대한 사랑은 헌신적이었으며, 사랑하는 동안에는 자기의 몸과 마음을 다 바쳐 열렬히 사랑하는 것이 상례였다. 그 중에서도 특히 릴리에 대한 사랑은 특히 강렬했다. 그런데도 괴테는 약혼한 지 한 달도 채 못 돼서 후회를 한다. 그 당시 헤르더에게 보낸 편지에는 다음과 같은 구절이 들어 있다. "자유를 동경하는 마음의 소용돌이가 가정의 행복의 항구로 가까이 가려는 생활의 배[船]를 다시금 먼 바다로 밀어냅니다."

엘리자베트 쇠네만

요컨대 그의 천부의 시(詩) 정신은 결혼이라는 속박에 얽매이는 것을 방해하였던 모양이며, 그때 마침 기회가 생겨 친구를 따라 스위스 여행을 떠났으니, 그것이 말하자면 괴테의 여성으로부터의 제4의 도주가 되었던 것이다.(제3의 도주는 『젊은 베르테르의 슬픔』의 계기가 되었던 여성이다.) 그러나 릴리에 대한 사랑은 지극하였으며 괴테는 스위스에 가서도 끝내 그녀를 잊지 못하였고, 그녀 역시 괴테를 열렬히 사랑하여 "만일 이 나라에서 결혼하기 어렵거든 저를 미국이든 어디든 데려가 주세요." 하고 애원까지 하였다 한다. 스위스의 아름다운 산악의 경치에 감탄하면서도 괴테는 끝내 릴리를 잊지 못한다.

　　그리운 릴리여, 그대를 사랑하지 않았던들
　　아름다운 이 경치가 나에게 얼마나 큰 기쁨이었겠는가.

그러나 만약에 릴리여, 그대를 사랑하지 않았다면

내가 행복을 대체 어디서 발견했을 것인가.

—「산상서」에서

4 바이마르행과 슈타인 부인

괴테가 바이마르 공국의 영주 아우구스트 공의 초청을 받은 것이 1775년 1월이었으니 그때 괴테는 나이 26세의 젊은이였다. 잠시 체류한 후에 이탈리아로 여행을 떠날 예정이었던 것이, 자기의 일생을 그곳에 바치게 된 것은, 공작의 극진한 대접과 지우(知遇)에도 기인하겠지만, 민감한 괴테가 후일 독일 문화의 황금 시대가 거기서 이룩될 것 같은 패기와 예술적 분위기를 이미 직감했기 때문이라고 추측된다. 과연 바이마르는 괴테를 중심으로 독일 역사상 유례가 없는 문화적 융성을 이룩하였고 그것이 바탕이 되어 후진국이던 독일이 모든 분야에서 두각을 나타내게 되었다고 해도 과언이 아니다. 바이마르 체류 중 괴테에게 가장 큰 영향을 끼친 것은 그곳의 기라성 같던 시인이나 음악가 또는 철학자 들이 아니고 슈타인 부인이란 한 여성이었다. 바이마르 체류 이후 10년간 괴테는 그 부인에게 정열을 쏟았으며, 그 시기의 괴테의 눈부신 활동 또한 슈타인 부인의 영향을 받았다. 그녀는 괴테의 넘쳐흐르는 정열을 교묘히 진정시키면서 그의 타고난 재질을 유감 없이 발휘하게 하였다. 그뿐 아니라 그녀의 여성적인 우아함과 품위

샤로테 폰 슈타인

있는 정신은 괴테가 거친 질풍노도를 극복하여 높은 고전주의에로의 발전을 이룩하는 데도 결정적인 도움을 주었던 것이 사실이다.

5 독일 고전주의와 괴테

독일 고전주의는 괴테의 이탈리아 여행과 직결된다. 괴테는 자신의 말과 같이 "이탈리아에서 다시 태어난" 것이었다. 괴테가 슈타인 부인에게 한 마디 말도 없이 이탈리아 여행을 떠나버린 것은 부인에게 결정적인 감정의 타격을 주었지만 괴테에게는 오히려 '감정의 인간'에서 '눈의 인간'으로 전환하는 계기가 되었던 것이다. 즉 젊은 괴테에게 절도(節度)와 안정과 명랑성을 주려고 노력한 슈타인 부인의 교양의 목표가, 오히려 그녀로부터 도피해 간 이탈리아에서 성취되었다고 할 수 있겠다. 괴테에게 이탈리아는 결코 낯선 나라는 아니었으며, 이미 오래전부터 동경하여 왔고, 또한 기대하던 여행이었다. 막상 그곳에서의 여러 가지 체험과 고대 미술품에 대한 감상은 그에게 기대 이상의 성과를 가져다주었다. 바이마르에서의 불안과 초조는 말끔히 가시었고 정신의 안정과 균형이 다시 이루어졌으며, 맑은 남국의 하늘처럼 너그럽고 명랑한 분위기와 심정을 지니게 된 것이다. 이제는 오시안이나 셰익스피어를 대신하여, 고대 로마나 빙켈만이 그의 정신을 지배하게 되었으며, 지금껏 정체되었던 그의 문학 활동은 새로운 고전주의적 정신하에 급속도로 향상되었다.

괴테의 고전주의 문학의 대표작으로 손꼽히는 것은 이탈리아 여행에서 완성된 비극 『이피게니에(Iphigenie)』라고 할 수 있다. 그것은 그리스의 에우리피데스의 원전을 바탕으로 하고 있을 뿐 아니라 그 형식과 내용이 모두 고전적이다. 그러나 괴테는 단순한 그리스 비극에서 진실로 독일적인 심령극(心靈劇)을 창조해 내고 있다. 여기서 여주인공 이피게니에의 고귀한 인간성이 구제의 열쇠가 되며(그리스 비극에서는 그렇지 않다.) 제재가 그리스 것이긴 하지만 내용의 사상은 기독교적이며 괴테 특유의 휴머니즘이 지배적이다. 여기에 독일 고전주의의 특색이 담겨 있다. 괴테가 이탈리아를 찬미하고 고대 예술에 심취해 있기는 했지만, 그것을 그저 단순히 모방하지 않고 어디까지나 독일적이며 자기 자신의 독특성을 살렸다는 점에 주목해야 한다. 그리고 이상적인 여성상으로서 이피게니에가 슈타인 부인의 면모를 띠고 있는 점도 흥미롭다. 괴테는 슈타인 부인으로부터 도주하여(제5의 도주) 오히려 그녀의 고귀한 본질을 구상화할 수 있었던 것이다. 괴테에게는 언제나 우아한 여성의 힘에 의해 거친 남성의 격정이 진정되고 보다 높은 교양의 경지로 향상되었던 것이다.

그리고 고전주의 시대는 괴테의 청춘 시대였던 '질풍노도'와 그의 만년에 해당하는 낭만 시대의 중간에 해당되는 것이어서 폭풍적인 광란에 대하여는 온순과 우아를, 낭만의 자유분방한 공상에 대해서는 양식적(樣式的) 균형의 미를 제시하고 있다. 그렇지만 이것은 원리적인 관찰이고, 개개의 작품을 통해 관찰한다면 가장 고전적이라고 하는 『이피게니에』나 『타소(Tasso)』에서도, 그 마귀에 이끌린 젊은이 오레스트(이피게니에의 동생)의 가슴속에 광란하는 '마신적인 요소'가 얼마나 질풍노도 시대의 광폭과 가까운 것인가, 또한 타소의 현실 도피와 공상 속에는 얼마나 많은 '낭만적'인 요소가 담겨 있는가, 그리고 또 이피게니에의 입에서는 모든 주의와 경향을 초월하여 얼마나 보편적인 인류애의 정신이 흘러나오고 있는가를 역력히 엿볼 수 있는 바이니, 대체로 생명이 있는 작가와 작품을 어떠한 '이즘'이나 '주의'를 가지고 일률적으로 판단할 수가 없음을 다시 한번 느끼게 한다.

6 만년의 괴테

괴테보다 열 살 아래인 실러는 괴테와 마찬가지로 젊은 정열과 정의감을 가지고 질풍노도 운동에 크게 기여하였으나, 후일 독자적인 명상과 철학, 역사 연구 등을 통하여 역시 고전으로의 길을 걷기 시작하고 있었다. 그러나 두 시인의 근본적 차이도 있고 해서 같은 바이마르 시대에 살면서도 접근이 어려웠는데, 1794년 예나(Jena) 학회에서 우연히 두 사람의 의기가 투합하였으며, 그 후 그들의 협력과 우정은 독일 고전주의를 빛내는 데 결정적 역할을 하게 되었다.

7 괴테의 결혼

괴테는 일생 동안 아홉 명의 여성과 애정 관계를 가졌는데 그중 결혼한 여인은 크리스티아네 한 사람뿐이다. 그녀와는 이탈리아 여행 직후부터 동거 생활을 시작했다. 크리스티아네는 교육 정도는 그다지 높지 않았으나, 매우 영리하여 괴테의 성미와 일의 성질까지도 잘 파악하고, 남편을 잘 섬기고 돌보았을 뿐 아니라 그의 창작상의, 또는 자연과학 연구에까지 긴요한 도움을 주었다. 그리고 괴테 가의 상당히 복잡하고, 손님도 많은 집안 살림을 적절히 처리해 냈으며, 그러면서도 자기 자신은 항상 겸손하게 들어앉아서 아는 척하지 않는 매우 이상적인 주부였다. 그런데 나폴레옹 전쟁 당시 바이마르 공국

크리스티아네 불피우스

도 프랑스 군에게 침공당하게 되었는데, 술 취한 군인들이 한때 약탈을 자행한 일이 있었다. 어느 날 밤 괴테의 침실에까지 침입한 프랑스의 난폭한 군인들이 그를 해치려 하였다. 그때 크리스티아네가 용감하고도 재치 있는 방법으로 그들을 쫓아내지 않았던들 괴테의 만년의 가장 중요한 활약은 볼 수 없었을 것이다. 괴테도 그녀에 대한 감사의 마음을 억제치 못했으며, 특히 그녀가 근 20년간이나 첩이라느니 식모라느니 하는 뒷공론을 들어가면서도 한결같이 봉사해 준 은덕을 생각하여, 마침내 서둘러 정식 결혼을 하게 된 것이다.

8 『친화력』과 소녀 민나

괴테는 저작을 위하여 잠시 바이마르를 떠나 예나에 체류한 일이 있었는데(1807년), 거기서 이전부터 친분이 있던 서점 주인 프롬만의 집에 자주 출입하였다. 그런데 괴테는 그 집에 양녀로 있는 민나에게 갑작스러운 연정을 느끼게 되었다. 사실은 그녀가 열 살 정도였을 때부터 괴테는 그녀를 잘 알고 있었는데, 이제 몰라보게 성숙하고 아름다워진 그녀의 모습을 대하자 새삼스럽게 걷잡을 수 없는 뜨거운 정열이 마구 솟아오름을 느낀 것이다. 그러나 스스로도 위기감을 가지게 된 괴테는 의식적으로 그녀를 피했으며, 그후 볼일도 생기고 해서 그녀로부터 도주(제7의 도주)하기 위하여 그곳을 아주 떠나 버렸다. 그러나 그녀에 대한 사랑의 체험은 그 후 집필된 『친화력』속에서 영원히 그 모습을 남기고 있다. 그리하여 그 작품 속에 그려진 내용은 격렬한 정열이긴 하지만 그것을 묘사하는 작가의 필치는 매우 냉정하고 객관적이어서 가히 체념의 경지에 도달한 노 시인의 높은 심경과 통찰력을 엿보게 한다.

한편 괴테 만년의 업적 가운데 가장 높이 평가되는 것의 하나로 『서동시집』이 있다. 괴테의 깊은 인간 통찰과 넓은 세계에 대한 관심은 멀리 동양에까지 미쳤으며, 특히 14세기의 페르시아 시인 허페즈에 대해서는 시대와 지역을 초월한 인간적 감동을 느꼈다. 그래서 괴테는 그 무렵의 자신의 뜻깊은 시집을 『서동시집』이라고 이름 붙인 것이다. 즉 서방 시인에 의한 동양적인 시라는 뜻이다. 그런데 그 시집 속에서 한 가닥 광채를 발하는 것은 역시 괴테의 새로운 여성 관계다. 다시 말하면 『서동시집』의 백미(白眉)인 「술레이카의 편(篇)」은 아름다운 마리안네에 대한 그의 정열의 소산이었기 때문이다. 마리안네는 프랑크푸르트의 은행가 빌레머 씨의 앙녀로 나중에 그의 후처가 된 여성인데, 괴테는 1814년 그 집을 방문하여 마침 꽃피는 나이에 있던 그녀에게 몹시 이끌렸었다. 눈치를 챈 빌레머 씨는, 재빨리 그녀를 자기의 정식 부인으로 삼았다. 다음 해 가을 괴테는 또다시 그 집을 방문하여 그녀와도 친숙하게 지냈는데 그때는 그 남편도 그들의 친교를 방해하지 않는 아량을 보였다. 그런데 거기서 놀라운 일이 발견되었다. 즉 그녀가 뛰어난 서정시인이라는 점이었다. 괴테가 그녀에게 보내는 사랑의 시에 답하여 쓴 그녀의 시는 괴테를 놀라게 하는 솜씨였던 것이다. 그래서 그녀의 시가 그대로 「술레이카의 편」으로 『서동시집』 속에 수록되었다고 한다. 그것은 물론 시인으로서 위대한 괴테의 힘이 정신 감응이 되어 그녀에게 작용한 것이라고 하겠지만, 하여간에 그녀가 놀라운 시재(詩材)의 소유자였던 것만은 틀림이 없다. 그리하여 그들 사이는 더욱 친숙해지고 정열의 불이 붙었던 것인데, 그때 이미 나이가 65세였던 괴테는 내면의 고통스러운 투쟁 끝에 그녀를 단념하고, 어느 보름날 밤에 그녀와 작별을 하면서 "이제부터는 보름달이 뜰 때마다 서로의 생각을 하기로 하자"는 약속을 하고 그녀로부터 도주하지 않을 수 없었다(제8의 도주).

그러나 『서동시집』은 「술레이카의 편」과 같은 사랑과 정열 이외에도, 괴테의 인생관과 사상을 가장 깊이 있게 표현해 주는 의미심장한 작품들로 가득 찬 시집인 것이다.

9 노(老) 시인의 회춘

1816년 괴테는 아내 크리스티아네와 사별 후 몇 해가 지나서 또다시 새로운 사랑을 경험했는데 그 여성은 바로 마리엔바트의 온천지에서 자주 만나게 되었던 19세의 소녀 울리케였다. 1823년 여름, 괴테는 나이 74세가 되는 생일날(8월 28일) 그 젊은 소녀와 춤까지 췄다고 한다. 그때 그의 정열은 어느 젊은이 못지않게 열렬했으며, 그 점은 당시의 연애시 「마리엔바트의 비가(悲歌)」에서도 충분히 짐작할 수 있다. 그가 또한 얼마나 진지한 사랑을 하였는가는 그녀에 대한 구혼 중매를 서 달라고 바이마르 국왕에게까지 정식으로 부탁하였다는 사실만으로도 충분히 짐작이 갈 것이다. 물론 그 구혼은 그녀의 어머니에 의해서 거절되었지만, 그 결과로 유명한 「마리엔바트의 비가」, 즉 노 시인의 영원히 젊은 정열의 노래가 탄생한 것이다.

이상과 같이 괴테는 긴 일생 동안 그 풍부한 결실에 못지않게 여러 여성들과의 사랑을 경험하였는데, 괴테의 사랑은 결코 고답적이거나 자기중심적인 것은 아니었다. 오히려 다른 작가들에게서는 보기 드문, 진지하고 헌신적인 사랑이었으며, 그 하나하나의 여성에게 적어도 그 순간만은 몸과 마음을 바치는 겸허한 사랑이었던 것이다. 또한 그러하였기 때문에 그

마리엔바트의 울리케

는 여성들에 의하여 항상 높은 단계의 정신적 발전을 성취할
수 있었다고 생각된다.

괴테의 만년의 가장 큰 업적은 역시 『빌헬름 마이스터』와 『파
우스트』의 완성이라 할 수 있으며, 그 두 작품은 그가 청년 시대
에 구상하여 쓰기 시작했으나 여러 번 중단되었고 고령에 이르
러 비로소 완성된 것이다. 따라서 그 속에는 괴테 일생의 전 체
험과 예지(豫知), 그리고 각 단계의 여러 가지 감정과 감각이
내포되어 있을뿐더러 정치적 사회적 여러 이념으로부터 인류
문화와 예술의 본질에 이르기까지 참으로 다양하게 망라되어
있다.

10 『젊은 베르테르의 슬픔』에 대하여

괴테의 질풍노도 시대의 대표작일 뿐 아니라, 괴테의 명성을 일약 전세계에 떨치게 한 『젊은 베르테르의 슬픔』은 1774년 25세의 괴테가 불과 14주 만에 완성한 작품이다. 이것이 작가 자신에게 있어서 어떠한 위치를 차지하며, 독문학사 내지 슈투름 운트 드랑에 어떤 의의를 지니는가에 대해서는 앞에서 언급한 바이니, 여기서는 중복을 피하고 이 작품의 창작 동기를 중심으로 간단히 소개하기로 한다. 1772년 봄 법학 공부를 마친 괴테는 베츨라어라는 도시의 고등법원에서 법무 실습을 하게 되었는데, 그곳의 법관 부프의 집에 자주 드나들면서 그 집 딸 샤로테를 사랑하게 되었다. 그녀는 그 당시 불과 16세밖에 안 되었고, 이미 외교관 케스트너의 약혼자였다. 괴테는 그 날씬하고 명랑한 소녀 샤로테에게 비상한 애정을 느끼고 감정이 상통하여 그녀에 대한 정열을 걷잡을 수가 없게 되었다. 그 때의 체험은 이 책의 제1권에서 상세하게 표현되어 있다. 하루는 약혼자 케스트너가 없을 때 그 소녀에게 달려들어 강제 키스까지 하였다. 그러나 그녀는 괴테를 타이르고 자기로부터는 우정 이상의 것을 바라지 말라고 하였다. 그리고 브레멘 공사관의 서기관이었던 케스트너도 점잖은 신사였기 때문에 갈등까지는 일어나지 않았지만, 젊은 괴테에게 마음의 타격은 컸으며 작품에서도 보는 바와 같이 상심한 마음의 편지를 두 사람에게 남기고 도망치다시피 고향으로 돌아와 버렸다. 이것이 말하자면 괴테의 제3의 도주였다. 그런데 그후 반년쯤 지나서

샤로테 부프

역시 베츨라어에서 브라운슈바이크 공사관의 서기관으로 있던 예루살렘이, 친구의 부인에게 연정을 품고 자살하였다는 소식을 들었다. 이것은 괴테에게 큰 충격이 아닐 수 없었다. 그는 라이프치히 대학교 시절부터 괴테와는 잘 아는 사이였다. 특히 상관과 원만히 지내지 못한 그의 성격, 유부녀를 사랑하여 생긴 괴로운 관계 등이 괴테에게 실감을 준 것이다. 더욱이 자살한 권총이 케스트너가 예루살렘에게 빌려준 것이었다는 이야기는 더욱 충격을 주었다. 그래서 그런 이야기들이 괴테 자신의 체험과 연결되어 이 작품으로 결정(結晶)을 이룬 것이다.

이와 같이 이 작품은 괴테가 매우 젊은 나이에 넘쳐흐르는 정열과 생생한 체험, 그리고 어딘가 마신(魔神)에게 홀린 것 같은 상태에서 너무나 조급히 집필한 것이었다. 그러므로 그 당시에 비등했던 종교 내지 도덕적 비난은 도외시한다 하더라도, 문학 작품으로서의 미숙함, 표현상의 생경함이나 조잡함 또는 병적인 증상을 나타내고 있다는 지적을 받는 것도 무리는 아니라 하겠다. 그러나 다른 한편, 그런 측면이 아니고서는 과연 그와 같이 생명감과 순수한 열정이, 또는 지나친 자존심과 고귀한 인간성 등이 이렇게까지 단적으로 표현될 수 있었을까. 더구나 그 속에서 아름다운 자연의 묘사는 주인공의 심적 상태와 교묘하게 융합되어 한 인간의 생명력이 거대한 자연의 일부로 직결되고 있음을 실감 나게 보여준다. 이 점은 괴테의 문학 전반에 걸쳐 두드러지는 요소의 하나라고도 하겠지만, 여기서는 특히 그 힘이 소박하게 분출되어 인간 사회의 부질없는 법칙이나 제약과 충돌을 일으키고, 마침내 그것을

작품 해설

자살한 예루살렘

뛰어넘으려 하기 때문에 발생하는 비극으로 제시되고 있는 것
이다. 그러나 베르테르에게는 그것이 비극이 아니고 오히려 기
쁨이요, 무한한 생명과의 합류를 의미했다. 인간의 고매한 정
신을 억제하는 모든 것(사회적 체면이라든지 남의 약혼녀라는 제
약)은 그에게 감옥이었고, 심지어 자기 자신의 육신마저 방해
물이 되기 때문에, 그것은 자살로써만 완전히 벗어날 수 있다
는 논리였던 것이다. 이것이 당시 괴테의 솔직한 심정이었겠지
만, 괴테 자신은 이 작품으로 자기 내면의 정신적 압박을 청
산하고(동시에 하나의 이정표를 남기고) 다시 새로운 단계의 보
다 높은 인생의 길을 걸었음을 우리는 잘 알고 있다.

1999년 3월
박찬기

작가 연보

1749년   8월 28일 프랑크푸르트에서 태어났다. 아버지 요한 카
스파르 괴테(1710~1782)는 명목상의 황실 고문관으로
법학을 공부한 부유한 인사였으며, 어머니 카타리나 엘
리자베트(1731~1808)는 프랑크푸르트 시장의 딸로 천
성적으로 활발하고 명랑하였다.

1750년   누이동생 코르넬리아가 태어났다.(그 이후 출생한 남동생
둘,여동생 둘은 모두 출생 후 얼마 안 되어 사망하였다.)

1753년   크리스마스에 할머니에게 인형극 상자를 선물받았
다.(지금도 프랑크푸르트의 '괴테 하우스'에 보존되어 전
시 중이다.)

1757년   조부모에게 신년 시를 써서 보냈다.(보존되어 있는 괴테
의 시 작품 중 가장 오래된 것이다.)

1759년   프랑스 군이 프랑크푸르트를 점령하였다. 군정관 토랑
(Thoranc) 백작이 2년쯤 괴테의 집에 머물렀는데, 그를
통해 소년 괴테는 미술과 프랑스 연극에 깊은 관심을
갖게 되었다.

1765년   10월에 라이프치히로 가서 대학에 입학하였다. 베리쉬
(Behrisch), 슈토크(Stock), 외저(Oeser) 등의 예술가들
과 사귀며 문학과 미술 공부를 하였고, 그리스 연구가
빙켈만의 글을 읽고 계몽주의 극작가 레싱의 연극을
관람하였다.

1766년   식당 주인 쇤코프의 딸 케트헨을 사랑하여 교제하였
다. 그녀에게 바친 시집 『아네테(Annette)』는 베리쉬에
의해 보존되었다.

1767년   첫 희곡 『연인의 변덕(Die Laune des Verliebten)』을 썼
다.(이듬해 4월에 완성.)

1768년   케트헨과의 애정 관계를 끝냈다. 6월에 빙켈만의 피살
소식을 듣고 큰 충격을 받았다. 7월 말 각혈을 동반한
폐결핵에 걸려 학업을 중단하고 고향으로 돌아왔다.

1769년   이전 해 11월에 시작한 희곡 『공범자들(Die Mitschuldi-
gen)』을 완성했다.

1770년   슈트라스부르크 대학에 입학하여 법학 공부를 계속하
였다. 눈병 치료차 슈트라스부르크에 온 헤르더와 교우
하며 문학과 언어에 관해 많은 영향을 받았다. 10월에
근교의 마을 제젠하임에서 그곳의 목사 딸 프리데리케
브리온(Friederike Brion)을 만나 사랑에 빠졌다.

1771년　프리데리케와 자주 만나며 그녀를 위한 서정시를 많이
　　　　썼다. 교회사 문제를 다룬 학위 논문은 민감한 내용 때
　　　　문에 불합격되었으나, 대신 그에 준하는 시험에 통과하
　　　　여 공부를 마쳤다. 8월 프리데리케와 작별하고 고향으
　　　　로 떠났다. 프랑크푸르트에서 변호사를 개업하였으나
　　　　문학에 더 몰입하였다. '슈투름 운트 드랑'의 성향이 짙
　　　　은 희곡『괴츠 폰 베를리힝겐』의 초고를 썼다.

1772년　아버지의 제안에 따라 베츨라어의 고등법원에서 견
　　　　습 생활을 했다. 그곳에서 만난 샤로테 부프(Charlotte
　　　　Buff)를 연모하게 되었으나 약혼자가 있는 여자였으므
　　　　로 단념하였다. 이 못 이룬 사랑의 체험이 소설『젊은
　　　　베르테르의 슬픔』의 소재가 되었다.

1773년　『괴츠』를 출간하고, 슈트라스부르크 시절부터 구상했
　　　　던『파우스트』의 집필을 처음 시작하였다. 시극『마호
　　　　메트(Mahomet)』와『프로메테우스(Prometheus)』를 쓰
　　　　고, 오페레타『에르빈과 엘미레(Erwin und Elmire)』의
　　　　집필을 시작하였다.

1774년　소설『젊은 베르테르의 슬픔』을 시작하여 4월에 완성
　　　　하였다.『괴츠』가 베를린에서 초연되었고, 희곡『클라
　　　　비고(Clavigo)』를 썼다. 당대의 대시인 클롭슈토크와 편
　　　　지를 교환하였다.

1775년　프랑크푸르트 은행가의 딸 릴리 쇠네만을 사랑하여
　　　　약혼하였으나 반년쯤 후에 파혼하였다. 희곡『스텔라
　　　　(Stella)』를 썼다. 카를 아우구스트(Karl August) 공의 초

청을 받고 바이마르를 방문하였다.

1776년 바이마르(당시 인구 6000명 정도의 도시)에 정착하기로 결심하고, 7월 추밀원 고문관에 임명된 후 정식으로 바이마르 공국의 정사에 관여하였다. 궁정여관(女官) 샤로테 폰 슈타인(Chalotte von Stein) 부인과 깊은 우정관계를 맺고 그녀로부터 많은 격려와 도움을 받았다.

1777년 『공범자들』, 『에르빈과 엘미레』가 공연되었다.

1778년 희곡 『에그몬트(Egmont)』에 전념하여 몇 장을 집필하였다.

1779년 『이피게니에』(산문)를 완성하여 초연하였다. 슈투트가르트에 들러 실러가 생도로 있는 카를(Karl)학교를 방문하였다.

1780년 희곡 『타소』를 구상하였다. 『파우스트』의 원고를 아우구스트 공 앞에서 낭독하였다. 그 원고를 궁정여관 루이제 폰 괴흐하우젠이 필사해 두었는데, 그것이 훗날 『초고 파우스트(Urfaust)』의 출간을 가능하게 했다.

1782년 황제 요제프 2세로부터 귀족의 칭호를 받았다. 아버지가 별세하였다. 『빌헬름 마이스터의 수업시대(Wilhelm Meisters Lehrjahre)』의 집필을 시작하였다.

1786년 식물학과 광물학의 연구에 관심을 기울였다. 카를 아우구스트 공, 슈타인 부인, 헤르더 등과 휴양차 카를스바트에 체재하다가 몰래 이탈리아 여행길에 올랐다. 로마에서 화가 티슈바인, 앙겔리카 카우프만, 고고학자 라이펜슈타인 등과 교우하며 고대 유적의 관찰에 몰두하였다. 『이피게니에』를 운문 형식으로 개작하였다.

1787년 이탈리아 체류를 연장하고 나폴리와 시칠리아 섬까지 돌아보았다. 『에그몬트』를 완성하여 원고를 바이마르로 보냈다.

1788년 6월에 스위스를 거쳐 바이마르로 돌아왔다. 귀환 후 슈타인 부인과의 관계가 소원해졌다. 평민 출신의 크리스티아네 불피우스와 만나 동거 생활을 시작하였다.(후에 괴테의 정식 부인이 되었다.) 실러와 처음 만났으나 절친한 관계에 이르지는 못했다. 실러는 괴테의 주선으로 예나 대학교의 역사학 교수 자리를 얻었다.

1789년 크리스티아네와의 사이에 아들 아우구스트가 태어났다. 당대의 학자 빌헬름 폰 훔볼트와 친교를 맺었다.

1790년 괴셴 판 괴테 전집에 『파우스트 단편(Faust, ein Fragment』을 수록하였다. 색채론과 비교 해부학 연구에 몰두하였다.

1791년 바이마르에서 『에그몬트』가 초연되었다.

1792년 프랑스 혁명군에 대항하는 프러시아 군에 소속되어 발미(Valmy) 전투에 종군하였다.

1793년 연합군의 일원으로 프랑스 군 점령지인 마인츠 포위전에 참가하였다가 8월에 귀환하였다. 그 체험을 살려 희곡 『흥분된 사람들(Die Aufgeregten)』을 썼다.

1794년 새로 건립된 예나의 식물원을 맡아 관리하였다. 『빌헬름 마이스터의 수업시대』의 개작을 시작하였다. 실러와 《호렌(Horen)》지 제작에 함께 협조하면서 가까워졌다.

시인 프리드리히 휠덜린과 처음으로 만났다.

1795년 『독일 피난민의 대화(Unterhaltungen deutscher Ausge-
wanderten)』를 출간하였다. 훔볼트 형제와 해부학 이론
에 관심을 쏟았고, 실러와 공동으로 경구집(警句集) 『크
세니엔(Xenien)』의 출간을 구상하였다.

1797년 서사시 『헤르만과 도로테아(Hermann und Dorothea)』
를 집필하였다. 실러의 격려와 독촉으로 『파우스트』에
다시 매달려 「헌사」, 「천상의 서곡」, 「발푸르기스의 밤」
을 집필하였다.

1799년 티크, 슐레겔 등과 친교를 맺었다. 희곡 『사생아(Die
natürliche Tochter)』의 집필을 시작하였다.

1803년 『사생아』를 완성하여 첫 공연을 가졌다. 절친했던 친구
헤르더가 사망하였다.

1805년 5월에 실러가 죽었다. 괴테는 그의 죽음을 애도하며
"내 존재의 절반을 잃은 것 같다."고 술회하였다.

1806년 나폴레옹 군대에 의해 바이마르가 점령되었다. 크리스
티아네와 정식으로 결혼식을 올렸다.

1807년 아우구스트 공의 모친 안나 아말리아가 사망하여 추
도문을 작성하였다. 소설 『빌헬름 마이스터의 편력시대
(Wilhelm Meisters Wanderjahre)』의 집필을 시작하였다.

1808년 『파우스트』 1부가 출간되었다. 소설 『친화력』을 구상하
고 집필을 시작하였다. 9월에 어머니가 별세하였고, 나
폴레옹과 두 차례 회견하였다.

1810년 카를스바트와 드레스덴으로 여행하였다. 『색채론(Zur

Farbenlehre)』을 완성하였다.

1811년 　자전적 기록인 『시와 진실(Dichtung und Wahrheit)』에
　　　　전념하여 9월에 1부를 완성하였다. 『에그몬트』에 대한
　　　　베토벤의 편지를 받고 2부를 집필하였다.

1812년 　베토벤의 음악을 곁들인 『에그몬트』가 초연되었고, 카를
　　　　스바트에서 몇 차례 베토벤을 만났다. 『시와 진실』 2부
　　　　를 집필하였다.

1813년 　『시와 진실』 3부를 완성하고, 『이탈리아 기행(Itali-
　　　　enische Reise)』의 집필을 시작하였다.

1814년 　페르시아 시인 허페즈(Hafez)의 시집 『디반(Divan)』을
　　　　읽고 자극받아 『서동시집』에 착수하였다. 라인과 마인
　　　　지방을 방문하였다.

1815년 　작센, 바이마르, 아이제나흐 대공화국의 재상으로 임
　　　　명되었다. 희곡 『에피메니데스의 각성(Des Epimenides
　　　　Erwachen)』이 공연되었고, 『서동시집』에 수록할 140편
　　　　정도의 시를 완성했다.

1816년 　아내 크리스티아네가 중병으로 사망하였다. 『이탈리아
　　　　기행』 1부를 완결하고 곧 2부의 집필에 착수했다. 잡지
　　　　《예술과 고대(Über Kunst und Altertum)》의 발간을 시
　　　　작하였다.

1817년 　영국 시인 바이런의 시를 탐독하였다.

1819년 　『서동시집』을 마무리 짓고 출판하였다.

1821년 　『빌헬름 마이스터의 편력시대』를 완성하여 출간하였다.

1823년 　괴테 숭배자 에커만(J. P. Eckermann)이 찾아와 조수

가 되었다. 그는 『만년의 괴테와의 대화(Gespräche mit Goethe in den letzten Jahren seines Lebens)』의 필자로 유명하다.

1828년 카를 아우구스트 공이 사망하였다.

1829년 『파우스트』 1부가 다섯 개 도시에서 공연되었다. 『이탈리아 기행』 전편이 완결되었다.

1830년 아들 아우구스트가 로마에서 사망하였다. 폐결핵에 걸려 각혈까지 하게 되었다.

1831년 『시와 진실』과 『파우스트』 2부를 완성하였다. 82회 생일을 일메나우에서 보냈다.

1832년 3월 22일 운명하였다.

세계문학전집 25

젊은 베르테르의 슬픔

1판 1쇄 펴냄 1999년 3월 25일
1판 99쇄 펴냄 2024년 9월 20일

지은이 요한 볼프강 폰 괴테
옮긴이 박찬기
발행인 박근섭, 박상준
펴낸곳 (주)민음사

출판등록 1966. 5. 19. (제 16-490호)
서울특별시 강남구 도산대로1길 62(신사동) 강남출판문화센터 5층 (우편번호 06027)
대표전화 02-515-2000 팩시밀리 02-515-2007
www.minumsa.com

ISBN 978-89-374-6025-8 04800
ISBN 978-89-374-6000-5 (세트)

* 잘못 만들어진 책은 구입처에서 교환해 드립니다.

세계문학전집 목록

세계문학전집은 계속 간행됩니다.